공장으로 간
철학소년

공장으로 간 철학소년

광주형 일자리 최초 설계자
박병규 전 경제부시장

ANON
아논컴퍼니

목차

수소배

머리말

내가 사랑한 경제부시장

내가 사랑한 '경제부시장'

나는 이상한 경제부시장이다. 노동자 주제에 감히 광역시의 경제부시장이 된 것이다. 국회의원 출신의 정치인도 아니고 고위관료 출신도 아니다. 대학 총장 출신도 아니고 대기업 사장 출신도 아니다. 학벌과 출신을 중요시 여기는 주류사회와 달리 소시민의 삶을 살았다. 살아온 삶과 실력을 쉽게 용인하지 않는 사회에서 따가운 눈총을 받으며 광주광역시 경제부시장에 취임했다.

경제부시장은 시장이 임명하는 최고위 정무직이다. 보장된 임기는 2년이다. 하지만 새로운 시장이 취임하기 전날까지 출근해 업무를 수행하고 1년 6개월이라는 적지 않은 임기를 남기고 사직했다. 마지막까지 최선을 다했으면 됐다고 생각했기에 다시 자연인으로 돌아왔다. 광주와 대한민국의 미래를 생각하며 연대와 포용의 경제정책을 추진했던 경제부시장과의 뜨거웠던 사랑은 그렇게 끝났다.

심신이 지쳐 광주를 떠나 아는 사람 없는 곳에서 누구도 만나지 않고 도시락 하나 들고 도서관을 다니며 공직에서의 삶을 복기했고 인문학을 공부했다. 즐겁고 행복한 치유와 충전의 시간이었다. 1년 동안 마음껏 책을 보고 여행도 하며 그 후 2년간 두 권의 책을 써야겠다는 원대한 계획도 세웠다. 하지만 치유와 충전의 시간은 그리 오래가지 못했다. 신임 시장의 솔직하고 간곡한 요청으로 시청을 떠난 지 7개월 만에 사회연대일자리특보로 광주광역시에 다시 돌아왔다.

다시 돌아와 보니, 광주광역시에는 현대차와의 투자협약이 가장 크고 시급한 과제였다. 특히 현대차와 중앙정부, 그리고 지역 노동계까지 광주광역시에 대한 인식이 곱지 않을 때였다. 지난 4년간 추진해온 광주형 일자리 사업이 실패로 끝났다는 인식이 팽배했다. 내게 주어진 임무는 현대차와의 투자협약을 성사시키는 것이었다.

결론적으로 말하자면 다시 일을 시작한 지 보름 만에 문재인 대통령이 참석한 투자협약식을 치름으로 막중한 임무를 끝냈다. 기대 이상의 피날레였다. 여러 곳에서 '일등 공신'이라고 치켜세웠고 능력을 인정해줬다. 험난하고 지난한 길 속에서, 절박한 심정에 매 순간 초를 셌던 시간의 깊이를 생각하며 눈을 감았다. 뿌듯한 감정보다 사람에 대한 믿음의 가치와 신뢰를 증명할 수 있음에 먼저 감사했다.

누가 물었다. "정부와 광주시에서 그토록 하려 했으나 해를 넘기면서까지 못했는데 불과 15일 만에 끝내버린 비결이 뭐냐?"는 것이다. 그 말이 채 끝나기도 전에 답했다. "당연한 것이죠. 쉬운 길을 놔두고 험한 길로 돌아가면서 부딪치고 엎어지고 깨지고 한 게 이상한 것 아닌가요?"

그러자 잠시 당황한 표정을 짓더니 그가 웃으며 말했다. "그래요? 이상한 것이라. 부시장님이 이상한 것 아니고요?" 답변 대신 미소를 짓자, 그가 다시 말을 이었다. "이상한 부시장님, 이롭고 상서로운 부시장님이네요". 둘이서 크게 웃었다.

맞다. 나는 이상한 경제부시장이었다. 경제부시장에 임명된 후 첫 인사말과 포부가 "이전 부시장들과 달라서 부시장이 되었고 그렇게 하겠다"고 했다. 같은 방식으로 다른 결과를 만들어 낼 수 없다. 그럼에도 늘 되풀이하는 동일한 대응, 위기에 대처하는 안일한 태도에 대한 답답함을 담은 우회적 표현이었다. 나는 '이상한 나라의 폴'이 되려고 했다. 광주형 일자리라는 삐삐의 딱부리를 들고.

생각해보면 지난 7년은 미숙한 필자의 제안에 집단지성의 지혜와 행정력을 담아 설계도와 작업표준서의 완성도를 높여온 '축적의 시간'이었다. 기업과 정부 주도의 일자리 창출이 아닌 지역사회의 역량을 모아 일자리를 창출하겠다는 엉뚱한 발상도 그렇거니와, 연대와 혁신으로 상생의 가치를 담아 소득 격차를 줄이는 공정한 일자리를 만들겠다는 시도가 어찌 쉬운 일이었겠는가.

백가쟁명은 차고 넘치나 사회적 합의는 요원한 게 지금 한국사회의 모습이다. 신뢰가 약한 사회에서는 공동체적 삶을 지향해 봐야 개인들에게 손해라는 생각에 각자도생이 판을 친다. 사회문제가 몇몇 개인의 지식과 경험, 임기응변으로 해결될 리 없고, 정부가 바뀐다 한들 토대와 방법이 바뀌지 않으면 무용지물이다.

좋은 일자리와 좋은 공동체는 좋은 주체가 있어야 한다. 주체는 사고와 사건이 내 것일 때 성립된다. 노동자들이 스스로 생산의 주인이라고 칭하더라도 생산과정의 특정 부분에만 참여하고 오로지 성과 배분에 만족한다면 온전한 주체가 아니다. 노동현장에서 노동자에게 충분한 정보 공유와 참여가 보장되지 않으면 그들이 일의 주체라고 할 수 없듯이, 일의 주체가 된다는 것은 일과 일자리를 계획하고 통제하는 실질적 주도성을 발휘할 수 있을 때 비로소 그 의미를 제대로 구현하게 된다.

광주형 일자리의 주체가 된다는 것은 '어쩌면 우리는 한 번도 주체가 되지 못한 사람들'이라는 자각을 토대로 상생공동체 모델의 성공을 바라는 간절한 의지를 표현하고 실천함을 의미한다. 대한민국이 더 나아지고 국민이 행복해지려면 반드시 사회적 대화와 사회적 자본의 축적이 필요하다. 좋은 일자리와 좋은 공동체는 좋은 주체가 형성되어 그것을 주도해 가야 가능하다. 정치와 경제가, 마을과 국가도 그렇다. 사회적 대화의 과정은 바로 그러한 새로운 주체 형성의 과정이다. 사회적 대화에 참여하는 시민이 그 사회의 주인이다.

대통령 임기가 1년이 채 남지 않았다. 촛불혁명으로 탄생한 정부다. 벌써 4년이 지났다니 놀랍기만 하다. 이렇게 끝나는 건가 아쉬움이 크다. 아니 이렇게 끝내서는 안 된다는 생각에 책을 쓰기로 했다. 글솜씨가 부족하고 지식은 더 못 미치나 책을 읽고 몇 사람이라도 뜻을 모을 수 있다면 그걸로 만족한다. 대통령이 바뀌더라도 좋은 일자리 창출과 좋은 공동체 형성은 한국 사회 과제다. 우리가 그 주체가 되어야 한다. 나는 다시 돌아가기로 했다.

박 병 규

전 광주광역시 경제부시장

추천사

전남대 철학과 교수 / 시민자유대학 이사장 박구용

우리 시대, 고등학교 자퇴하고 공장 노동자로 살아온 사람은 꽤 있다. 그 가운데 몇몇은 대기업 노동조합에 참여하여 주도적 역할을 하는 경우도 있다. 그러나 세 차례나 대기업 노조위원장을 맡은 사람은 거의 없으며, 광역시의 경제부시장까지 수행한 경우는 찾아보기 힘들다. 하지만 바닥부터 스스로 이뤄낸 이 화려한 이력도 박병규의 진정한 가치는 아니다.

박병규를 참으로 빛나게 하는 것은 '광주형 일자리'다. '광주형 일자리'는 사회적 정의와 연대의 교차로에서 좋은 일자리를 만들어내는 경제 민주주의 패러다임이다. 이 거대한 기획을 수행하면서 박병규는 혼자 앞으로 나가지 않았다. 그는 한 발 앞서 생각하고, 두 발 앞서 실천하면서도 언제나 다른 사람 옆에서 함께 걸었다. 이 과정에서 박병규는 지역사회의 다양한 문제를 정확하게 포착하고 글로벌 마인드로 문제해결의 길을 제시한다.

이 책에서 우리는 박병규의 안내를 받아 미래의 광주를 그려볼 수 있다. 교통, 유통, 소통의 플랫폼에서 '전기 열차와 수소 배'를 상상한다. '친구 같은 휴식, 노래 같은 휴식, 풍경 같은 휴식, 즐기는 휴식'이 가능한 벨트는 생각만으로 벅차다. 현실만이 아니라 가상세계에서 서로 만나 함께 배우고 응원하며 연대하는 발전소가 광주를 진정한 빛의 도시로 만들 듯하다.

박병규와 만남은 언제나 즐겁다. 그는 먼저 말하지 않는다. 그는 온전히 듣는다. 정확하게 이해하고 간명하게 해석한다. 그리고 취할 것이 있으면 곧바로 실천한다. 이 과정이 그처럼 담백한 사람은 없다. 그 느낌을 책에서 다시 받는다.

한국노동연구원 박사 박명준

거창하게 동지가 된다느니 결의한다느니, 뭐 이런 식으로 이야기를 나눈 적은 없다. 그렇지만 박병규와 나는 동지다. 서로 안다. 같을 동, 뜻 지. 우린 같은 뜻을 품고 같은 목표와 같은 방법론을 지니고 있다.

지난 6년여 동안 척하면 척, 함께 움직였다. 그렇게 해서 노아의 방주처럼 세상에 등장한 게 바로 '광주형 일자리'다. 그것은 새로운 일자리를 만들어 양극화를 해소하고 사회를 개혁하자는 정책방안이자 투자전략이며 일자리 모델이다.

꽉 막힌 우리 시대의 핵심 활로가 여기에 담겨 있다. 문재인 정부를 만나 날개를 달았는데, 광주에서 박병규가 가꿔왔던 정책적 노력이 여러 가지 기초를 제공했기에 가능했던 일이다.

광주형 일자리는 2014년 민선6기 윤장현 시장의 공약에서 등장한 이후 현재까지 숱한 고비를 겪으며 실현가능한 정책으로 진화해 왔다. 고비 때마다 박병규가 있었고, 있어야 했다. 공장으로 간 철학소년이 자라서 한 사람의 노동운동가로, 행정가로 변신하여 광역시 경제부시장직까지 수행했으며, 이제 정치가로서 더 책임 있게 시대를 섬기는 길을 가려는 결단을 준비하고 있다.

이 책은 박병규의 인생과 실천의 주요한 장면들을 담고 있다. 그가 어떤 사람인지, 앞으로 어떤 일을 해 갈 것인지 잘 일러준다. 동시에 시대의 희망이 어떻게 자라고 어떻게 꽃을 피우고 열매를 맺는지를 볼 수 있다. 힘겹지만 보람 있는 그 여정이 어떻게 채워지는지, 그 과정에서 한 사람의 인물이 어떻게 만들어지고 성장하는지 한 눈에 알게 해 준다. 이 책은 공장으로 간 철학소년의 시대를 향한 노크다. 그 노크에 읽는 이의 가슴도 같이 뛰게 된다.

전남대 명예교수 / 전 광주전남연구원장 박성수

부드러운 카리스마를 지닌 박병규 경제부시장님은 아무도 가보지 않은 광주형 일자리를 찾아 묵묵히 걸어오신 퍼스트 펭귄이다. 어느 누구보다도 현장을 잘 알고 있는지라 어려운 지역 문제를 풀어내는 데 탁월한 능력을 가지고 있다.

특히 4차산업혁명의 파고 속에서 우리 시민들이 포스트 코로나 시대를 슬기롭게 살아갈 수 있도록 하는데 박 경제부시장님은 꼭 필요한 적임자다. 때와 장소를 가리지 않고 기꺼이 다가가서 귀담아 들어주고 함께 머리 맞댄다. 섬기는 리더로서 손색이 없다.

2014년 제안했던 광주형 일자리는 일자리라는 단어에만 매달리면 안 된다. 그 본질은 더 깊고 크다. 참여와 대화, 소통과 공감, 연대와 협력, 포용과 혁신, 공정한 경쟁과 평등한 기회가 생동하는 상생의 '더 나은 일자리'다. 이를 통해 사회양극화와 소득격차를 줄이고 더불어 사는 좋은 공동체를 만들자는 지역혁신운동이다.

공공부문의 쉼 없는 혁신을 통해 광주형 일자리 추진 5년 만에 민간부문에서도 성과를 올릴 수 있었다. 2019년, 자동차공장 투자 협약식과 노사민정 상생협정서를 체결했고, 광주글로벌모터스(GGM)가 설립되었다. 그로부터 1년 6개월 뒤인 2021년 9월, 광주글로벌모터스의 첫 차인 캐스퍼의 온라인 사전예약은 1만8천대를 훌쩍 넘겼다. 문재인 대통령도 퇴임 후 타겠다며 직접 구입했다.

광주글로벌모터스 첫 차인 캐스퍼 (사진 제공 현대자동차)

- 제1장 -

공장에서 일하는 철학소년

제1장 공장에서 일하는 철학소년

1. 고등학교를 자퇴하고 캠퍼스를 기웃거리다

위로 누나와 형이 있다. 제법 나이 차이가 있었지만 어릴 적 나는 누나들의 생각과 행동에 관심이 많았다. 어느 날 유동의 아세아극장에서 하춘화 콘서트를 했다. 어디선가 표를 받은 누나들이 공연을 보러 간다고 하기에 따라갔다. 공연이 시작되자 여기저기서 함성과 환호가 이어졌다. 관객들은 신이 나서 함성을 지르며 환호하는데 나는 무덤덤했다. 콘서트 관람이 목적이 아니었으니 당연했다. 누나가 좋아 따라간 것이라 공연에 아무런 관심이 없었다. 그만큼 나는 누나들을 좋아했다. 어딜 가나 나는 누나들을 졸졸 따라다녔다.

중학교에 진학하면서 에세이에 재미를 붙였다. 물론 누나와 형이 보던 책이었다. 이어령 선생의 〈바람이 불어오는 곳〉, 〈흙 속에 저 바람 속에〉와 이청준 선생의 〈당신들의 천국〉, 조세희 선생의 〈난장이가 쏘아 올린 작은 공〉, 임어당 선생의 〈생활의 발견〉등은 내가 가장 좋아하는 책이었다. 〈월간 대화〉와 〈샘터〉도 그 가운데 하나였다. 〈좁은 문〉, 〈죄와 벌〉, 〈누구를 위하여 종은 울리나〉 등도 기억에 남는 책이다. 삼중당 문고에서 나온 책을 많이 봤다.

사실 집에 책이 많지는 않았지만 읽었던 책을 보고 또 보면서 왕성한 지적 욕구를 불태웠다. 쉽게 읽히지 않은 대목들도 많았다. 뜻을 이해하지 못한 구절도 많았다. 하지만 교과서보다 훨씬 재미있었다. 누가 알아준 것은 아니었지만 어른이 다된 것 같은 양 혼자 우쭐해졌다. 그런데 이상한 것은 다른 한편으로 더 답답해졌다. 생각하는 시간이 길어진 만큼 고민이 깊어졌고, 삶과 죽음에 대한 물음이 뇌리를 떠나지 않았다. 삶과 죽음에 대해 생각하지 않고 살아가는 사람들의 태도를 이해할 수 없었다. 인생에서 가장 중요한 문제인데, 왜 이 문제에 대해 알려고 하지 않을까? 이것이 참 이상했다.

그러다 학교 선생님의 심한 폭력을 겪게 되었다. 나무 교단에 피가 흥건할 정도로 실컷 두들겨 맞았다. 왜 맞았는지 그 까닭은 기억나지 않는다. 아마 수업 시간 중 넋 나간 사람처럼 멍 때리다가 불려 나간 게 아닌가 싶다. 화를 내다보면 더 화가 날 때가 있다. 다혈질이었던 선생님이 그러셨다. 평소에도 학생들에게 자주 매질을 했다. 단단한 대나무 뿌리로 손등을 때리거나 손바닥으로 뺨을 때리는 건 기본이었다. 그날은 화가 더 나셨는지 팔을 걷어붙이고 권투하듯 주먹으로 나의 얼굴을 사정없이 강타했다.

그렇지 않아도 흥미를 잃어가던 학교생활에 정나미가 떨어졌다. 선생님들은 내 고민을 알려 하지 않았다. 학교는 나의 고민에 대한 해답을 가지고 있지 않았다. 학교를 통해 얻을 게 없다는 생각이 들었다. 학교는 철학이 없었다. 삶의 중대 문제에 대한 철학이 없는 학교는 아무 것도 아니라는 생각이 들자 망설임 없이 학교를 떠났다.

돌이켜 생각해보면 어린 나이에 왜 그렇게 많은 생각을 했는지 모르겠다. 천국에 사는 사람들은 지옥을 생각할 필요가 없고, 지옥에 사는 사람들은 하루라도 천국을 생각하지 않은 날이 없다던, 난쟁이 가족처럼 내 삶도 천국에 있지는 않았던 모양이다. 하루도 죽음을 생각하지 않은 날이 없었다. 죽은 사람은 삶을 생각할 필요가 없고, 살아있는 사람은 죽음을 하루라도 생각하지 않은 날이 없다는 말로 비틀어 되뇌곤 했다.

학교를 그만둔 건 복합적인 요인이 있었겠지만 나의 선택에 후회는 없었다. 학교를 떠나 세상과 빨리 만날수록 고민이 해결되고 꿈이 이루어질 수 있다고 믿었다. 그렇게 81년부터 서울 생활이 시작되었다. 서울에 도착하자 수중에는 땡전 한 푼 없었다. 밥이라도 먹고 잠이라도 자려면 곧바로 취직을 해야 했다. 자격증은 고사하고 변변한 기술조차 없는 초짜배기 노동자라 단순노동이 가능한 조그마한 공장에 취직을 했다.

1980년대 우리나라는 3저 호황이었다. 3저는 저유가·저금리·저달러다. 3저에 힘입어 수출이 크게 늘어나며 일자리가 많이 생겼다. 공단 담벼락과 전봇대에 '숙식제공, 초보자 환영'이라는 구인광고가 넘쳐났다. 공장 문과 담장에도 줄줄이 붙어있었다. 그 가운데 한 곳에 취직한 것이다. 첫 작업은 부품을 바이스에 올려놓고 드릴로 쇠에 구멍을 뚫거나 표면을 매끄럽게 하도록 연삭기 작업을 하는 일이라 어렵지 않았다.

매일 같은 일을 반복하며 지루해질 무렵 도장 공정으로 옮겨 일을 배웠다. 이곳은 냄새가 너무 심했다. 조금만 시간이 지나도 참기 힘들었다. 쇠에 구멍을 뚫을 때 쇠가 타는 냄새와 연기도 역겨웠다. 어릴 때부터 유독 가스 냄새에 약한 나는 연탄불을 옮겨 붙이기 위해 연탄을 갈아 넣을 때에도 매우 힘들어했다. 연탄을 갈아 넣기 전, 숨을 힘껏 들이마시고 숨을 참으며 재빨리 구멍을 눈으로 확인하고 고개를 돌려 최대한 멀리까지 목을 내밀었다. 그런데도 연탄을 갈고 나면 머리가 띵했다.

이때도 그랬다. 힘든 일은 아닌데 뜨거운 열기 속에서 뿜어져 나오는 수증기의 냄새를 참기 어려웠다. 동일한 작업을 반복하다 보니 무료했고 비전도 없어 보였다. 몇 개월 후에 그만두고 나왔다. 수년이 지난 후에 협성계공에서 일하던 문송면 군이 수은중독으로 사망했다. 나도 오랫동안 근무했더라면 그랬을 것이라는 생각을 어렴풋이 했었다.

공장을 나와 또 다른 몇 곳의 공장을 잠깐씩 거치는 동안에도 내 고민은 풀리지 않았다. 일이 끝나면 오후 9시가 넘었지만 신문을 꽤나 열심히 읽었다. 내가 돈 내고 보는 게 아니라 공장으로 배달된 신문이다. 날짜가 많이 지난 신문이었지만 개의치 않았다. 새로운 사건사고보다 칼럼이나 투고, 잡학다식의 글과 정보에 흥미가 있었다. 가끔 동네 서점에 들러 책도 사서 봤다.

늦은 시간까지 책을 볼 수는 없었다. 피곤하기도 했지만 같은 방에서 여럿이 잠을 잤기 때문이다. 가끔 새벽까지 볼 때도 있었는데 관리책임자가 친구들을 불러 모아 화투를 칠 때였다. 관리책임자는 화투를 좋아해서 거의 일주일에 한 번꼴로 화투를 쳤다. 저녁을 먹고 오후 8시쯤 시작된 화투는 다음 날 오전 6시 30분쯤에 끝나는 경우가 많았다. 어떤 날은 7시가 넘어 일을 시작할 무렵 끝날 때도 있었다. 돈을 많이 잃은 사람이 한 판만 더 하자며 버티는 경우에 그랬다. 방 한 귀퉁이를 이들이 차지하면 우리는 한쪽으로 밀려나 웅크리며 잠을 잘 수밖에 없었다. 불은 환하게 켜져 있지, 밤새 피워대는 줄담배로 방안에는 담배연기가 가득했다. 제대로 숙면을 취하기 어려웠고, 아침에 일어나면 눈과 목이 뻑뻑했다.

그런 날이면 나는 벽에 기대 책을 보다 졸고 다시 책을 보다 화투 치는 걸 멍하니 바라보다 또다시 잠에 취해 조는 것을 반복하면서 아침을 맞았다. 일주일에 한 번 꼴로 그런 일이 반복되었지만 어린 나이여서 그랬는지 씻고 나면 피곤함을 크게 느끼지 않았다. 일을 하는데도 지장은 없었다. 휴일은 한 달에 겨우 두 번이었지만 쉬는 날 오후에는 도서관에 들러 저녁때쯤 나왔다.

그러다 대학교가 궁금해졌다. 사실 서울은 동경의 대상이었고 대학은 그중 으뜸이었다. 학교를 가기 싫었던 것과 대학은 다른 문제였다. 내가 구로에 있었으니 버스 한 번만 타면 갈 수 있는 곳이 신림동에 있는 대학이었다. 학교에 가까이 가고 싶어졌다. 어떤 것을 배우는 곳인지 궁금해졌다. 어쩌면 그곳에서 내 고민을 해결할 수 있을지도 모른다는 생각이 들자 용기를 냈다.

가지고 있던 책 중 두툼한 책을 골라 신문지로 책 표지를 싸서 다녔다. 복도를 어슬렁거리던 어느 날 강의실에 태연하게 들어가 뒤쪽에 앉았다. 학생들은 내 존재에 대해 관심조차 없다는 듯이 자기 일에 열중했다. 나는 괜히 설레고 가슴이 콩닥거려 마음이 쉽게 진정되지 않았다. 어쨌든 짐짓 태연한 척하며 앉아서 강의를 들었는데 재미가 없기는 마찬가지였다. 무슨 말을 하는지 귀에 들어오지 않았다. 사람들을 의식하여 잡념이 끊이질 않는 나의 뇌가 문제였다. 고등학교 졸업장조차 없는 중졸 주제에 대학을 다닌 셈이다.

지나고 생각해보니 대학교를 들락거린 건 공부가 목적이 아니라 대학에 대한 동경이 컸기 때문이었던 것 같다. 발품만 팔고 얻은 게 전혀 없는 것은 아니었다. 나는 현장의 느낌을 매우 중요시한다. 현장에서 전달되는 느낌을 통해 많은 것을 생각하고 체득하고 유용하게 응용한다. 그것은 우리가 교회나 성당과 사찰에 다녀온 후의 느낌과 같은 것이다. 종교를 가지지 않은 사람도 성당이나 사찰로부터 마음으로 전해지는 그 무엇을 따뜻하게 간직한다. 나는 그것이 공부고 성찰이라고 생각한다. 세상은 배우는 게 아니라 체험하는 것이라고 했던가.

2. 청바지 공장 노동자

구로를 떠난 후 자리를 잡은 일터는 창신동이다. 당시 이곳에는 봉제공장이 3천 개가 넘을 정도로 골목마다 봉제공장으로 넘쳐났다. 외관상으로는 일반 가정집처럼 보이는 곳이어도 들어가 보면 공장으로 운영하는 곳이 많았다. 당시 대부분 공장이 그랬듯이 이곳도 환경이 열악하기로는 둘째가라면 서러워할 만큼 좋지 않았다.

말이 공장이지 대개 주택 반지하에 있었고 사장은 그 위층에서 거주하는 식이었다. 반지하 공장은 햇볕이 들어오지 않았다. 겨우 천장 높이쯤에 창살이 달린 조그마한 창문으로 어쩌다 잠깐 새어 들어오는 햇살이 전부였다. 이곳에서 오랫동안 일했던 노동자들은 대체적으로 시력이 나빴다. 조명도 조명이었지만 더 나쁜 건 실내공기였다. 진짜 공기 반 먼지 반이다. 방 안 가득한 먼지는 시력에도 나쁜 영향을 끼쳤겠지만 봉제공장에서 오랫동안 일한 사람치고 기관지가 정상적인 사람이 없었다.

공장 한쪽 벽면은 미싱사들이 줄줄이 앉아 미싱을 돌려댔고 그 앞에는 시다들이 봉제된 옷감에 붙은 실감을 떼어내고 앞 단추를 박는 작업을 했다. 우리는 이것을 '또또 친다'고 했는데 지금도 무슨 뜻인지는 모른다. 시다는 미싱사들을 돕는 사람에 대한 호칭인데 보통 시다를 거쳐 미싱사가 된다. 그렇다고 무조건 미싱사가 되는 것은 아니다. 시다는 숙련된 기술이 없어도 눈치와 손만 빠르면 된다. 하지만 미싱사는 봉제기술이 있어야 한다. 그래서 급여도 더 높다. 시다가 미싱사가 되기 위한 과정은 순전히 개인의 노력이다. 하루 일을 마치고 미싱사가 퇴근하면 시다들은 가공 후 남은 천 조각으로 재봉틀에 앉아 연습을 한다. 요령껏 해야 한다. 사장과 미싱사들의 눈치를 봐야 하기 때문이다. 특히 까다로운 미싱사들은 다음날 출근해서 자신의 미싱에 조그마한 흔적만 남아도 금세 알아채고 혼을 낸다.

미싱사들이 앉아 있는 옆면 한쪽은 1미터쯤 높이에 다락처럼 만들어진 곳에서 재단을 했다. 돌돌 말아진 천을 양쪽에서 주거니 받거니 하며 몇 겹으로 펼친 후 재단사는 칼질과 가위질을 하고 재단사보조는 천이 움직이지 않도록 잡아준다. 재단기와 가위로 원단을 잘라낸 후 바닥을 쓸면 수북하게 쌓인 먼지가 한 봉투씩 나오곤 했다. 옷감 박음질에서 튕겨 나오는 먼지도 엄청났다. 작업장은 늘 먼지가 가득했지만 마스크조차 없이 일을 했다. 그러다 보니 그날 작업한 원단의 먼지를 실컷 먹어야 했고, 얼굴과 몸 구석구석에 먼지를 붙이고 살아야 했다. 청바지 작업을 하고 난 후 침을 뱉으면 파란 색깔의 타액이 나왔고 코를 풀면 파란색 콧물, 씻으면 파란색 물이 흘러내렸다.

거기에 노동시간이 매우 길었다. 하루 12시간은 기본이고 철야 작업을 하는 날도 많았다. 내가 지금까지 살아오며 가장 긴 노동도 이곳에서 경험했다. 여름이 왔다. 휴가를 가는 시즌이 되었지만 내가 일하던 공장에는 휴가가 없었다. 대신 일요일 하루 야유회를 가기로 했다. 그런데 그냥 가는 게 아니었다. 일요일에 생산하지 못한 양만큼의 일을 끝내고 가는 일정이었다. 금요일 아침에 시작한 노동이 일요일 새벽에 끝났다. 자그마치 사십 몇 시간을 한숨도 자지 않고 일했다. 화장실에 가거나 밥을 먹는 시간 외에 전혀 쉬지 않았다. 졸음과 피로를 쫓기 위해 사장의 배려가 있었다. 박카스 3병과 타이밍 3알을 먹게 했다. 학교 다닐 적에도 먹지 못했던 타이밍을 이때 먹었다. 그래도 졸음은 없어지지 않았다. 새벽 3시에서 5시 사이가 가장 참기 힘들었다.

노동이 너무 괴로웠다. 나보다 서너 살이나 어린 여자아이도 똑같이 일했다. 그들도 얼굴이 초췌했다. 일요일 새벽에서야 일을 마쳤지만 끝난 게 아니다. 월요일에 일을 하려면 깨끗이 치워야 한다. 고단한 몸을 이끌고 청소까지 끝내고 나니 녹초가 되었다. 그런데 이상한 것은 일에서 해방된 기쁨인지 각성제의 늦은 효과인지 모르겠으나 막상 일을 끝내고 나니 졸음이 가셨다. 그래도 아침 일정을 위해 대충 씻는 둥 마는 둥 하며 잠자리에 들었다.

겨우 두세 시간을 자고 일어나 한탄강에 가는 버스에 몸을 실었다. 깨끗하게 씻은 얼굴들이 하얗다. 그런데 그냥 하얀 얼굴이 아니다. 하얀 듯한데 노란 얼굴이다. 잠을 자지 못해 얼굴이 떠 있었기 때문이다. 마주친 눈에는 힘이 하나도 없었다. 버스 안은 모두 닭처럼 조느라 도착할 때까지 아무런 말이 없었다. 화가 나고 절망스러웠다. 이건 정상적이지 않아 보였다. 이박삼일 동안 쉼 없이 일하고 야유회를 간다는 건 아무리 좋게 생각하려 해도 좋게 생각되지 않았다. 눈물이 나려고 했다. 나를 포함해 모두가 너무나 비참해 보였고 무언가 잘못되었다는 생각에 비장한 각오까지 했지만 의식이 흐려져 행동으로 옮기지 못했다.

한탄강에 도착했지만 물속으로 들어가 노는 사람이 한 명도 없었다. 햇볕이 쨍쨍 내리친 강 한쪽에서 준비해간 밥과 술을 먹고 우두커니 강을 바라보다가 다시 돌아오는 버스에 몸을 실었다. 내일부터 또 지긋지긋한 노동에 몸을 맡겨야 한다는 생각을 하니 다시 그곳으로 돌아간다는 것이 죽도록 싫었다. 현실을 극복할 방법을 찾지 않고 하루하루 억지로 버텨내는 일상이 무의미하게 생각되었다. 맨정신으로는 도저히 그곳으로 갈 수 없었다. 아무런 말도 하지 않고 다음 날부터 출근하지 않았다.

나보다 두 살 위인 미싱사 누나는 미모가 빼어났는데 재단사와 열

애 중이었다. 그의 오빠도 재단사였다. 나보다 한 살 어린 시다는 한눈에 봐도 야물고 강해 보였는데, 미싱사가 꿈이었다. 이건 순전히 내 생각이다. 미싱사는 시다를 벗어나기 위한 과정일 뿐, 그보다 훨씬 더 크고 아름다운 꿈이 있었을 것이다. 나이가 더 어린 시다도 있었는데 조용히 일만 했던 것 밖에 생각이 나질 않는다. 그 외에도 몇 사람이 더 있었는데 기억이 가물거린다.

모든 시대에는 빛과 그림자가 있다고 했다. 사람들은 그 시대의 빛이 되고자 하지만 고도의 경제성장을 이룬 대한민국의 주역은 그림자들이다. 빛에 가려진 어두운 면과 그들의 희생이 세계10위 경제대국을 만들어냈다. 내 기억 속에 남아 있는 사람이든, 남아 있지 않은 사람이든 충분히 고생했으니 행복해지길 바랄 뿐이다.

미싱사 반지하의 열악한 청바지 공장, 침을 뱉으면 파란색이었다.

3. 서울우유가 가르쳐 준 나의 운명

펜팔이 유행하던 시기가 있었다. 인터넷이 발달한 지금은 구석기시대의 유물처럼 여길 수 있지만 어쨌든 당시에는 소통에 매우 유용한 수단이 편지였고 아무리 멀리 떨어져 있어도 펜팔이라는 것으로도 이성을 만날 수 있던 그런 시절이었다. 나는 펜팔을 해보지 않았다. 형편이 그러지 못한 것도 있었겠지만 관심도 없었다. 하지만 관제엽서는 꽤 많이 이용했는데 그중 상당수는 공모참가였다. 여러 번 참가했지만 한 번도 당첨되지 않았는데도 포기하지 않고 꽤 오랜 기간 보냈던 기억이 있다. 관제엽서는 정부가 발행한 우편엽서로 한쪽 면은 사진이나 그림이 있고 다른 한쪽 면은 보내고 받는 사람의 주소와 내용을 적을 수 있다.

1982년이었을까? 서울우유에서 순 우리말로 우유 이름을 짓는다며 현상공모를 했다. 대상 상금은 자그마치 100만 원이다. 당시 월급이 10만 원쯤 되었으니 매우 큰돈이었다. 궁리 끝에 몇 가지 이름을 써서 보냈다. 그리고 꼬박 한 달 가까이를 기다린 듯싶다. 마침내 발표 날이 왔다. 스포츠신문에 발표하기로 되어 있어서 신문을 사 들고 봤더니 아뿔싸, 어떻게 이럴 수가. 가슴이 두근거렸고 말이 나오지 않았다. 대상은 큼지막한 글씨로 맨 위에 쓰여 있고 그 밖의 상들은 수상 순위에 따라 점차 작은 글씨로 나열되어 있었는데 대상 당첨자는 오류동에 사는 사람이었다. 그런데 내가 주목한 것은 이런 설명이었다. 대상으로 선정된 '튼튼 우유'라는 이름을 보낸 사람이 다섯 명이라 추첨을 통해 한 사람으로 결정했다는 것이다.

'튼튼 우유, 튼튼 우유'를 몇 번이나 되뇌었다. 부당하다는 생각이 들었다. '튼튼 우유'라는 이름이 대상에 선정되었으면 상금을 공정하게 다섯으로 나누면 될 일을 추첨을 통해 한 사람으로 결정했다는 게 말이 안 된다고 생각했다. 전화를 해 볼까 망설였으나 가망이 없을 것 같아 포기했다. 그래도 아쉬움이 매우 컸다. 나도 '튼튼 우유'라고 써서 보냈으니 말이다. 너무나 억울했지만 달리 다른 조치를 취하진 않았다.

대신 크나큰 교훈을 얻었다. 나는 운으로 살아가는 팔자가 아니라고 생각하고, 요행 따위에 매달리지 않겠다고 마음먹었다. 운에 기대거나 요행을 바라기보다 노력과 실력으로 승부하겠다고 다짐했다. 이러한 생각은 행동의 변화로 이어졌다. 그 사건을 마지막으로 더 이상 공모 따위는 거들떠보지 않게 되었다.

사물을 대하는 태도나 삶의 방식도 완전히 바뀌었다. 머릿속에만 담아두던 막연한 생각에서 구체적인 계획을 세웠다. 남이 한 시간 노력하면 나는 두 시간 노력했다. 남들이 새벽까지 술친구를 부지런히 만들 때 공부하고 사색했다. 훗날, 오디오란 들인 돈만큼 정확하게 소리를 들려준다는 오디오 마니아의 글을 보며, 결과란 노력한 만큼의 대가라는 믿음이 더 커졌다.

그래서일까. 학교 다닐 적에 한 번도 본 적이 없는 사람들이 30년, 40년이나 지났는데도 동문이라며 똘똘 뭉치는 게 웃긴다. 그것으로 정치까지 하려 한다. 나는 그들에게 묻는다. 그것 말고 무엇을 했으며 비전은 무엇인지 말해보라 한다. 나는 자신 있게 답할 수 있다. 노동현장에서 한 사람이라도 더 만나 그들의 얘기를 귀담아 들어주고 불공정과 불평등이 해소되어야 사회적 약자들과 더불어 사는 삶이 가능하다는 확신으로 지난 세월을 실천으로 옮기는데 주력했노라고! 이러한 각오와 행동이 흐트러지지 않도록 틈나는 대로 성찰하고 사색하며 살아왔다.

돌아가 다시 서울우유를 떠올려본다. 서울우유 공모를 잊지 못한다. 공모에 당첨되었더라면 100만 원을 얻었겠지만 당첨되지 않음으로써 수백, 수천 배의 값진 생각과 동지를 얻었다. 하늘은 스스로 돕는 자를 돕는다고 했던가.

요행을 포기하자 더 큰 운들이 몰려왔다. 좋은 사람들을 만나는 행운을 얻었다. 노동현장과 행정에서 만난 사람들은 내게 큰 복이 되었다. 그들은 용기와 힘을 주었고, 수많은 정책과 사업들이 성과를 거둘 수 있도록 이끌어주고 밀어주었다. 이렇게 좋은 사람들이 있으니 이보다 더 큰 운이 어디 있다는 말인가.

전태일 열사에 대한 기록인 〈어느 청년 노동자의 삶과 죽음〉을 만난 것도 큰 행운이었다. 끝없이 방황하며 갈피를 잡지 못하던 때에 그토록 가슴 뛰게 한 것은 처음이었다. 인생의 좌표를 찾아줬으니 얼마나 고마운 일인가. 지금 내가 해야 할 일이 청년들의 가슴을 뛰게 만드는 일인 것은 무엇과도 바꿀 수 없는 나만의 소중한 경험이 있어서다.

4. 대학로 신문 배달 그리고 다시 구로 공단으로

대학로는 청년들의 젊음이 있는 곳이다. 길거리는 밤낮없이 청년들로 넘쳐난다. 2017년, 나는 함께 일하는 사람들과 대학로에 가자고 해서 몇 차례 갔다. 퇴근 후 연극을 보고 맛집을 찾았고, 지나다 길거리 공연을 하면 발걸음을 잠시 멈추고 즐거운 시간을 보냈다. 오랜만에 가진 여유 시간이라 무척이나 행복했고 그들도 만족해했다. 하지만 그들은 나하고 어울릴 것 같지 않은 대학로에 왜 가자고 했는지 모를 것이다. 대학로 이곳저곳을 다니며 나는 옛 기억을 떠올렸다.

39년 전, 한곳에 정착하지 못하고 이곳저곳을 기웃거리다 공장이 아닌 곳에서 일을 하고 싶었다. 공장에 갇혀 있는 게 답답했다. 또 공장에서 일을 하면 낮에 자유시간이 없었다. 밤이 아닌 낮에 활동하고 싶어 낮에 일을 하지 않아도 되는 곳이 없을까 찾았고 대학로에 머물게 되었다.

당시에도 대학로라고 불리었는지 모르나 그땐 명칭을 알지 못했다. 새벽에는 쌀쌀하고 한낮에는 더운 초여름이었다. 이화동, 혜화동, 동숭동, 낙원동, 명륜동 등 종로 일대가 내 구역이었다. 기상 시간은 새벽 두 시다. 두 시 반쯤이면 신문이 보급소에 도착했기 때문이다. 배달원들이 할당된 만큼의 신문을 센 후 재빠르게 속지를 끼우고 몇 개의 권역으로 나누어 묶으면 세 시가 넘는다. 속지는 광고지다. 광고지를 신문 속에 넣는다 해서 우리는 속지라고 불렀다. 자전거에 50부씩 묶은 뭉치 여섯 개와 열 몇 부씩의 뭉치 서너 개를 싣고 배달에 나선다. 처음엔 명단을 보며 신문을 넣어도 꼭 빠진 곳이 있다. 그러면 신문이 남았다. 다시 돌아가 넣어 줄 때도 있지만 어떤 때는 빠트린 곳이 어딘지 찾지 못했다. 그러면 욕이 섞인 화난 목소리로 전화가 온다. 죄송하다며 부랴부랴 가져다주었는데 이때는 바로 오지 못하고 욕을 바가지로 먹어야 올 수 있다.

그런데 이건 양반이다. 신문이 들어오지 않았는데도 전화를 하지 않는 사람도 있다. 마음씨가 좋아서가 아니다. 수금 날에 돈을 주지 않는다. 겨우 한 번 정도 빠졌을 텐데도 한 달 내내 거의 신문을 본 적이 없었다며 억지를 부린다. 결국 한 달 정도 서비스로 더 넣어주겠다고 하며 어렵게 수금을 한다. 못 받게 되는 한 달분은 배달원이 물어낸다. 또 구독하지 않는 곳에 신문을 넣는 바람에 남아야 할 부수보다 부족할 때도 있다. 차라리 이럴 때가 더 낫다. 넣어야 할 곳을 빠트려서 신문이 남을 때보다 고민이 덜하다. 여유분을 챙겨가기 때문이다.

한동안 이런 일이 반복되었지만 어느 정도 시간이 흐르자 명단을 보지 않아도 척척 배달이 가능하게 되었다. 배달을 마치고 돌아오면 8시쯤 된다. 남들이 출근하는 시간이다. 씻고 밥을 먹는데 부실하기

짝이 없다. 그만둘 때까지 내내 반찬이라고 해야 국과 달랑 김치 하나가 전부였다. 밥을 먹고 나면 오후 2시까지는 자유시간이고 2시부터 5시까지는 신문판촉과 수금을 위해 다시 나선다.

나는 항상 밥을 먹고 나면 옥상으로 올라갔다. 그곳에는 낡은 소파가 하나 있었는데 거기 앉아 책을 봤고 졸리면 고개를 뒤로 젖히고 눈을 감았다. 그곳이 가장 편하고 따뜻했다. 다른 이유는 얼굴이 하얀 편이었는데 하얗다는 말을 듣는 게 싫었다. 구릿빛 색깔의 약간 까만 얼굴이 좋아 보였다. 하지만 무지한 탓에 대낮에 햇볕에 얼굴을 노출하고 자는 게 가장 좋은 방법이라고 생각했다.

밥을 먹고 종로를 걸을 때도 있었다. 많이 갔던 곳은 세운상가다. 세상에 없는 것이 없을 정도로 물건이 많이 있는 세운상가는 갈 때마다 늘 신기했다. 또 주택가를 많이 걷기도 했는데 목적이 있는 게 아니라 평온함을 느낄 수 있는 게 좋아 혼자 걸었다. 그러다 항상 마지막에는 나중에 결혼을 하게 되면 저런 집에서 살아야겠다는 생각을 하곤 했다. 그렇게 몇 달을 보내다 또 병이 도졌다. 그곳에 있는 게 불편해졌다. 못 볼 걸 본 것이다.

오후에 수금을 나가면 항상 함께 가는 사람이 있었다. 배달원은 아니고 소장 아래쯤 되는 위치에 판촉과 수금을 주로 하는 사람이 몇 명 있었는데 그 중 한 사람이 나와 짝이었다. 그는 처음에는 매우 친절했다. 한낮 더위에 땀을 흘리면 아이스크림을 사주거나 이러저러한 인생 얘기도 많이 했던 것으로 기억한다. 나보다 스무 살 정도 더 많아 보였는데 마치 인생을 다 산 사람처럼 말을 하고는 했다. 나도 저 정도 나이가 들면 그렇게 될까 생각을 하면 고개가 갸웃거려지다가도 물욕이 없고 늘 여유가 있어서 좋은 사람이라고 생각했다. 내게는 좋은 사람이었다.

열 길 물속은 알아도 한 길 사람 속은 모른다더니 그가 그랬다. 변태였다. 길을 가다가 어린아이를 만나면 꼭 껴안거나 성기를 만졌다. 여아 남아를 가리지 않았다. 당시엔 지금처럼 성인지 감수성이니 뭐니 하는 말을 듣지 못한 터라 처음엔 장난인 줄 알았다. 그런데 하루도 거르는 날이 없었고 시간이 갈수록 노골적이었다. 한번은 인적이 뜸한 곳에서 여아를 만나자 가까이 가서 쓰다듬더니 대뜸 하의 속으로 손을 집어넣었다. 무슨 짓이냐고 아이에게 그래선 안 된다고 나는 말리고 따졌어야 했다. 그런데 비겁하게도 피해서 도망치고 싶었다. 다리가 붙어 도망가지도 못했다. 아무 말도 못하고 눈길만 돌렸다. 그 뒤로 사람이 달라 보였다. 사람 같지도 않은 사람과 일을 같이 하고 싶지 않은 것은 물론이고 마주치는 것조차 싫어졌다. 며칠 후 짐을 챙겨 나왔다. 짐이라고 해봐야 가방 하나였다.

하필이면 추석 연휴였다. 추석인데 갈 곳이 없었다. 갈 곳이 없다기보다 아무 데도 가고 싶지 않았다. 그렇게 복잡하던 서울 거리가 한산해졌다. 사람도 차도 부쩍 줄어들었다. 동네 점포와 식당들도 문을 닫는 곳이 많아 밥을 사 먹으려고 해도 마땅치 않았다. 어쩌다 한두 곳 문을 연 다방이 보였다. 하루 종일 길거리를 배회하다 다리가 아파 다방에 들렀다.

나이가 제법 들어 보이는 레지가 다가와 주문을 받았다. 다방에서 일하던 여성들을 레지라고 불렀는데 레지는 레이디(lady)가 변형된 말이라고 들었다. 지금은 거의 커피를 마시지 않지만 그때는 그렇지 않았다. 커피를 한 잔만 주문했더니 빠끔히 쳐다보다가 한 잔을 더 시키라는 것이다. 당시에는 혼자 오는 손님은 한 잔만 주문하는 게 아니고 레지 몫까지 두 잔을 시키는 것이 일반적이었다.

영혼 없는 얘길 하며 마주 앉아 커피를 마시는데 울컥해졌다. 그도 고향이 있을 것이고 보고 싶은 사람들도 있을 텐데 고향에 가지 못하는 말 못할 사정이 있을 것이라는 생각이 들자 나나 그나 다람쥐 쳇바퀴 돌 듯 밑바닥 인생에서 탈출하지 못하고, 아니 영원히 탈출하지 못할 벽에 갇혀 있는 것 같다는 생각이 들어 서글퍼진 것이다. 흐트러진 마음을 추슬렀다. 신세 한탄한다고 나아질 게 없었다. 훌훌 털고 일어났다. 비가 올 때 필요한 것은 걱정이 아니라 우산이기에.

새벽 배달 우연인지 필연인지 대학로에서 신문배달을 했다.

5. 깨달음의 죽비, 『어느 청년 노동자의 삶과 죽음』

늘 해오던 생각, '어떻게 살 것인가'를 다시 생각하며 연휴가 끝나고 광주에 왔다. 딱히 할 일 없던 차에 광천동에 용봉야학이 있다는 것을 알게 됐다. 용봉야학은 어려운 가정형편으로 진학하지 못한 학교 밖 아이들을 위한 교육기관으로 대학생들이 운영했으며, 이곳에서 공부해 고등학교와 대학교 입시자격시험을 치렀다. 머리가 클 대로 커버린 탓일까. 몇 차례 다녀봤지만 여기도 내가 원하는 것은 없었다.

그렇게 차일피일 시간이 흐르다 다시 서울로 가게 되었고 도착하자마자 곧바로 취업을 했다. 낚시도구 부품을 만드는 영세한 공장이었다. 직원이 사장까지 합쳐 다섯 명밖에 되지 않았다. 그저 그런 날을 보내다 어느 날 친절하게 대해주던 직장 선배와 숙소에 둘이 남게 됐다. 착해 보이지만 얼굴이 쭈글쭈글 한 탓에 인상이 좋아 보이지는 않은 편이었다. 입사는 내가 빠르고 나이는 그가 많았다. 다른 두 사람들은 친척집이나 친구 집에서 자려고 나간 탓에 둘만 남은 것이다. 그가 가방에서 책을 한 권 가져와 읽어보라고 건네줬다. 신문지로 표지를 싼 책이었다. 그리고는 그는 내일 보자며 말하고 나갔다.

선배마저 나가버리자 갑자기 혼자 남게 되었다. 편히 보려고 누워서 책을 펼쳤다. 청년의 영정사진을 안고 있는 어머니의 모습과 『어느 청년 노동자의 삶과 죽음』이라는 책의 제목이 인상적이었다. 처음에는 담담히 읽었는데 제법 흥미로웠다. 그러다 어느 샌가 밥상을 펼치고 앉게 되었고 눈물을 흘리며 날을 꼬박 세웠다.

가슴이 떨렸다. 그동안 답답했던 게 무언지 알 것 같았다. 전태일 열사가 일했던 봉제공장과 내가 일했던 봉제공장이 같았다. 10년이 지났지만 그대로였다. 장시간 저임금에 먼지투성이인 열악한 근무환경이 같고, 서열화된 계급도 같고, 착취구조까지 같았다. 이제 더 이상 어떻게 살 것인지 고민하지 않아도 되었다. 노동운동가로 살아가기로 마음먹은 첫날밤을 그렇게 보냈다.

1983년 겨울이었다. 다음날부터 그와 급속도로 친해졌다. 우선 서로의 눈빛부터가 달랐다. 예전에는 직장 동료로서 무덤덤하게 바라보았다면 그 일 이후로 나는 항상 무언가를 듣고 싶어 하고 의지하는 눈빛으로 바라봤다. 그는 이해한다는 듯이 어김없이 노동법과 노동조합에 대해 많은 정보를 줬다.

새로운 세계를 만난 나는 늘 흥분되어 있었다. 일을 하면서도 퇴근 후 그를 만날 생각에 들떠 있었다. 하루가 어떻게 지나는지 모를 정도로 빠르게 지나갔다. 퇴근 후 우리는 다방이나 호프집에서 만났다. 주변에 다방과 호프집이 정말 많았다. 걸어서 5분 거리에 있는 다방만 해도 10개는 넘었으니 말이다. 어떤 날은 길에서 떨며 새벽까지 대화를 하고 집에 들어가기도 했다. 거의 매일 몇 시간 자지 않고 출근해도 피곤조차 잊은 채 저녁이 또 기다려졌다.

그러던 어느 날 그가 갑자기 사라졌다. 떠난 게 아니라 사라졌다고 하는 것은 떠난 것을 본 사람이 아무도 없었기 때문이다. 사라지기 전 단 한마디 말이나 내색도 없었다. 걱정이 되었지만 연락할 방법이 없었다. 그에 대해 아는 것은 얼굴과 서울 사람이라는 것뿐이다. 서울 사람이라는 것도 추측이다. 서울 말씨를 쓰고 있어서 그런 생각을 갖게 된 것이지 그가 말해주지는 않았다.

그러고 보니 우린 짧지 않은 기간 동안 많은 얘길 해왔으면서도 정작 신상에 대해 얘기해 본 적이 없었다. 서로가 그랬다. 묻지 않았으니 답할 일도 없었다. 그가 보이지 않자 당황스럽고 혼란스러웠다. 걱정도 되었지만 그의 빈자리가 컸는지 일이 손에 잡히지 않았다. 상당한 시간이 지나자 그가 돌아올 수 없을 것이라는 생각이 들었다. 다시 혼자가 되었다.

노동운동의 길로 가야 하는데 어떻게 해야 하는지 알 수 없었다. 누구도 가르쳐 준 사람이 없었다. 또 다시 여러 공장을 전전했다. 하지만 소득이 없기는 마찬가지였다.

노동운동은 경험 운동이다. 책과 말에 운동이 있는 게 아니라 노동현장에 있다. 노동자들은 대체로 체험하지 않는 것은 믿으려 하지 않는다. 그들은 체험을 통해 배운다. 눈으로 보고 몸으로 느낄 때 확신한다. 노동현장을 모르는 선배들에게 훈련받고 겨우 책 몇 권 읽은 것이 전부인 활동가들이 현장에 투입되어 안착하지 못하는 이유가 여기에 있다. 그들이 실패할 수밖에 없는 것은 그들 스스로 체험해본 적이 없어서다. 스스로 알지 못하면서 가르치려는 우를 범한다.

여기서 체험이란 시간과 공간만을 뜻하지는 않는다. 시간과 공간을 함께 하더라도 성찰하지 못하면 세상의 변화를 읽지 못하고 구태를 반복한다. 말만 앞서고 실천하지 않으면 있던 신뢰조차 잃고, 사람들의 마음은 더더욱 얻지 못한다. 성찰과 실천이 없는 사람들은 대개 원망과 증오, 시기와 질투가 앞선다. 공동체 형성의 주체가 아닌 분열의 나팔수 역할을 한다.

오직 노동조합을 만들겠다는 의지는 충만하였지만 나는 그 방법을 몰라 번번이 실패했다. 공장을 자주 옮기다 보니 사람들과 깊은 신뢰관계를 만들지도 못한 것도 한 원인이었다.

한번은 비밀스럽게 추진하던 일이 사장 귀에 들어가 사장과 사장의 친인척으로부터 집단적인 협박을 당했다. 그러자 모두 스스로 그만두겠다고 하는 바람에 포기할 수밖에 없었다. 의지는 있되 이해와 경험이 부족하니 매번 실패의 연속이었다.

그렇게 두 해를 보냈고 몇 차례의 실패로 무기력하던 차에 구로연대투쟁이 일어났다. 투쟁의 주체로 참여하진 못했지만 매일 투쟁의 현장에 갔기에 누구보다 가까이서 체험할 수 있었다. 눈앞에서 펼쳐진 투쟁을 목격하자 몸이 더 달아올랐지만 나의 일은 좀처럼 성과가 없었다. 마음은 뽕밭에 둔 채 병역문제로 다시 광주에 왔다. 31사단 11경비대에 배치되었다. 단기사병이라고는 하나 현역과 비교되지 않을 정도로 훈련이 고됐다. 사격과 구보와 태권도로 몸이 많이 좋아졌다. 다시 서울로 갔다.

이번에는 구로를 떠나 새로운 직장을 얻었다. 직원이 20여 명쯤 되는 곳이었다. 그동안 있었던 공장과 달리 일하면서 서로 많은 말을 할 수 있었고 일이 끝나면 삼삼오오 술자리를 갖는 일이 잦았다. 자연스럽게 소통이 잘 되었다. 핵심을 구성하는 것도, 노동조합을 설립하는 것도 순조로웠다. 하지만 노동조합을 만드는 것보다 지키고 발전시키는 것이 확실히 더 어려웠다.

그 당시 사장들에겐 노동조합설립이 법에 보장된 노동자의 당연한 권리라는 인식이 없었다. 자신이 악덕사업주라도 되냐며 분통을 터트렸고, 노동조합을 인정하지 않았다. 노동자들도 크게 다르지 않았다. 노동조합에 가입은 했으나 사장의 말이 일리가 있다고 생각하거나 후일이 걱정되어 이 정도 했으니 그만두는 게 좋겠다는 사람도 나왔다. 얼마 가지 않아 이탈자가 생겼다. 노조원과 비노조원 간의 갈등이 시작되었다. 사장과 가까운 사람들과 노동조합에서 이탈한 사람들이 노동조합에 반대하는 행동을 노골화했다.

그러던 어느 휴일 오후, 노조회의를 하고 있는데 그들이 들어와 행패를 부렸다. 술을 얼마나 많이 마셨는지 혀가 꼬여 무슨 말을 하는지 알아들을 수 있는 말은 없었고 고성과 욕설이 전부였다. 어떻게든 폭력을 유발하려는 그들의 계략에 빠져서는 안 된다는 생각으로 우리 모두는 자제하고 있었다. 그런데 행패를 부리던 일행 중 하나가 식칼을 나에게 던졌다. 중국영화에 나오는 큰 사각 칼이다. 운이 좋았던지 아슬아슬하게 얼굴을 비켜 갔다. 칼날로 머리를 맞았다면 사망했거나 큰 부상을 입었을 것이다. 상황이 이렇게 되자 우리들도 흥분이 되어 한바탕 난리가 났다. 집기가 날아다니고 유리 창문이 깨지고 기물이 파손되었다. 우리들 중 흥분한 사람이 부엌에 있는 가스통 노즐을 자르고 통을 질질 끌고 와 밸브를 열었다. 가스가 새어 나오자 다 같이 죽자고 절규하며 라이터를 찾으러 뛰어다녔다. 여러 사람이 달려

들어 붙잡고 말렸다. 누구라도 라이터를 켜면 모두가 죽는 일촉즉발의 상황이 되고서야 그들도 우리도 진정되었다.

그들이 유발한 폭력이었지만 쌍방 모두 피해가 컸다. 그 일로 세 사람이 해고되었다. 그쪽 한 명과 우리 쪽 두 명이었다. 나는 우리들 중 단 한 명도 법적 처벌이 되어서는 안 된다고 생각했다. 노조원들의 의견을 모은 후 사장과 담판을 짓고 그곳을 떠나게 되었다. 떠나던 날 그들은 눈물로 나를 배웅했다. 그들과 헤어지자 책임감에 감춰져 있던 고통이 한순간에 몰려왔다. 극심한 스트레스로 몸무게가 40킬로대로 내려왔다. 한동안 힘든 시간을 보냈다. 생각해보면 오랜 기간 여러 곳의 직장을 다니며 몸이 축나 있었다.

헤르만 헤세는 새가 새로운 세상과 만나기 위해 알을 깨고 나오는데 그 알이 그 새의 기존의 세상이라고 했다. 나도 알을 깨고 나와 노동운동이라는 새로운 세상을 만났다. 나는 늘 사물에 대해 의심했고 질문을 멈추지 않았다. 노동운동도 예외일 수 없었다.

나는 선배 노동운동가들의 전철을 따라 갔지만 그렇다고 무작정 따른 건 아니었다. 선배들이 새로운 세상이라고 믿고 있는 것도 또 다른 알 속에 갇혀 있는 기존의 세상일 수 있다고 생각했다. 새로운 세상이 한 겹으로 쌓인 게 아니라는 것을 깨닫는 데는 약간의 시간이 필요했을 뿐이다. 새로운 세상은 무한 반복된다. 나의 일에 내 스스로 가슴이 떨리지 않는다면 그때엔 또 다른 새로운 세상을 찾아 나서야 한다. 우리는 또 껍데기를 깨고 나가야 한다.

노동운동가의 첫날밤 옥상이 가장 따뜻하고 편했다.

5. 노조위원장을 세 차례나 하면서

안정적인 직장에 들어가 노동조합 활동을 해야겠다는 생각으로 광주에 있는 자동차기업 직업훈련원에 들어갔다. 1989년이다.

당시 내가 속한 자동차기업은 생산직의 대부분을 직업훈련원 수료자들 중에서 채용했다. 직업훈련원 수료는 곧 입사와 다를 바 없을 정도여서 경쟁이 매우 치열했다. 대부분 추천인이 누구냐에 따라 합격이 결정되었다. 이때까지도 자격증 하나 없던 처지라 고민고민하다가 졸업한 중학교에 찾아갔다. 고등학교를 졸업했더라면 아마 추천서를 고등학교에 부탁했을 것이다. 고등학교를 그만둔 후 대입 검정고시에 합격했으나 대학에 갈 수 있는 자격만 있었지 고등학교 졸업장은 없었다. 무진중학교에 찾아가 취업에 필요한 추천서를 요청 드렸더니 의외로 흔쾌히 써주셨다.

3개월은 훈련원에서, 3개월은 자동차 생산라인에서 일을 했다. 6개월 과정을 거치며 전기용접자격증과 가스용접자격증을 취득했다. 이공 계통에 적성과 흥미가 없었음에도 불구하고 취업이라는 목표가 있었기에 가능했다. 수료한 훈련생들은 곧바로 일용직으로 고용되었다. 그리고 얼마 지나지 않아 공채로 채용되었다. 그런데 나는 불합격되었다. 나를 아껴주었던 훈련원 교사 장재동 씨는 박병규의 시험

점수가 좋았음에도 불구하고 채용하지 않은 이유를 밝히라며 인사과에 찾아가 항의를 했고, 다음 기회를 보자며 나를 위로해줬다. 그리고 운 좋게 다음 차수에 공채로 입사를 했다. 수습 3개월 동안은 회사의 일에 최대한 충실했다. 수습기간도 노조원이지만 사실상 노조활동을 할 수 없다. 수습기간이 끝나고서야 노동조합 활동을 본격적으로 시작했고, 시국시위에도 열심히 참여했다.

자동차기업에서의 지난 30년을 회상하면 참으로 많은 일들이 있었다. 가시적으로는 노동조합 위원장을 세 차례나 했고 수많은 사고와 사건을 경험했다. 남들은 하려고 해도 한 번도 맡기 어려운 노동조합 위원장을 자그마치 세 차례나 할 수 있었던 것은 순전히 선후배들 덕택이었다.

세 차례 모두 하지 않겠다고 버티다가 하게 되었다. 사건을 미연에 분석하고 미래를 예측하는 게 뛰어나다는 평판도 있었지만, 나도 그게 재밌고 적성에 맞았다. 또 교육을 준비하고 강의하는 것도 매우 흥미로웠다. 강권에 못 이겨 맡게 되었지만, 즐거운 마음으로 위원장 일을 수행하였다.

한번은 출마권유를 받고 5일 동안 잠수를 탄 적도 있다. 회사에 출근을 하지 않은 것이다. 물론 집에도 들어가지 않았다. 선거 관련 입

후보 일정이 끝났을 것이라 생각하고, 6일 만에 출근했는데 후보자를 접수하는 마지막 날이었다. 모든 준비를 끝내고 나만을 기다리고 있었다. 울며 겨자 먹기로 접수를 하고, 선거운동을 시작했는데 또 운 좋게 당선되었다.

내가 운이 좋다고 하는 것은 짧게는 수년, 길게는 십수 년 동안 준비한 사람들은 매번 떨어지는데, 벼락치기로 출마한 나는 출마할 때마다 모두 당선되었기 때문이다. 내가 당선된 가장 결정적인 요인은 내 주변에서 찾을 수 있다. 나와 함께 일을 해온 사람들은 나보다 여러 면에서 뛰어난 사람들이었다. 그런 선후배들을 만나고 오랜 시간 변함없이 함께 일을 해온 것이 나의 행운이었다. 나의 선후배들은 저마다 노동조합 활동가로서 훌륭하였으나 나를 위하는 끔찍한 일편단심을 지난 30년 내내 보내주었다. 나는 많은 것을 선후배들에게서 배웠고 도움을 받았다. 최일선, 최문규, 이기곤, 서인열을 비롯한 많은 선배들은 후배들의 귀감이다. 배움과 깨달음을 준 사람이 많아 일일이 열거할 수 없고 도움 받은 사례가 부지기수라 소개할 수 없는 게 안타까울 뿐이다. 그들과는 신뢰가 두터워 하는 일마다 호흡이 잘 맞았다. 덕택에 성과도 많이 만들어냈다. 선후배들의 헌신적인 지원을 잊을 수 없다.

선후배들 못지않게 감사하게 생각하는 사람이 있다. 첫 번째 위원장을 하던 시기에 만난 사측 대표자, 전천수 씨였다. 현대자동차가 기아자동차를 인수하고 현대자동차에서 기아자동차 광주공장장으로 부임한 경영자였다. 호남사람이었다. 여간해서는 그런 자리까지 올라가기 어려운 여건에서 일에 대한 열정이 워낙 대단한 사람이었던지라 후일 현대자동차 사장을 거쳐 부회장까지 역임했다.

아이러니하게도 그를 보며 노동조합 활동을 어떻게 해야 하는지 많은 생각을 하게 되었다. 내가 위원장을 하면서 새벽 5시 이전에 출근을 하게 된 것도 전천수 공장장 때문이었다. 늘 새벽에 출근하던 그보다는 빨리 출근해야겠다고 생각했기 때문이다. 조합원에게 불신 받는 노동조합을 바꿔보려는 절박한 마음으로 모범을 보일 수 있는 것이라면 무엇이든 해야 한다는 생각도 있었지만, 노동조합이 모든 면에서 사측보다 우위에 있지 않으면 '떼법' 쓰기 외엔 경쟁력이 없다는 소신이 반영된 결과다.

한겨울에 공장 책임자로 부임한 그는 항상 6시 전에 출근해 일을 직접 챙겼다. 겨울이라서 밖이 잘 보이지 않는데도 공장 구석구석을 돌아다녔고 많은 변화를 이뤄냈다. 물론 이 때문에 중간관리자들은 매우 힘들어했다.

당시 노사관계는 매우 적대적이었다. 경제 상황이 나빠지면서 구조조정이라는 명목 하에 기업들의 무분별한 대량해고가 있었고 내가 있던 곳도 상황이 비슷했다. 직원들의 임금과 상여금이 체불되거나 반납된 상황에서 위원장을 시작한 나는 회사의 정상화를 위해 함께 노력했지만, 인위적인 구조조정이나 직원들에게 지급되어야 할 노동의 대가가 부정되는 것에는 단호한 입장이었다.

이 문제로 싸우고 있던 차에 그가 공장 책임자로 왔다. 그와 나의 만남도 처음에는 사나운 풍경이었다. 첫 대면부터 서로 경직된 상태에서 만났고, 나는 현안을 설명하며 조속히 해결해 줄 것을 요청했다. 하지만 당시는 IMF 직후라 기업 형편이 좋지 않았다. 또 이것저것 상황을 살펴야 할 것도 있었다. 그럼에도 구조조정과 임금체불 문제가 해결되지 않으면 노동조합 활동을 정상적으로 할 수 없었기에 천막 농성에 들어갔다.

낮에는 노동조합 업무를 수행하고 밤이면 천막에서 잤다. 겨울 날씨는 낮과 달리 밤에는 기온이 뚝 떨어진다. 천막 내에 난로를 켜 놓았지만 공기가 차가웠다. 천막을 돌돌 말아 외부공기 유입을 막아야 그나마 조금 온기가 유지되었다. 당연히 공기 순환이 잘되지 않는다.

어느 날 새벽에 누가 천막을 들추는 소리가 났다. 휴대전화 시계를 보니 다섯 시 삼십분이었다. 이 시간에 올 사람이 없는데 생각하며 일어났더니 공장장이 고개를 내밀었다. 무슨 일이냐고 묻자 천막에 난로를 켜고 공기가 차단되면 가스중독 사고라도 있지 않을까 걱정되어서 왔다며 건강과 안위를 걱정해주고 갔다. 처음엔 무덤덤했는데 매일 반복되자 진정성이 느껴졌다.

혼자 결정할 수 있는 일도 아니고 당장 해결될 일도 아니었기에 할 수 있는 일을 묵묵히 하는 모습도 좋아 보였다. 특히 업무에 최선을 다했다. 오랜 시간이 지났지만 지금도 기억이 생생한 장면이 있다. 책상 앞에서 링거 맞는 모습이다. 협의차 집무실을 방문했더니 그가 왼팔에 링거를 꽂은 채 업무를 보고 있었다. 불행히도 나는 위원장 임기 중에 무릎을 다쳐 수술을 해야만 했다. 마취가 깨고 회복되려면 며칠은 입원해야 했으나 의사의 만류에도 불구하고 비몽사몽간에 퇴원을 해버렸다. 내가 노동조합에서 링거를 맞은 채로 임무를 책임졌던 것도 따지고 보면 그에게 배운 것이다.

이렇게 시작된 상호신뢰는 그 뒤 많은 사업으로 이어진다. 기업에서 일방적으로 추진하던 전환배치 결정권한을 노동조합에서 행사할 수 있게 되었고, 혼류생산에 대한 노동조합의 부정적 견해도 사그라뜨렸다. 시간이 좀 더 많이 주어졌더라면 더 많은 혁신을 해냈을 것이다. 아쉽게도 그와 함께 일한 기간이 길지 않았다. 얼마 전 그에게 전화를 했다. 오랜만의 통화인데도 목소리가 좋았다. 그는 여전히 건강하다고 했다. 서로 안부를 전하고 끊었다.

노사관계는 기본적으로 대립적이지만 상호 협조할 것도 많다. 그래야 더 많은 이익을 얻을 수 있기 때문이다. 특히 지금처럼 노동시장이 이중구조화되어 있는 상황에서 소위 힘 있는 노동조합이 연대의 관점에서 산업차원의 협조를 만들어내면 경제적으로 하층에 놓인 노동자들의 근로조건 향상으로 이어질 개연성이 커졌다. 노노간이든 노사 간이든 협력은 경쟁보다 힘이 세다.

7. 하청 노동자 대변하다 쇠파이프 맞고 반신마비

회사가 어려워지면 가장 먼저 인력구조조정을 한다. 인력구조조정이란 일하는 사람, 곧 노동자를 줄이는 일이다. 회사에서는 인건비를 줄이는 것이 가장 손쉽다고 생각하기 때문이다. 경제상황이 나빠지면 노동자를 줄이기도 하지만 노동자를 새로 뽑지도 않는다. 그 피해는 현직의 노동자가 입을 뿐만 아니라 일자리를 구하는 예비 노동자도 그 피해를 입는다.

구조조정은 여러 방안이 있지만 경영자 쪽에서 가장 쉽게 떠올리는 것이 정리해고다. 노동자는 정리해고가 되지 않기를 바란다. 설사 정리해고가 시행되더라도 자신은 예외적이길 바라지만 전적으로 사용자의 결정에 달렸다.

일감이 줄어들면 반드시 정리해고를 해야 하는 것일까? 꼭 그렇지는 않다. 구조조정을 하지 않고도 일자리를 나누는 방법이 있다. 누군가를 쫓아내지 않고, 조금씩 급여를 줄이고 일자리를 나누면서, 그 누구도 내보내지 않고 함께 사는 방법을 찾아야 한다. 경영측면에서도 기업의 이익을 줄이고, 경영합리화를 시도해야 한다. 지금 가진 것을 모두 차지하면서 어려워진 회사를 일으켜 세우기는 어렵기 때문이다.

외환위기 때 기업들의 정리해고는 사람들의 마음까지도 바꾸어 놓았다. 20년 이상 지난 지금도 당시의 충격이 가시지 않는다. 그때의 영향으로 일감이 늘어났는데도 신규채용에 반대한다. 잔업과 특근으로 일하는 시간을 늘려 물량을 맞추면 되는데, 인력을 충원하면 향후 물량감소 시 인력구조조정을 해야 한다는 논리를 전개하며 신규채용을 막는다. 어려운 경제상황과 심각한 실업난을 고려하면 있을 수 없는 일이지만, 기업 내에서 이러한 주장은 당연하다는 듯이 펼쳐지고 다수의 동의와 지지를 얻을 때도 있다. 내가 노조 일을 할 때도 그랬다.

나는 노조원 설득에 나서기 시작했다. 물량이 늘어나도 동일한 논리로 신규채용을 하지 않았더라면 이 자리에 있는 대부분의 사람들도 채용될 일이 없었을 것이라고 설명했다. 아무리 많은 일감이 늘어나더라도 사람을 뽑지 않고, 있는 인력으로 야근과 특근을 해서 생산하면 되니까. 자신이 입사할 때는 고용을 늘렸기 때문에 입사할 수 있었는데, 입사를 하고 나자 지금은 사람을 뽑지 말자고 하는 것은 억지라고 설득했다. 다행히 노조원들이 동의해줬고, 500명이 넘는 인력이 신규 채용되었다.

일감이 늘어나면 일자리를 늘려야 한다. 인력 충원을 하고, 특히 청년고용을 늘려야 한다. 당시에는 그런 주장에 이견이 분분했다. 또 지역사회와의 나눔 활동에 대해서도 좋지 않은 시각이 있었다. 내가 내건 슬로건은 '공감과 소통, 나눔과 연대'였다. 당시 상황 속에서는 파격적이었다. 즉각 반응이 왔다. 물론 부정적 반응이다. '노조가 무슨 놈의 나눔과 연대냐'며 공개적으로 반대하는 사람들도 있었다. 조합비가 외부로 쓰이고 근무시간 중에 밖으로 나돈다는 것이었다. 그게 문제될 것도 아니었지만 사실이 그렇지도 않았다. 노동조합 간부들이 일요일에 쉬지 못하고 개인 돈 써가며 봉사활동을 했으니 말이다. 푸코의 말처럼 신자유주의는 살게 하거나 죽게 내버려 두기다. 노동조합에서 이를 외면해서는 안 되었다. 지금은 대부분의 노조가 나눔과 연대활동에 참여하고 이러한 활동에 더 이상 토를 달지 않는다.

90년대 말 IMF가 터진 뒤로 구조조정과 비정규직 문제가 곳곳에서 발생했다. 나라 살림이 어려워지면서 회사 살림도 어려워졌다. 그러니 기업들은 정규직원을 뽑는 게 아니라 임시 직원을 뽑거나 일감을 외주로 내보냈다. 임시 직원이 바로 비정규직이다. 고용기간의 정함이 없는 노동자가 정규직이다. 반대로 고용기간의 정함이 있는 노동자가 비정규직이다. 또, 교묘하게 도급 등으로 포장된 곳에서 일하는 노동자들이 여기에 해당된다. 어찌됐든 급속도로 비정규직이 양산 확대되었고, 정규직과 비정규직의 격차가 날로 커지면서 참다못한 비정규직 노동자들의 노조가 곳곳에서 출현했다. 비정규직이 사회문제가 되었고, 비정규직 문제의 중심에 제조업 노동자가 있었다. KT

의 비정규직 문제도 심각했지만 특히 광주전남에서 비정규직 문제의 심각성은 매년 충돌로 확인되었다.

1999년도 목포에 있는 삼호중공업, 2000년도와 2001년에는 광주의 하남산업단지에 있는 동명이라는 자동차협력업체와 캐리어, 그리고 2002년도에는 기아자동차에서 사내하청 문제가 이슈로 부각했다.

사내하청기업의 노동자들이 노조를 만들자, 회사는 구사대를 만들어 대응했다. 회사를 구한다는 명목으로 조직된 구사대는 중간관리자들로 조직하기도 했고, 사람이 부족하면 힘 좋은 외부 인원을 고용하기도 했다. 심지어 경찰의 협조를 받는 구사대도 있었다. 구사대가 노동자들의 농성장을 차로 들이받기도 했고, 노동자를 납치하여 격리하기도 했다. 목포에서 있었던 일이다.

어느 회사는 노동3권을 인정하려 들지 않아서, 나는 사내하청 노동자들과 함께 동조 단식을 했다. 헌법 제33조 1항에 명시된 노동자의 인간다운 생활을 보장하기 위한 기본권이 인정되지 않아 해당 노조대표자와 함께 20일 동안 단식을 했다. 나는 단식을 하면서도 일을 했다. 하루는 지역 노조를 순회방문 하던 중 계단에서 굴러 떨어져 병원에 실려 갔다. 혈압을 측정하니 40이 나왔다. 몹시 힘들었다. 힘든 정도가 아니라, 죽을 고비는 이런 것이란 걸 느꼈다.

초기엔 원청 노조와 하청 노조 간 연대가 잘 되었다. 그런데 보름쯤 지나자 연대에 균열이 생겼다. 원청 노조가 하청 노조를 돕다가는 원청 조합원만 손해를 본다는 회사의 홍보와 설득이 먹혀들었기 때문이다. 원청 노조가 연대 파기선언을 했다. 원하청 갈등이 시작되었고, 하청노동자들이 쫓겨났다.

원청 노동자와 하청 노동자는 작업복부터가 달랐다. 임금이나 복지 차별은 말할 것도 없고, 작업복과 신발에서부터 차이가 있었다. 가슴 아픈 일이었다. 쫓겨난 하청 노조의 지도부는 엉망진창이 되었고, 회의조차 제대로 진행되지 않았다. 출근 투쟁을 함께 했고, 천막에서 함께 잤다. 곧바로 천막에서 나가라는 통보가 왔고, 지인으로부터 내가 구속될 것이라는 협박이 전해졌다.

농성에 진전이 없자 하청 노조원들이 원청 작업공간을 점거했다. 하청노조 지도부를 중심으로 비밀리에 추진되어 한참 지난 뒤에서야 이 사실을 알게 되었다. 공장이 멈추자 교섭을 하자는 회사 측의 요구가 있었다. 하청노조원의 접근을 막기 위해 오랫동안 굳게 닫혀 있던 공장 문이 열리고 교섭대표로 협상장에 들어갔다. 4월 30일 오후에 시작된 협상은 얼마 가지 않아 결렬되었다.

협상은 명분이었고 다른 속내가 있었던 것이다. 밖으로 나가려고 하자 원청 노조원들이 막아섰고 그렇게 감금되어 5월 1일을 맞이했다. 노조결성과 점거의 배후가 나라고 생각한 원청 노조원들은 나를 불러 세웠다. 그들은 격앙되어 있었다. 민주노총에 대한 근거 없는 비난을 해댔다. 내가 자초지종을 설명하려 하자 누군가 뒤에서 쇠파이프로 나의 허리를 내리쳤다. 갑작스러운 가격에 나는 쓰러졌고 온몸이 마비되어 꼼짝 못 하고 누워있었다. 밖이 시끄러워지기 시작했다. 날이 밝자 지게차와 소화기가 동원되어 폭력적인 방식으로 점거농성 중인 노조원들에 대한 진압이 시작되었다.

지게차가 점거 공간의 패널(panel) 벽을 들이받아 부셔버렸다. 쇳덩어리가 날아다니고 소화기를 쏘아댔다. 쓰러져 누워있는 내 얼굴에 가루가 수북이 쌓였고 눈이 따가웠다. 손이 움직이지 않아 닦을 수조차 없었다. 점거 중인 노동자들은 방어를 위해 가스통 밸브를 열었는지 가스 새어 나오는 소리가 세차게 들렸다. 이렇게 죽겠구나 하는 생각을 하고 있는데 농성자들이 끌려 나왔다. 찢기고 뼈가 부러진 노동자들을 옮기려고 구급차가 들어왔다. 몸을 움직이지 못해 구급대원들에 의해 매트로 옮겨졌고 119구급차에 실리기 위해 매트에 누워있는데, 분이 풀리지 않은 원청 노조원이 또 나의 가슴을 힘껏 때렸다. "디져라"라는 외침과 함께. 참을 수 없는 통증은 쉽게 잊혔지만, 그들과의 관계가 이것이었나 싶어 서러움이 복받쳤다. 그날이 하필이면 노동자의 생일인 5월 1일이었다.

차별에 맞선 대가 차별에 맞선 대가는 컸다. 원청 노조원들에게 맞아 입원하고, 조사도 받지 않고 수감됐다.

사건이 일어날 당시 원청 노조원은 800명쯤 되었다. 그들은 나와 매우 친했다. 내가 여러 차례 교육과 간담회를 했던 터라 대부분이 내 얼굴을 알고 있었고 그들 중에는 나와 아주 가까운 사람들도 있었다. 3교대를 하던 시절이라 출퇴근 시간에 맞춰 새벽 4시에 나가서 강의를 했던 적도 있어 교육을 통해 친분과 신뢰가 쌓인 사람들이었다. 그런 관계였는데 나에게 쇠파이프를 휘두른 것이다. 쇠파이프를 휘두른 사람은 평범한 노동자였다. 노조 역시 전국적으로 모범노조로 칭송받는 곳이었기에 쇠파이프에 맞은 충격보다 마음의 충격과 상처가 더 크고 깊었다. 목에 깁스를 한 채 다음 날 환자복을 입고 다시 현장에 갔다. 독종이라고 생각했는지 눈을 마주치지 못하고 슬슬 피하는 사람들이 보였다.

그러던 어느 날, 오랜만에 씻으려고 집에 갔더니 어머니가 와 계셨다. 아이들이 초등학교에 들어가기 전이어서 어머님이 간혹 들러 아이들을 보살펴 주셨다. 샤워를 하고 나오는데 현관문에서 초인종 소리가 들렸다. 경찰임을 직감했다. 아이들은 뛰어나가 문을 열어주었다. 경찰들이 문밖에 서서 내 이름을 불렀다. '박병규 씨!', 어머니께 걱정을 끼쳐드려서는 안 되겠기에 눈짓으로 잠시만 기다리라는 신호를 보냈다. 아는 사람을 찾는다며 어머니를 안심시키고 문을 나서자 곧바로 수갑이 채워졌다. 순찰차를 타고 집을 떠나던 그날 저녁, 나는 곧장 교도소에 수감되었다.

체포되어 곧바로 교도소에 수감된 경우는 극히 이례적이다. 나중에 알고 보니 판사가 이미 구속영장을 발부한 상황이라 특별한 조사 없이 교도소 수감이 가능했다고 한다. 나는 영문도 모른 채 구속되었고 구속되고서야 사유를 알게 되었다. 대우자동차 연대 투쟁 건인데 불법시위와 점거 혐의로 구속시킨 것이란다. 누가 봐도 비정규직 투쟁을 와해하기 위한 것임에도 죄명이 그랬다.

많은 사람들의 염려와 도움 덕택에 오래 가지 않아 석방되었다. 그 사건은 기업의 노사 모두에게 위기의식을 주었다. 이후로 이 사건은 나를 급진적이고 과격한 사람으로 포장하는 소재로 활용됐다. 그리고 지역 기업들은 1년씩 하던 도급 계약기간을 3개월 단위로 바꿨다.

대기업 노조 간부들은 자신의 비겁함을 감추기 위해 나를 공격했다. 내 주장이 급진적이고 실현 가능성이 없어 노조를 위협하고 있으며 노노간의 갈등을 조장하고 있다는 것이다. 노조가 약자의 편이 되어야 한다는 내 말에 귀 기울이는 사람은 많지 않았다. 나를 그대로 두면 노조가 망할 수 있으니 징계해야 한다며 목소리를 높였다. 그들에게 칭찬이나 표창 따위는 애초부터 바라지 않았다.

하지만 온갖 고생과 탄압을 받으면서도 굴하지 않고 꿋꿋하게 활동해온 한 사람의 활동가이자 지역을 대표하는 사람을 앞에 두고 할 말은 아니었다. 징계 운운하는 그들의 말을 들으니 참을 수 없는 수모와 모멸감에 심신이 무너져 내렸다. 참담했다. 참고 또 참아서라도 기어이 좋은 결과를 만드는 것이 중요하다는 다짐으로 버텼다. 버텼다는 말 그대로 극복한 것이 아니라 버텨냈다.

기적이 일어났다. 100명이 넘는 비정규직이 전원 정규직이 되었다. 비정규직이 집단으로 정규직으로 전환된 최초의 사건이었다. 하청 노동자에 대한 원청회사의 사용자성이 인정된 것이다. 다시 말해 비정규직 노동자들이 소속된 곳은 하청회사이지만 업무지시와 근로감독이 원청회사에 의해 이루어짐으로써 그들의 실질적인 사업주는 원청회사라는 판결인 것이다. 이 사례는 비정규직도 정규직이 될 수 있다는 확신을 얻는 계기가 되었다. 비정규직 노조원들의 공이 가장 켰지만 금속연맹 권오산 부장과 이병훈 노무사의 역할이 적지 않았다. 전략회의와 실무, 법률지원과 실천에 그들이 늘 함께 했다. 그 뒤로 여기저기서 비정규직 노조가 생겼고, 비정규직의 정규직화 투쟁에 물꼬가 터졌다. 함께 투쟁한 노동자들은 전체가 정규직이 되었기에 비정규직 노조는 사라졌다.

나는 다시 직장에 복귀했고, 노조에서는 어떤 직위도 맡지 않았다. 월요일부터 금요일까지 퇴근하면 오로지 후배들과 함께 했다. 책을 추천하거나 토론주제를 내어주고 공부하는 시간을 가졌다. 후배들에게 지식과 경험을 나누어주는 일은 보람도 있었지만 내게는 생각의 깊이를 더해주고 상처받은 마음을 치유하는 소중한 시간이었다.

그러는 사이 비정규직 문제는 사회적으로 더 많은 조명을 받았다. 시민들이 정규직과 비정규직이라는 '두 계급'이 있음을 알게 되었다. 정규직과 비정규직의 차별의식도 밖으로 드러났다. 능력과 자질의 수준은 비슷하지만, 정규직과 비정규직이 너무나 다른 대우를 받고 있다는 사실에 시민들도 놀랐다.

폭행사건이 있고 5년이 지나서 나는 다시 그 노동조합을 방문했다. 조합원 강의를 위해서다. 마주친 서로의 눈빛이 복잡했다. 내가 먼저 말을 꺼냈다. 많은 아픔을 겪었고 상처가 되었지만 지금은 아무렇지 않다고 했다. 또 내 행동에도 분명 부족함이 있었을 것이라는 말도 보탰다. 그렇게 털고 나니 마음이 훨씬 가벼워졌다.

차별은 단순하게 임금과 복지의 문제만이 아니다. 1등 노동자와 2등 노동자로 구분 짓는 의식과 태도의 문제가 더 본질적이다. 비정규직 문제가 한국 사회의 탑 이슈로 부상했고, 나는 2003년 선거에 당선된 노조 집행부의 요청으로 민주노총 금속연맹 일을 위해 광주를 떠났다. 그곳에서도 자동차산업과 비정규직 문제는 내가 담당했다. 자동차산업과 비정규직은 나와 떼려야 뗄 수 없는 인연으로 더 깊어졌다.

- 제2장 -

우리는 과연 생각하며 살고 있나?

제2장 우리는 과연 생각하며 살고 있나?

1. 생각 없이 산 죄!

1961년 이스라엘 예루살렘 법정에 한 남자가 섰다. 머리는 벗어지고 안경을 썼으며 마른 사내였다. 도피생활을 하던 부에노스아이레스에서 체포되기 전까지는 콧수염을 길렀다. 그는 600만 명의 유대인을 학살한 홀로코스트의 지휘자 노릇을 했던 아돌프 아이히만(Adolf Eichman)이었다.

아이히만은 2차 대전 당시 나치스 친위대의 중령으로, 유대인을 말살한 히틀러의 부하 직원이었다. 유대인은 물론 27만5천 명의 장애인을 학살한 인물이다. 히틀러의 독일이 망하자 그는 아르헨티나로 건너가 이름을 바꾸고 숨어 살다가 붙잡혔다.

그는 재판에서 줄곧 자신은 '모든 혐의에 대해서 죄가 없다'고 말했다. 그 까닭으로 '난 단 한 사람도 내 손으로 죽이지 않았으며, 죽이라고 명령한 적도 없었다. 난 시킨 것을 그대로 이행한 한 명의 관리였을 뿐이다'고 말했다. '시킨 것을 그대로 이행한 관리'란 말이 섬뜩하다. 우리 또한 아무 생각 없이 '시킨 것을 그대로' 하면서 남에게 고통을 주고 있지는 않는지, 사무적으로 '관리'를 하면서 불평등에 앞장서지 않는지, 돌아봐야 한다.

아이히만의 재판을 미국 정치철학자 한나 아렌트가 〈뉴요커〉라는 잡지의 특파원 자격으로 8개월 동안 취재했다. 그리고 『예루살렘의 아이히만』이라는 책으로 펴냈다. 이 책에 그 유명한 '악의 평범성(the banality of evil)'이란 말이 나온다.

아이히만은 평소 매우 착한 사람이었다. 평범한 가장이었으며, 자신의 직무에 충실한 모범시민이었다. 하지만 그는 세계 최대 규모의 살인에 앞장섰다. 법정에 선 아이히만은 우리의 생각과 달리 자신이 저지른 일에 어떤 잘못도 느끼지 못했다. 오히려 '자신이 받은 명령'을 수행하지 않았다면 양심의 가책을 느꼈을 것이라고 법정에서 대답했다. 재판을 참관한 6명의 정신과 의사들은 모두, 아이히만이 지극히 정상일 뿐 아니라 바람직한 사람이라고 평가했다. 가장 평범한 사람이 세계에서 가장 비극적인 일을 지휘한 것이다.

문득 군사 독재 시절에 고문을 받았던 사람의 일화가 떠오른다. 그렇게 죽일 듯이 고문을 하던 고문관이 딸에게 전화가 오자, 아주 다정한 목소리로 '아빠가 일 끝나고 맛있는 것 사서 가지고 갈게' 했다는 일화. 방금 전까지 각목을 들어 때리고, 머리채를 휘어잡아 물속에 집어넣고, 치밀하게 전기고문을 가하며 고래고래 욕설을 뱉었던 사람이라고 생각되지 않을 정도로 사랑스러운 통화를 하는 목소리가 너무도 가증스러웠다는 일화.

악의 평범성 이렇게 착한 사람이 어떻게 저런 끔찍한 일을 저지를까? 그런데 우리가 잘 몰라서 그렇지, 우리 이웃에 있을 수 있다. 악의 평범성이다.

아이히만의 성실함이나 고문관의 일상을 보면서 사람들은 혼란에 빠진다. 저렇게 잔인한 사람이 어떻게 평범할 수 있을까? 이렇게 착한 사람이 어떻게 저런 끔찍한 일을 저지를 수 있을까?

예전에는 아이히만이나 고문관 같은 사람을 단순히 '미친놈'이라 했는데, 요즘은 '사이코패스'라고 부른다. 하지만 그들은, 가정에서는 지극히 착한 아빠였고, 사회에서는 성실한 모범시민이었으며, 조직에서는 인정받는 사람들이어서 미친놈이라고 부르기 어려웠다. 가족에겐 자상했으며, 사회생활은 부지런했고, 조직에서는 능력자이었으니 누가 사이코패스로 보았겠는가?

아이히만은 유대인을 가스실에서 죽였다. 피범벅이 된 시체는 처리하기 힘들고, 구멍 난 옷은 버려야 했기 때문이다. 더 '효율적으로' 죽이기 위해 '창의적인 업무'를 하려고 목욕탕을 가스실로 바꿨다. 유대인들이 스스로 옷을 벗게 만들고 가스실로 몰아넣어 죽였다. 죽이기도 쉬웠고 옷도 재사용할 수 있었다. 아이히만이 정말로 업무를 자율적(?)이고 창의적(?)으로 해낸 것이다. 아이히만의 재판에는 100명이 넘는 유대인이 나와서 강제수용소의 혹독한 고문과 굶주림을 증언했다. 재판은 이스라엘과 독일뿐 아니라 세계의 눈과 귀를 끌어모았다. 증언만 들어도 그 방법이 너무나 잔인해 소름이 끼쳤다.

어떻게 평범한 시민이 희대의 살인마가 되었을까, 왜 모범적 시민이 끔찍한 살인마가 될 수 있었을까? 아이히만이 태어날 때부터 악마의 성격을 지녀서 반인륜적 범죄를 저지른 것일까? 아니다. 악마의 성격을 갖도록 교육을 받았을까? 아니다. 아이히만은 아무런 생각 없이, 다만 자신의 직무를 수행했다. 아렌트는 이를 두고 '생각 없음'(thoughtlessness) 때문이라고 분석했다.

〈악의 평범성〉에서 아렌트는 '악이란 뿔 달린 악마처럼, 별스럽고 괴이한 존재가 아니다. 사랑이 언제나 우리에게 있는 것처럼, 악 또한 언제나 우리 가운데 있다'라는 문장으로 시작한다. 그리고 '아이히만은 아주 부지런한 사람이다. 부지런함은 결코 범죄가 아니다. 그러나 아이히만이 명백하게 유죄인 까닭은, 아무 생각이 없었기 때문이다'라고 적었다. 아무 생각이 없었기 때문이라고!

"다른 사람의 처지를 생각할 줄 모르는
생각의 무능은
말하기의 무능을 낳고
행동의 무능을 낳는다"

아렌트가 적어둔 이 말은, 읽는 순간이라도 '생각'을 하게 만든다. 나는 다른 사람의 처지를 생각하는가? 내가 한 행동으로 다른 사람을 힘들게 하지는 않을까? 내가 한 말에 상처를 입는 사람은 없는가? 아, 이제부터는 생각부터 좋은 쪽으로 바꿔야겠구나, 이런 다짐을 하는 사람이 많아지면 좋은 사회가 된다.

착한 사람이 저지른 끔찍한 범죄를 통해서, '인간의 생각'이 어떻게 행동으로 드러나는지, 대체 '인간의 생각'은 무엇인지, 아이히만을 통해서 '생각 없는 성실함'이 어떤 결과를 낳는지, '생각 없는 행동'이 얼마나 위험한지, 새삼 깨닫는다.

재판관이 아이히만에게 양심의 가책을 느끼지 못했느냐고 물었다. 아이히만은 '내가 스스로 한 일이 아니라 군인으로서 명령을 수행한 것이며, 월급을 받으면서도 주어진 일을 열심히 하지 않으면, 양심의 가책을 받았을 것이다'라고 대답했다. 명령을 받는 군인과 월급을 받는 관료의 답변으로는 정답에 가깝다. '나는 전쟁 때의 법규를 준수했고, 국가에 충성했다.' 아이히만이 마지막으로 남긴 말이다.

우리 주변에서도 책임이나 양심을 물었을 때 이와 비슷한 답변을 들을 수 있다. '나는 그냥 시킨 대로 했을 뿐인데, 나한테 왜 그래?', 잘못된 명령을 수행하고 타인에게 피해를 주면서도 이렇게 무책임하게 말해서는 안 된다. '월급 받는 사람이니까, 윗사람이 시킨 대로 해야지', 월급 받았으니 사장의 뜻에 어긋난 일을 해서는 안 된다. '양심이 밥 먹여 주냐, 시킨 대로 해야 밥이라도 먹고 살지'. 하지만 밥을 얻어먹는다고 나를 속여선 안 된다. 아이히만은 결코 멀리 있지 않고, 우리 이웃에도 있을 수 있다.

아이히만은 전쟁범죄와 반인륜적 행위로 사형선고를 받았고, 1962년 교수형으로 처형됐다. 독일이 패망한 지 15년째 되던 해였고, 아이히만의 범죄 혐의는 15가지였다. 그의 최종적인 죄는 '잘못된 법과 잘못된 정치에 복종한 죄'였고, '생각하지 않은 죄'였다.

우리는 조직에서 성실히 일하여 인정받는 사람인가, 동료에게 고통을 주는 사람인가? 우리는 명령을 잘 수행하는 사람인가, 우리가 사회적 문제를 만드는 일을 하지는 않는가? 우리는 아이히만처럼 '악의 평범성'을 안고 사는 것은 아닌지, 가족을 사랑하고, 직장에서는 성실하지만, 잘못된 구조 속에서 무엇이 잘못인지 모르고 살아가는 것은 아닌지, 살펴볼 필요가 있다.

2. 생각을 바꿔 보면 어때?

한나 아렌트의『예루살렘의 아이히만』은 많은 생각을 하게 한다. '누가 이렇게 만들었지?' 하면서 남을 헐뜯고만 있었던 일이 '이 일은 왜 생겼을까'로 바뀔 수 있다. 일의 근본을 따져보면 해결책으로 가는 길이 눈에 보일 때가 있다. '어쩌자고 이 지경까지 되었나?' 투덜거리고만 있던 일들이 '어떻게 바꿀 수 있을까?'로 바뀐다. 일을 풀어내는 방법을 찾으려고 애쓰고, 슬기로움을 하나씩 모아야 한다. '답답함의 끝판 왕이구나' 하면서 과거의 불만과 불평만 늘어놓던 일이 '무엇부터 해야 할까?'로 바뀐다.

사람들은 어떨 때 힘들어할까? 육체적으로 벅찰 때도 힘들겠지만, 정신적으로 압박이 오면 더 힘들다. 정신적 압박은 '비교'에서 생길 때가 많다. 똑같은 일을 하는데 남들과 비교해서 돈을 덜 받거나 대우를 못 받으면 심한 자괴감을 느끼고 분노로 표출되기도 한다. 남들과 비교하지 말고, 자신의 과거와 비교하라고 교육을 받지만, 눈앞에 벌어지는 현실에서 그게 어디 쉬운 일인가.

우리가 겪는 차별이나 소득 격차는 혹시 '우연을 가장한 필연'이 아닐까? 우리는 묻고 또 물어야 한다. 우리가 함께 모여 결의할 때 평등은 지금 바로 여기에서 이루어진다.

사람들은 어떨 때 답답해할까? 일이 풀리지 않으면 혼자 답답해한다. 일이 풀리지 않을 때 혼자서 해결하려고 발버둥 치면, 일은 더 꼬여간다. 늪에서 빠져나오려고 할 때처럼. 이웃이 답답해하면 도움을 주어야 하고, 내가 답답할 때는 도움을 청해야 한다. 도움을 주고 도움을 받는 일, 다른 말로 하면 상생이고, 나눔이고 연대다. 도움을 주지도 않고 받지도 않으면 고립된다.

도움이 없는 삶은 고립이다. 정글에서 고립되면 죽을 확률이 높아진다. 우리는 경쟁이라는 정글 속에서 산다. 경쟁에서 뒤처지고 불평등 속에 빠지면 신분이 고착된다. 고착된 신분은 대물림되기도 한다.

경쟁 사회에서 측은지심을 갖는 것은 위험하다고 가르친다. 이것은 위험한 가르침이다. 경쟁이라는 정글 사회를 만드는 우리가 생각을 처음부터 다시 해야 할 대목이다. '생각 없음'이 얼마나 많은 사람을 죽일 수 있는지 아이히만을 통해서 배워야 한다.

피 터지는 경쟁 대신에 서로 도우면서 함께 잘 사는 방법은 없을까? 서로 돕는다는 것은 차별을 줄이고 불평등을 줄이는 일이다. 차별과 불평등을 줄이려면 연대를 해야 하고, 연대를 하면 차별과 불평등을 줄일 수 있다.

우연을 가장한 필연 소득 대물림은 양극화를 부채질한다.

한나 아렌트가 가르쳐준 '사유의 힘'이 우리의 일자리에도 적용되어야 한다. 일자리는 우리의 삶이고, 일자리는 대한민국의 숙제다. 일자리가 없거나 부족해서가 아니다. 일자리가 있으나 양질의 일자리가 없으니, 일자리가 부족하다고 말하는 것이다. 이제는 좋은 일자리, 양질의 일자리를 생각할 때다. 적어도 지금보다 더 나은 일자리를 생각해야 할 때다.

나는 일자리의 새로운 모델을 생각했다. 이른바 '광주형 일자리'다. 광주형 일자리는 '함께 살자'는 뜻이라서 '상생형 일자리', '사회연대 일자리'라고 부르기도 한다. '차별과 불평등을 줄여 사회통합을 이루자'라는 뜻이라서 '사회통합형 일자리'라고도 부른다. 어떤 이름으로 불리든 모두 '광주형 일자리'에 그 뿌리를 두고 있다. 그것은 '지역 혁신형 일자리'로 불리기도 한다. 지역사회 혁신운동이 일어나야 성공할 수 있는 시도이기 때문이다.

광주에서 처음 시작했고 광주에서 모델을 만들어가고 있으니 광주형 일자리라고 칭했을 뿐이다. 꼭 광주에서만 가능한 시도도 아니다. 어느 지역이든 그 지역의 특성을 살려 추진할 수 있다. 산업과 업종을 구분 짓지도 않는다. 전국으로 확산시켜 다른 도시와 산업에도 얼마든지 적용할 수 있다. 최근에는 '구미형 일자리', '군산형 일자리', '울산형 일자리' 등이 설계되고 있다. 다만, 그 명칭을 광주형 일자리라고 하든 상생형 일자리라고 하든 정부 혼자서 되는 일이 아니고, 기업이 혼자 나선다고 되는 일도 아니며 노동자들만 주장한다고 되는 일도 아니다. 노사정 모두가 힘을 합하여 만들어가야 가능하다.

문재인 대통령도 일자리 창출을 선거 공약으로 내세웠고, 국정운영 5개년 계획에 '광주형 일자리 성공 지원'을 못 박기도 했다. 그는 당선되자마자 '대통령직속 일자리위원회'를 만들었다. 일자리위원회의 설치는 문재인 대통령 취임 후 첫 결재 사안이었다. 곧 바로 대통령 집무실에 '일자리 현황판'이 설치됐다.

나는 이것을 보며 무척 안타까웠다. 일자리라는 것은 단기간 안에 개선될 수 없기 때문이다. 현황판의 의미가 그렇게 커 보이지 않았다. 현황판에 새겨진 숫자는 질이 아닌 양이다. 자칫 양질의 일자리 창출에 대한 지향점을 잃고 과시형 숫자 경쟁에 빠져들 가능성이 커 보였다. 일자리 현황판으로 일자리의 질이 개선될 리도 만무하다.

일자리를 수치로 접근하는 방식은 일자리에 대한 정치적인 홍보 효과에 그치게 된다. 안타깝게도 문재인 정부 4년이 지나면서 그런 예감은 빗나가지 않았다. 지금 대한민국에서 중요한 건 일자리 개수를 몇 개 더 만드느냐가 아니다. 일자리 창출에 대한 국민적 바람은 일자리의 차별과 불평등을 해소하고, 양질의 일자리를 만드는 것에 있다.

지자체 당선자들도 후보일 때 구호로 외쳤던 '일자리'를, 업무를 수행하면서는 잘 살펴보지 않는다. 대한민국의 가장 큰 이슈이자 숙제가 양질의 일자리 창출이라는 것을 인식하면서도 제대로 된 실천방법을 찾지 못해 당선 후에는 사실상 방치되는 모양새다.

그러한 원인은 일에 관한 철학의 빈곤에서 찾아야 한다. 말하자면 이런 거다. 일하려고 사느냐, 살려고 일하느냐? 이 물음에 많은 사람들은 '살기 위해서' 일한다고 대답한다. 일하지 않으면 당장 먹고 살기 어려운 사람들이 많으니 당연한 답변으로 들린다. 그런데 지금은 죽어라 일만 하는 시대가 아니다. 누구나 조금이라도 미래를 생각하면서 일을 한다.

사람들은 일하지 않으면 살 수가 없는 게 아닌데도 조금이라도 돈을 더 벌려고 안간힘을 쓴다. 다행히 일 속에서 가치를 찾고자 하는 사람들도 있다. 일과 일자리라는 것이 삶 속에서 대체 무엇인가? 일과 삶의 관계를 깊게 고민해야 할 때다.

3. 좋은 일터, 나쁜 일터

좋은 일터와 나쁜 일터의 기준은 무엇일까? 좋은 일터의 일반적 기준은 임금을 많이 받는 곳이다. 고용안정도 중요하다. 고용이 안정되어야 삶의 미래를 설계하고 예측한다. 그래야 얼마만큼 노력하면 어떤 삶을 살 수 있는지 가늠이 가능해진다. 자기가 맡은 일을 숙달시켜 생산성을 높일 수 있고, 자기가 하는 일을 연구하고 분석하여 전문성을 키울 수도 있다.

임금이 높거나 고용이 안정된 직장은 어디에 있을까? 일단 그것은 지불능력이 있느냐 없느냐로 판가름 난다. 우리 사회에서 정부가 임금을 지불하는 공직이나 임금을 안정적으로 지급할 수 있는 대기업이라면 당연히 고용이 안정된 직장이다. 또한 임금과 고용은 해당 일자리에 노동조합이 있느냐 없느냐에 따라 달라지기도 한다. 노조는 사용자와의 교섭에서 더 유리한 환경을 만들어 낼 수 있다.

그렇지만 비정규직, 자회사, 협력업체는 일자리의 질이 떨어진다. 대신 직접 관리를 하지 않아도 되고, 책임 관리를 하지 않아도 되니 비용이 감소된다. 이런 일이 반복되면 일자리의 질만 떨어지는 것이 아니라 생산성의 질도 떨어진다. 숙련공이나 전문성을 지닌 노동자가 그만한 대우를 받지 못하니, 비정규직, 자회사, 협력업체에서 계속 일하려는 사람은 없다. 이러한 모순의 되풀이를 어떻게 개선할 것인가?

나는 '광주형 일자리'에서 그 답을 찾고자 한다. 광주형 일자리는 일자리를 몇 개 만드느냐보다 지역사회가 머리를 맞대고 이러한 모순을 풀어가자는 데에 더 큰 의의를 찾는다. 그 안에는 차별과 불평등 해소, 비정규직이 아닌 정규직 고용, 대기업과 중소기업의 상생, 노사가 책임과 권한을 함께 하는 질적인 가치가 담겨 있다.

잘 알려져 있듯이 광주형 일자리의 실현방안으로 광주 인근에 자동차공장의 설립이 추진되었다. 이를 두고 광주형 일자리가 "성공적으로 끝났다"고 말하는 사람도 있다. 이 시도에서 가장 어려운 과업이 공장의 설립임을 부정할 수 없다. 그런 까닭에 시민들은 광주형 일자리는 '새로운 자동차 공장을 만드는 것'이라고 이해한다. 광주형 일자리에 담긴 질적 가치들의 구현보다 우선 괜찮은 일자리를 창출했으면 하는 바람이 다급하고 크기 때문이다.

지금 가동 중인 자동차공장은 광주형 일자리의 전부가 아니다. 광주형 일자리의 여러 과업을 실현하기 위해 새로운 자동차공장의 설립이 필요한 것일 뿐이다. 공장 설립으로, 단순히 일자리 개수만 늘리자는 게 아니다. 참여와 대화로 이끌어 가는 미래의 일자리 모델을 만들어가자는 거다.

시민들은 이런 질문을 많이 한다. '광주형 일자리 공장은 언제 만들어요? 직원은 언제 뽑나요?' 주변에 취업문제로 골머리를 앓고 있지 않은 가정이 별로 없어 보인다. 취업 고통이 어디에나 있고, 너무 심하다 보니 광주형 일자리의 의의와 가치는 보이지 않고 오직 채용에만 관심을 갖는다.

한국의 노동운동은 기업별 노조로 안착되어서, 기업별 노조의 영향력이 강하다. 원하청 기업 간, 대기업과 중소기업 간 임금격차는 앞으로도 줄어들 가능성은 별로 없어 보인다. 최소한 임금 문제에 있어서만큼은 산업별 연대가 불가능해 보인다. 이는 강한 대기업 노조 탓도 있다. 비정규직이나 협력업체 노동자들의 처지는 아랑곳하지 않고 내 월급만 올리면 된다는 생각이 뿌리 깊기 때문이다. 그렇기에 더더욱 지금 우리는 사회연대 일자리, 상생형 일자리, 혁신형 일자리, 사회통합형 일자리를 깊이 생각해야 할 때다.

4. 광주형 일자리, 바로 이거야!

내가 공직에 몸담았던 광주광역시의 경우 고용-재정 상황은 다른 곳보다 더 좋지 않았다. 전국의 고용률은 60%인데 광주의 고용률은 58%다. 광주의 청년 고용률도 36%로 전국 고용률 41%보다 낮다. 이는 광주 청년들이 직장을 찾아 광주를 떠날 수밖에 없다는 것을 보여준다. 2014년 이후 광주 인구는 감소 중이고 젊은이도 줄고 있다. 도시에서 젊은이들이 빠져나가고, 생기도 빠져나간다는 의미다. 이는 비단 광주만의 현상은 아닐 것이다.

몇 년 전 통계이기는 하나, 전국 광역시의 평균 재정자립도는 65%다. 광주의 재정자립도는 43%다. 반면에 광주광역시의 복지예산지출은 37%로, 전국 평균보다 3~4% 높다. 광주시가 추가적인 복지예산을 편성하기 어려운 까닭이 여기에 있다. 산업 환경의 불균형도 꽤 심각하다. 광주에 있는 자동차공장이 울산보다 훨씬 규모가 작은데도 불구하고 광주시 소득의 40%는 자동차가 차지한다.

환경이 바뀌고, 시대가 바뀌는데도, 우리는 똑같은 정책만 펴면서 좋은 결과를 기대한다. 경험에서 확인할 수 있듯이 막연한 기대만으로는 실효성을 얻을 수 없다. 아인슈타인은 똑같은 행동을 하면서 다른 결과를 기대하는 것을 '미친 증상'이라 했다. 아인슈타인의 말을 빌리자면 우리는 '미친 정책'을 펴고 있는 셈이지 않은가? 이러한 상황에서 우리는 무엇을 해야 하는가?

우선 시대정신을 읽어야 한다. 지금 우리 앞에 닥친 시대정신은 양극화 해소와 공정한 일자리 창출이다. 이를 해결하기 위해서는 신성장 산업을 육성하고, 지역 혁신형 일자리를 창출하는 것이 매우 중요한 과제다. 그것을 해보려는 시도가 바로 광주형 일자리다.

개념은 어떤 사물에 대한 뜻이나 내용을 지칭한다. 개념이 없다는 말은 사물에 대한 이해가 없다는 말이다. 그래서 우리는 흔히 사물에 대한 이해가 부족하거나 상식에서 벗어난 행동을 하는 이를 가리켜 '개념 없는 사람'이라고 한다.

광주형 일자리를 이해하려면 개념과 개념설계 역량이 축적되어 있어야 하지 않을까 하는 생각에 말을 길게 늘어놓았다. 내가 정리한 광주형 일자리는 '양극화 해소와 양질의 일자리 창출에 대한 해법을 지역에서 사회적 대화로 모색하고 노사관계와 산업혁신을 통해 사회통합형 일자리를 창출함으로써 좋은 공동체를 만들려는 지역혁신운동'이다.

사회통합형 일자리가 되려면 우선 일자리가 공정해야 한다. 같은 일을 하는데 다른 처우를 받는 지금의 일자리는 불공정하다. 불공정한 일자리가 양극화와 불평등을 초래했다. 그렇다면 우리 지역에서는 어떤 정책을 펼쳐야 할까? 문재인 정부의 상생형 지역 일자리로 불리는 광주형 일자리가 불공정을 개선하는 일자리다. 문제는 어떻게 할 것인가? 누차 강조하듯이 광주형 일자리의 시작은 사회적 대화에서 비롯된다.

무엇이 문제인가? 지금 이대로 살아도 아무런 문제가 없는 것인가? 그렇지 않다. 사람들이 모여 사는 세상에는 서로 이해관계가 반드시 맞아떨어지지 않는 부분이 있다. 사회집단간의 갈등과 대립은 정치적 민주화가 어느 정도 진전된 나라들이 공통적으로 겪고 있는 해묵은 숙제다. 이해가 상충할 때는 경중을 따져 가장 시급하고 얼른 고쳐야 할 문제를 가지고 대화를 시작해야 한다. 왜 불평등한지 그 원인을 찾다 보면, 간단한 대화로 풀어갈 수 있는 불평등이 있고, 참을 수 없거나 해결하기 힘든 구조화된 불평등이 있다. 상식이 작동하지 않는 불평등, 너무 오래 고착되어 미처 깨닫지 못한 불평등도 있을 것이다.

불평등은 갈등을 유발한다. 갈등을 해소하려면 사회적 비용이 수반된다. 불평등이 왜 생긴 것인지, 그리고 이러한 불평등을 해결하기 위해서 무엇을 해야 하는지, 대화를 하다 보면 자연스럽게 의견이 모아지고 방법이 찾아진다. 이것이 사회적 대화다.

무엇을 바꿀 수 있는가? 우선 대화로 바꿀 수 있는 문제가 무엇인지 하나씩 차근차근 풀어 헤쳐봐야 한다. 무엇부터 바꿀 것인가? 바꾸는 일에도 순서가 있다. 큰 모순을 고쳐서 작은 모순을 해결할 수도 있고, 작은 모순을 바꿈으로써 큰 문제점을 깨닫기도 한다. 다시 말해서 사소한 것일지라도 변화를 주면 큰 흐름을 바꿀 수 있는 문제가 있고, 큰 문제를 풀다 보면 저절로 풀어지는 작은 문제들도 있다.

이것은 노동현장에서도 마찬가지다. 작업장에서의 참여는 혁신으로 이어진다. 일의 변화가 시작되고, 일하는 방식이 바뀐다. 그렇기에 모든 문제는 머리를 맞대고(참여), 이야기를 나누어서(대화) 풀어야 한다. 그렇게 생각과 일하는 방식을 바꾸면 변화가 시작된다.

사람들은 광주형 일자리를 단순하게 자동차공장을 세우는 일로만 생각한다. 그런데 그게 전부가 아니다. 광주시에서 추진했던 광주형 일자리는 공공부문과 민간부문으로 나눌 수 있다. 공공부문에서는 비정규직의 정규직화, 청소년노동인권보호, 생활임금제도시행 등을 성과로 들 수 있겠다. 민간부문의 경우 여러 산업이 있을 수 있는데 다양한 조건을 고려해 자동차산업에 적용하였다.

애초에 광주자동차산업육성은 2012년 박근혜 대통령 후보와 문재인 대통령 후보가 공약사업으로 내세웠다. 공약사업은 기반시설과 기술센터 같은 환경조성을 위한 예산확보에 유리하다. 민선 6기 정책을 준비하면서 나는 이러한 조건을 적극 활용하고자 했다. 또한 자동차산업은 노동집약산업이라 고용창출에도 효과적이다. 고부가가치 산업이기도 하다. 광주에서의 자동차산업은 제조업의 중심산업이기도 하다. 광주에 있는 기아자동차는 국내 2위의 완성차생산 공장으로 전기자동차 생산능력을 가지고 있다. 광주 인근에는 한국전력을 중심으로 신에너지산업이 형성되어 친환경 자동차산업과 결합한 혁신사업기반 조성이 수월하다는 장점도 있다.

대화와 참여는 그 자체로 불평등을 줄이고, 격차를 줄이는데 많은 도움이 된다. 양질의 일자리를 만드는 일에도 필요하다. 그것은 사실상 지역자치이자 지역분권이고 또 주민자치다. 다시 말해서 참여하여 대화하는 일은 스스로 우리의 문제를 살펴보는 성찰적 행동을 동반한다. 그 안에 바로 지역자치가 담겨지게 되고, 우리 지역 일을 우리 힘으로 풀어가는 일이니 지역분권의 의미도 들어있다. 지역자치와 지역분권이 활발할 때 우리는 그것을 주민자치라 부른다. 지역자치나 지역분권은, 누가 '주민자치하라'고 명령하는 일이 아니라 우리가 팔 걷어붙이고 주체적이고 자발적으로 참여하고 대화하여 만들어가는 일이다.

지금 광주에서는 일의 변화가 시작되었고, 일하는 방식의 변화를 이끌어 가고 있다. 광주가 먼저 모범적인 사례를 만들고 있다. 혼자서만 대동사회로 이끌어갈 수 없고, 말만으로는 불신 사회를 바꿀 수 없으니, 이것 역시 대화와 참여가 필수적이다.

앞서 언급했듯이, 광주형 일자리는 두 단위의 접근이 필요하다. 하나는 공공부문이고, 하나는 민간부문이다. 공공부문보다 민간부문의 성과가 크고 주력해야 할 곳이지만 처음부터 민간부문으로 접근하면 실패할 확률이 높다. 민간부문은 공공부문과 달리 행정에서 개입할 여지가 적고 사례창출 역시 쉽지 않다. 그러므로 공공부문의 성과를 가지고 민간부문으로 확산할 필요가 있다.

광주형 일자리의 일환으로 광주광역시는 공공부문에서 일하는 비정규직 노동자 800명 전원을 정규직으로 전환했다. 용역노동자에서 시청 직원으로 신분이 바뀌던 날, 윤장현 시장은 한 사람씩 신분증을 목에 걸어주었다. 지난 세월이 생각나서일까. 한 사람이 훌쩍거리자 여기저기서 여러 사람이 눈물을 닦아냈고 시장도 나도 감동의 눈물을 흘렸다. 비정규직으로 살아가는 일은 개인에게 힘든 일이기도 하지만 조직에도 도움이 되지 않는다. 매년 계약을 해야 하는 불편함이 있거니와 언제 쫓겨날지 모르는 불안감 속에서 일을 해야 하는 노동자들에게 성과와 전문성을 기대하기는 힘들다. 공공부문 청소 용역의 경우, 복도에서 공무원만 보면 자신도 모르게 숨게 되고 공무원이 나타났을 때 눈치 보며 요령껏 벽을 보고 서 있어야 한다면 존중받는 노동자의 모습이 아니다.

광주광역시 사회통합추진단은 노사민정의 의견을 모아 2016년 청소년노동인권지원센터를 열었다. 열악한 노동환경에서 일하는 아르바이트 청년과 청소년의 고충을 덜어주고, 그들의 노동인권을 보호하려는 뜻에서다. 센터는 공인노무사를 알바지킴이로 채용하고, 알바지킴이 모바일 앱을 운영한다. 사회 약자인 청년과 청소년의 노동인권 실태를 파악하는 조사를 하고, 청소년 노동인권 상담을 해준다. 이는 노동의 대가를 제대로 받도록 하는 일이고, 피해사례에 대해서도 법적 구제절차를 지원하는 일이기도 하다.

이 센터에서는 노동인권 상담원을 양성하고, 노동인권 교육도 맡는다. 노동환경 관련 홍보사업을 함으로써, 청소년들에게는 노동환경을 깨우치도록 하고, 고용주에게는 노동환경을 개선하도록 이끈다. 대학생 아르바이트 모니터링단을 구성하여 운영하기도 하고, 근로조건에 관한 민관협의회도 운영한다. 관련 조례 제정도 추진한다.

광주광역시는 생활임금조례에 따라 최저임금의 130%로 생활임금을 적용했다. 공공부문에서 일하는 모든 노동자에게 적용된다. 공공부문에서 시작하지만 성공하면 민간부문으로 확대하겠다는 계획으로 추진했다. 생활임금제는 저임금 노동자의 인간적, 문화적 생활이 더 나아지도록 만든 조례로, 사회 약자를 배려하고, 사회 양극화를 조금이나마 줄이려고 노사민정이 참여하고 대화를 통해 결정한 일이다.

진짜 놀라운 일도 있었다. '대한민국에서 이런 일도 있었단 말이야?'라고 물을 법한 일이다. 노동조합조직률을 높이기 위해 매년 조직사업비를 책정해 노동조합에 지원했다. 무노조 상태에 있는 노동자들을 노동조합에 가입할 수 있도록 하는 사업이다. 광주시에서 연 1억 원을 지원하는 것으로 결정하자 외려 당황한 곳은 노동조합이었다. 어디에 어떻게 써야 할지 몰라 허둥댔다. 뭐든 그렇다. 못하게 막으면 더 하려고 하지만 하라고 판을 깔아주면 일방적으로 가지 않는다. 노동조합이 더 강해지면 싸울 일이 줄어든다. 협력은 상대에게 동등한 권한을 줄 때 생긴다.

이와 같은 일을 광주광역시에서 해냈다. 의회의 협조도 컸다. 신뢰를 통한 대화와 참여로 얻은 결과다. 이런 정책을 통해서 자존감이 높아졌고, 변화가 왔다. 노정간 협력 분위기도 만들어졌다. 아무리 멋져 보이고 좋아 보이는 일이라도 일하는 사람이 좋아하지 않으면 좋은 일자리가 아니다. 공공부문이 이렇게 하나씩 해 왔으니, 민간부문에서도 그러한 흐름을 만들어가야 한다. 기업에는 이윤을 보장해주고,

노동자에게는 더 나은 일자리 환경을 만들어주어야 한다.

지방에 있는 도시에서 이루어진 일이라 가벼이 여길 수도 있겠으나 이렇게 작은 일을 하는 데에도 사실 어려움이 많았다. 그동안 행정에는 '노동'이란 말이 존재하지 않았다. 행정에서 노동을 한 번도 들어본 적이 없었다. 그러했으니 노동의 참여와 협력을 바탕으로 좋은 일자리를 만들겠다는 말을 공무원부터 의회, 언론, 시민까지 모두 믿으려 하지 않았다. 어느 쪽에서는 '가난은 나라님도 구제 못한다'는 인식이 깨지지 않아 설득이 쉽지 않았다. '대통령도 못 하는데 어떻게 광주에서?'란 물음만 되풀이하는 회의적인 사람들도 많았다.

대화, 설득, 이해의 과정에서도 많은 시간이 걸렸다. 무엇보다 힘들었던 건, '좋기는 한데…….'로 끝나는 것이었다. 좋은 뜻이라며 동의는 하나, 자기 경험만 내세우고 경험에만 의존하여 새로운 생각을 잘 받아들이지 못하는 점이었다. '지금 어려운 점이 별로 없잖아요.' 하면서 현재의 처지에 안주하는 행동 양식을 보일 때는 함께 동참시키지 못해 아쉽고 안타까웠다.

추진과정에서 빠뜨릴 수 없는 게 노동존중이다. 노동이 중심역할을 해야 하고, 노동존중을 놓쳐서는 안 된다. 노동의 참여와 협력이 무엇보다 중요한데도 이에 익숙하지 않아서인지 추진과정에서 수시로 배제를 일삼았고 협력관계를 등한시하는 바람에 여러 차례 위기를 맞았다. 여럿이 가야 멀리 간다는 사실을 잊었던 것이다.

광주형 일자리 적용에 있어서 행정의 이해와 실행력이 담보되어야 하는데, 이 부분도 쉽지 않았다. 사실 공무원도 노동자인데 업무가 사용자성의 성격을 띠고 있다. 그러다 보니 공무원들은 노동자이면서 스스로 노동자라고 생각하지 않는다. 노동이란 말과 노동자에 대한 이해가 부족하니 부정적으로 바라보는 경향이 있다. 이런 상황이 노동의 숭고함을 제도와 정책에 반영하기 힘들게 하는 원인이다.

광주형 일자리의 일환으로 추진된 자동차산업 유치 부문에 중앙정부의 역할도 중요하다. 지역에서 상생일자리의 기본조건을 만들면 정부에서는 법과 제도를 개선하고, 관련 예산 지원도 해야 한다. 그런데 중앙부처를 방문해 여러 차례 설명을 했지만 그때마다, '정말 좋은 의견이다'고 하면서도 '일단 해봐라, 기업 유치를 해보고 와서 말해라' 하는 식이었다. 몹시 답답했고, 역시 설득의 한계를 수없이 느꼈다.

기업의 역할도 매우 중요하다. 그런데 기업에 가서 설명을 하면 '정말 좋은 의견이다. 그런데 우리 힘 빌리지 말고 일단 해봐라. 정부 지원(예산) 받아서 일단 해봐라'라고 했다. 역시 이해를 시키기에 한계를 여러 차례 느꼈다. 마치 정부와 기업이 서로 폭탄 돌리기 놀이를 하는 듯한 느낌이 들었다. 이러한 일이 반복되면서 시간이 많이 지체되었고 힘도 빠졌다. 처음 있는 일이라 쉽지 않겠다고 생각했지만 이렇게까지 힘들는지는 몰랐다.

문재인 대통령이 당 대표 시절 광주형 일자리의 투자유치와 노동정책에 관한 설명을 했다. 2015년 3월 문재인 당 대표의 첫 토론회는 '소득주도 성장과 광주형 일자리'였다. 그만큼 당시 문재인 대표가 관심을 가졌고 실천의지도 보였다. 이 토론회는 광주형 일자리의 모습을 갖춰가는 성과를 얻었다.

그런데 대통령에 당선된 뒤 광주형 일자리는 희미해졌다. 대통령의 철학이 실제 국정에는 반영이 안 되고 있다는 느낌을 갖게 할 때가 많았다. 우여곡절을 겪은 뒤 2018년 9월 현대차가 투자의향서를 제출했고, 투자 협상이 진행되었다. 그러나 다시 노동존중행정이 실종되면서 노정간 신뢰에 금이 가고 갈등은 되풀이되었다. 마침내 노동 쪽에서 참여를 포기하겠다는 선언을 했다.

신뢰가 없고 권위가 없는 사회일수록 진실이나 미담보다는 허위와 추문에 관심이 많다고 한다. 갈등과 대립이 시작되자 별의별 없는 말까지 만들어졌다. 신뢰와 권위가 없는 사회에서 원칙은 쉽게 허물어지지만 다시 세우는 일은 어렵다고 했다. 그랬다. 다시 이전의 협력관계로 되돌리는 데는 평상시의 열 배 이상의 노력이 들어갔다.

갈등을 총칼이나 힘으로 밀어붙여 해소하는 독재와 달리, 민주주의는 대화와 참여로 문제를 해결해야 하기 때문이다. 그래서 많은 시간이 필요하고 때로는 시끄럽기도 하다. 이러한 것을 알고 있었지만 굉장히 힘든 시간이었다.

어쨌든 2019년 1월 광주형 일자리의 민간부문인 자동차산업 유치 협약식에 문재인 대통령이 참석하여 전국적 스포트라이트를 받았고, 현대차와 투자 협약식을 거행했다. 그 뒤로도 현대차와 광주시의 갈등, 광주시와 노동계의 갈등, 현대차와 노동계의 갈등은 이어졌고, 그때마다 대화와 참여의 채널과 공간이 확보되고 보장될 때 엉킨 매듭이 풀어졌다.

우여곡절을 거치며 드디어 9월에 광주형 일자리의 민간부문의 핵심인 자동차공장을 짓기 위한 합작법인 ㈜광주글로벌모터스(GGM)가 설립되었다. 설립 이후에도 잡음이 이어졌다. 광주글로벌모터스의 노동관과 내연기관자동차의 한계를 지적하며 우려하는 사람들의 목소리가 커졌다. 하나 그것만으로는 광주형 일자리를 폐기하라거나 기업을 해체하라는 주장은 무리다. 문제나 우려가 전혀 없다고 할 수는 없지만 폐기나 해체수준의 접근도 바람직하지 않다는 것이다.

누누이 말해왔듯이 일자리는 이념의 문제가 아니다. 현실 속의 삶의 문제로 접근해야 한다. 인생이 그렇듯 광주글로벌모터스의 미래는 누구도 알 수 없다. 짐 콜린스는 '위대한 기업은 다 어디로 갔을까'에서 승승장구하느냐, 실패하느냐. 이 모든 것은 주변 환경보다는 스스로 어떻게 하느냐에 달려 있다고 했다. 성공을 위해 지역사회 역량을 총 결집하고 할 수 있는 최선을 다하는 것이 도리라고 생각한다. '하나의 작은 불씨를 큰 불꽃'으로 만들어 가야 한다.

- 제3장 -

경제부시장이 말하는 광주형 일자리

제3장 경제부시장이 말하는 광주형 일자리

1. 이상한 구호, 기업하기 좋은 도시

서울에서 청계천 복원공사를 할 때 일이다. 굴착기로 터파기 작업을 하는데 쓰레기 더미에서 동판 하나가 발견되었다. 노동자의 영원한 벗 전태일의 동판이었다. 지금으로부터 50년 전 전태일 열사는 잘못된 노동 현실을 고발하며 몸을 불살랐다. 아름다운 청년 전태일의 동판이 내팽개쳐버린 일은 우리의 노동 현실을 그대로 보여주는 일로 여겨진다. 그 동판이 세종대왕이나 이순신 장군과 같은 위인의 동판이었으면 어땠을까?

언젠가 국회 환노위에서 비정규직 보호법안을 만들었다. 비정규직 보호법안을 만드는데 비정규직이나 국민의 의견은 반영되지 않았다. 비정규직의 의견이 반영되지 않아 당사자들이 격렬하게 저항했고 절대다수의 국민도 반대했다. 국회는 그들의 목소리를 귀에 담아 듣지 않았다. 몸싸움으로 법안을 통과시킬 정당성과 근거가 없었다. '노동의 신성'이란 말은 부려먹을 때만 쓰일 뿐, 정작 입법과정에서는 전태일의 동판처럼 내동댕이쳐진 셈이다.

오래전 일이다. 고등학생들에게 '커서 무엇이 될 것 같냐?'는 물음에 노동자라고 말한 학생들이 5%였다고 한다. 대한민국 국민의 절대다수가 노동자임에도 학생들은 자신이 노동자가 될 거라는 생각을 하지 않는 것이다. 노동의 느낌을 물었더니, '슬프고 어두운 것'이라는 답변이 나왔다. 좀 슬프지 않는가? 대부분이 노동을 할 것인데 그 노동이 슬프고 어둡다니.

유럽의 초등학교에서는 고학년이 되면 노동의 가치를 배운다. 노동자들도 노동의 긍지와 자부심이 대단하다. 반면 우리나라 교육은 노동에 대해 제대로 가르치지 않는다. 아니 왜곡하지만 않아도 다행일 정도다. '공부하기 싫으면 공장에나 가라'는 어른들의 꾸지람이 우리가 노동을 바라보는 눈이다. 국민 대다수가 노동자이므로 그 말을 하는 부모가 노동자일 가능성이 높고, 그 말을 듣는 아이도 노동자가 될 확률이 매우 높은데도 말이다.

노동 없이는 사회가 발전할 수도 없고, 지탱할 수도 없다. 노동의 가치를 인정받을 때 지속 가능한 발전을 할 수 있다. 노동자가 살맛나는 사회가 행복한 사회다. 그러니 인식을 바꾸어야 한다. 바뀌지 않으려고 몸부림치는 일은 책임을 회피하겠다는 뜻이자, 우리 아이들을 책임지지 않겠다는 것이다.

사물의 모양이나 성질이 바뀌는 것을 '변화'라고 부른다. 더 많은 사람이 행복한 길을 찾는 일이 변화이고, 이를 위한 성찰과 과감한 도전이 혁신이다. 그러므로 우리가 찾아가야 할 길은 변화와 혁신이다. 변화와 혁신은 포용과 연대를 어깨동무 삼아야 한다. 광주형 일자리가 연대와 혁신에 바탕을 둔 포용적 일자리정책이 되려는 이유다.

단체장들이 길거리에 '기업하기 좋은 지역'이라는 현수막을 자주 내건다. 언론에도 낸다. 기업하기 좋은 곳은 기업에게 여러 가지 혜택을 주겠다는 뜻이 숨어있다. 한쪽만을 대변하는 것은 다른 한쪽의 반발을 불러온다. 기업인만을 위한, 기업하기 좋은 지역보다 기업가와 노동자가 공존하는, 일하기 좋은 지역이 시대정신에 부합하다. '기업하기 좋고 일하기 좋은 광주'를 만들겠다는 광주형 일자리의 지향이 바로 그런 것이다. 상생하지 않고서 새로운 경쟁력은 없다.

'기업하기 좋은 지역'이 살기 좋은 지역이라 생각할 수 있는데, 꼭 그렇지는 않다. 기업하기 좋아서 많은 이익을 내면 기업은 좋을지 모르나, 일하기에는 좋지 않은 경우도 있다. 미국에 있는 GAP이라는 브랜드의 기업은 세계적인 캐주얼 의류업체다. 연간 매출액이 무려 30조 원이 넘는다. 그런데 이렇게 엄청난 매출과 이윤의 이면에는 아동노동이 감춰져 있었다. 겨우 열 살이 될까 말까한 어린이들이 하루 16시간이나 공장노동을 하고 있다. 이러한 사실이 알려지자 전 세계적으로 불매운동이 일어났다. 한 달 만에 매출액이 25% 급감했으며 이후로도 감소세는 쉽게 회복되지 않았다. 노동권조차 지키지 않고 사회적 책임을 다하지 않는 기업에 대해 고객은 마냥 좋아하지 않는다는 것을 보여준 것이다.

이처럼 기업과 사회가 무관하지 않다. 기업의 사회적 책임은 기업의 성장에 있어 선택사항이 아니라 필수적인 요소다. 투자의 귀재라 불리는 워런 버핏조차도 자신을 부자로 만든 것은 사회라며 자신이 번 돈을 사회에 환원하는 것은 부자의 책무라고 했다.

'일하기 좋은 지역'은 좋은 기업을 만들고, 살기 좋은 지역을 만든다. 일하기 좋으면 인재가 몰려들고, 좋은 제품을 만들고, 기업의 경쟁력이 좋아지고, 좋은 삶을 지켜준다. 그래도 아직까지 뭐가 뭔지 모르겠다며 기업하기 좋은 것과 일하기 좋은 것의 차이가 뭐냐고 따질 수 있다. 과거 독재정권시절을 떠올려보자. 기업은 호시절을 누렸지만 일하는 사람들은 하루 세끼 밥 먹는 것조차 힘들었다. 기업하기에는 좋았지만 일하기에는 아주 나빴던 때다.

물론 기업이 잘 되어야 한다는 말은 맞다. 하지만 '기업가가 잘 되어야 한다'는 생각에만 머물러 있으면 노동자의 삶은 열악해지고 불평등과 양극화는 줄어들지 않는다. 우리 사회에는 아직 '기업'이 잘 된다는 뜻이 '기업가'가 잘 되어야 한다는 인식으로 바탕에 깔려있다. 기업이 잘 될 때, 노동자가 잘 되어야 한다는 생각까지는 미치지 못한다.

생각을 바꾸어야 한다. '함께' 살고, '더불어' 잘사는 쪽으로 생각을 바꾸어야 한다. '함께'와 '더불어'에는 노동자와 기업가가 같이 들어가 있다. 노동자만 잘 살고, 기업가만 잘 살자는 뜻은 아니다. '기업하기 좋은 도시'라는 현수막은 '일하기 좋고 기업하기 좋은 도시' 라는 말로 바꿔야 한다.

지금 기업에게 가장 필요한 것은 혁신역량이다. 시장에서 기업이 경쟁하려면, 품질과 가격경쟁력이 있어야 하고 그보다 더 중요한 것은 새로운 것을 창조하는 능력이 있어야 한다. 그것을 혁신역량이라고 하는데 대한민국 기업에게 가장 부족한 것이 혁신역량이다.

그러면 혁신역량은 어떻게 나오는가. 위기극복을 위한 대응책 중에서 가장 중요한 것은 발상의 전환이다. 패러다임 개념의 창안자 토마스 쿤은 과학의 발전은 점진적으로 이뤄지는 것이 아니라 패러다임의 전환에 의해 혁명적으로 이뤄지는데 이 전환이 굉장히 어렵다. 그러므로 종교의 개종과 같은 발상의 전환이 필요하다고 했다.

노동자를 신뢰해야 한다. 노동자들의 참여공간을 확대하고 권한을 위임하는 게 가장 중요하다. 누구나 자기 것일 때 주인의식을 갖게 되고 여기서 책임감과 창의성이 생기고 경쟁력으로 이어지는 것이다. 남의 것일 때는 바라만 보기에, 혁신이 일어날 수 없다. 혁신을 위해 모든 것을 투명하게 공개하고 책임과 권한을 함께하는 구조가 되어야 한다. 기업에서 이러한 혁신역량이 나오려면 일하기 좋고 기업하기 좋은 도시가 되어야 가능하다. 스티브 잡스는 창의성이란 서로 다른 것을 연결하는 것이라고 했다. 일하기 좋은 것과 기업하기 좋은 것이 같지 않으나 창의성이 발휘되면 연결가능하다.

일터와 노동자 기업하기도 좋아야 하지만 일하기도 좋은 지역이어야 한다.

2. 대화가 연대의 시작입니다

직장에 다니면서 월급을 받아도 박탈감이 생길 때가 많다. 같은 일을 하고 능력과 성과에 차이가 없는데도 남이 나보다 월급을 더 받거나 대접을 잘 받을 때다. 일자리 불평등이다. 불평등은 단순하게 불평과 불만만 만드는 게 아니라 근로의욕을 떨어뜨려 생산성이 저하되고, 더 넓히면 양극화로 이어지고 이로 인해 사회갈등으로 번진다. 개인 간 갈등은 다툼으로 끝나는 경우가 많지만 사회갈등이 심해지면 집단폭력과 전쟁이 터지기도 한다.

2015년 기준 우리나라 자산은 '상위 10%'가 66%를 가지고 있고, '하위 50%'는 단 2%만을 가지고 있다. 양극화의 정도가 얼마나 심한지 숫자가 보여준다. 100명 가운데 10명은 떵떵거리며 아주 잘 살고, 50명은 겨우 입에 풀칠하면서 산다는 통계다. 그럴 리가? 의아심을 가질 수도 있겠지만, 우리가 그 실정을 잘 알지 못하는 것은 그 50명이 온종일 일해 봐야 겨우 입에 풀칠하는 정도라 이웃에게 어려움을 말할 시간조차 없기 때문이다.

2015년 기준 대한민국 전체 노동자 가운데 '저임금 노동자'는 25%로 OECD 국가에서 최고 수준이다. 여기서 '저임금 노동자'란 노동자 임금순위 중간값의 3분의 2를 못 받는 노동자를 말한다. 평균 연봉이

3천만 원이라 치면, 2천만 원을 못 받는 노동자다.

자동차산업에서도 원청 노동자와 하청 노동자 간 소득의 차이가 있는데 그 정도가 너무 크다 보니 양극화의 표본이 되고 있다. 소득의 양극화는 소비의 양극화를 부른다. 원청 노동자가 백화점 쇼핑을 즐기며 외식을 할 때, 하청 노동자는 시장에서 돼지고기를 살지, 두부를 살지 걱정을 한다. 가족을 위해서라면 노점에서 콩나물값을 깎거나 한 주먹이라도 더 담는 민망함도 무릅쓴다. 이렇듯 소득이 다르면 소비가 다르고, 소비가 다르면 생활환경이 다르다. 하청 노동자들은 악착같이 소비를 줄여가며 버텨야 살 수 있다.

이재 새로운 해법을 찾아야 한다. 가장 우선은 머리를 맞대고 대화로 지혜를 모아야 한다. '사회적 대화'를! 좋은 공동체를 만들려면 여러 사람들의 힘과 지혜를 모아야 하는데 그러려면 그 첫 번째가 대화다.

사회적 대화를 바탕으로 연대가 시작된다. 바로 파트너십이다. 대화는 먼저 칭찬으로 시작하면 어떨까? '사람을 자르기보다 노동시간을 줄여 일자리를 나누자는 경영진의 의견은 참으로 좋습니다'. 칭찬에는 진정성이 묻어 있으면 더 좋다. 구체적으로 칭찬하면 더욱 좋다. '일자리를 잃은 사람들에게 다시 취업 교육을 한 일은 참 잘 했습니다'.

솔직함도 좀 섞으면 어떨까? 현수막에 '~을 인상하라', '~은 각성하라'는 명령어 대신, '내가 굶으면 당신도 굶게 됩니다'는 호소형 문장은 어떤가? 마음을 끌어내 대화를 시작해야 한다. 무조건 요구부터 하면 기분이 상한다. 기분이 상하면 거칠 게 맞닥뜨린다. 무작정 요구조건을 들이밀면 감정이 다친다. 감정이 다치면 요구조건은 거들떠보지도 않는다.

미워하면 내 감정만 상한다. 미워하는 마음은 상대에게 전달되지 않는다. 상대에게 전달되지 않으니 잘못을 고칠 일도 없다. 미워하는 마음을 갖고 있으면 내 마음만 상처를 입고, 상처 난 마음을 다른 사람에게 전하면 그 사람도 상처를 입고 선입견을 갖게 된다.

대화의 시작은 연대의 첫걸음이다. 기업이 투자하는 곳을 살펴보라. 사회갈등으로 폭력이 예상되는 곳에는 투자하지 않는다. 폭력이 벌어지는 곳에는 그 누구도 가까이 가려고 하지 않는다. 대화는 이해를 낳고 이해는 오해를 푼다. 사회 안정은 대화에서 시작되고, 연대는 사회 안정을 이끈다. 광주형 일자리는 노사민정이 가장 쉬운 대화로부터 시작해 참여와 연대로 아름다운 공동체를 실현하는 일이다.

3. 광주형 일자리 4대 핵심 의제

당대에 대다수의 사람들이 마음에 품고 사는 생각을 시대정신이라 한다. 지금 대한민국의 시대정신은 불평등과 양극화다. 시대정신이 불평등과 양극화라니, 문제가 심각하다. 그러므로 불평등과 양극화를 해소하고 양질의 일자리를 창출하는 일이 시급하다. 광주에서는 사회적 대화를 통해 노사관계와 산업혁신을 모색하고 지역에서부터 이러한 사회통합형 일자리를 창출함으로써 좋은 공동체를 만들려는 지역차원의 혁신운동을 시작했다. 바로 '광주형 일자리'다.

인간의 역사는 노동의 역사이고, 노동은 그 사회를 바라보는 잣대다. 노동은 그 사회를 비추는 거울이다. 사람들의 노동인식에 따라 '더 낫고 더 행복한 세상'으로 바뀐다. 노동의 변화는 사회발전의 원동력이다. 노동의 역할이 어떻게 이해되느냐에 따라 그 나라 민주주의의 내용이 크게 달라진다.

광주형 일자리는 기업에게는 이윤을, 노동자에게는 참여와 자유를, 지역민에게는 좋은 일자리를, 지역에는 공동체 실현이라는 목표를 두고 추진 중이다. '더 나은 노동'이라 함은 임금, 노동시간, 참여, 숙련, 인간관계, 만족과 같은 인간의 기본 욕구와 가치가 수반된 노동이다. 우리는 이를 '광주형 일자리'라 이름 짓고, '더 나은 일자리위원회'라는 사회적 대화 기구를 마련하여 핵심의제별 연구와 토론을 1년 6개월 동안 이어왔다.

'더 나은 일자리위원회'란 이름은 현재의 일자리가 질과 양에서 모두 좋지 않아 조금이라도 더 나아졌으면 하는 바람을 담아 붙인 이름인데 그동안 많이 사용되었던 '괜찮은 일자리'라는 용어보다 더 낫다는 평가가 있었다. 괜찮은 일자리, 즉 양질의 일자리는 시대와 처지에 따라 다를 수 있지만 '더 나은 일자리'는 지금보다 모든 면에서 더 낫거나 나아지는 방향을 지향하고 있어서 반응이 좋았던 것 같다.

4대 의제도 비슷한 시기에 만든 용어다. 광주형 일자리를 상징할 만큼 많은 사람들에게 각인되어 지금까지 그대로 유지되어 불리고 있다. ▲노사책임경영 ▲적정 임금 ▲적정 노동시간 ▲원하청 상생관계다. 사실 4가지 핵심의제는 따로 떼서 말할 수 있는 것이 아니라 서로 깊은 연관이 있다.

'4대 의제'와 함께 '노사책임경영', '지역혁신운동' 등도 비슷한 시기에 만들어진 용어다. 경영참여는 노사 모두 긍정적이지 않아 여러 고민 속에 새로운 용어를 생각하게 되었다. 노사책임경영은 노사가 책임과 권한을 함께 한다는 의미에서 공동결정 또는 공동통치를 염두에 두고 만든 용어다. 광주형 일자리가 성공하려면 좋은 정책도 필요하지만 공감대 형성이 중요하다. 따라서 전달하기 쉬운 용어와 방법도 함께 고민되어야 한다.

공감대 형성 광주형 일자리 4대 핵심의제는 수많은 연구와 토론으로 만들어졌다.

노사책임경영은 이해당사자가 경영에 참여한다는 것이다. 경영참여의 바탕에는 상생이 들어있다. 참여를 통한 권한과 책임공유는 상생의 노사관계를 구축하고 생산성 향상과 적정임금 등 지속가능한 발전방안을 형성하는데 기여할 것이다. 일자리 연대를 통한 격차해소에 주력함으로써 사회적 책임을 다하게 된다. 노사 어느 일방의 주장과 이익에 편승하지 않게 된다는 말이다. 경영참여로 상생의 노사관계를 구축하면, 생산성이 향상되고 지속 가능한 발전 방안이 생긴다. 노사책임경영은 일자리 연대를 통한 격차 해소에 주력하고, 사회적 책임을 다하는 것에 그 목적이 있다.

노사책임경영은 노사합의에 따라 기업경영의 투명성을 확보하고 책임 있는 경영실현을 말한다. 기업은 투명성의 증진과 노동이해대표체에 대한 존중지향이다. 이는 노동존중사회를 지향하는 현 정부의 정책기조와도 일맥상통하다. 산단 내 원청과 하청의 노사 대표들이 모인 단체교섭을 통한 격차해소가 가능하다고 본다. 이러한 과정이 경제민주화 또는 경제민주주의라고 할 수 있을 것이다. 우리의 현실은 갈등 담합적 노사관계에 익숙한 환경 탓에 노사 모두 경영참여에 부정적이다. 독일 할레 연구소의 발표에 따르면 노동조직의 참여가 보장되면 노동생산성이 그 이전과 비교하여 더 높아진다. 신뢰와 공조가 기업의 성과로 나타난다는 이론적 근거를 증명한 것이다. 그러므로 설립과정에서부터 참여를 보장하고 상생이라는 공동가치를 극대화하여 기업의 지속성을 담보하는 것이 성공을 위한 최상의 방안이다.

기업이 어려워지면 서로 '탓'만 하기 일쑤다. 경영을 잘못해서 그랬다, 생산성이 떨어져서 그랬다, 노동자는 경영자에게, 경영자는 노동자에게 책임을 돌린다. 경영이 투명하지 않고 노동을 존중하지 않는다. 경영에는 관심 없고 복지만 주장한다. 양보와 타협이 없고 노사의 공동체 의식도 없다. 그러잖아도 경영이 힘든데 노조가 경영까지? 노조가 경영을 알아? 기업은 이렇게 생각한다. 엉망인 경영 때문에 노동자가 잘리고 죽어나가는데? 기업이 노동자의 처지를 생각이나 해? 노동자의 생각은 이렇다.

미국인들이 독립전쟁에서 내걸었던 구호는 대표권을 주지 않으면 세금을 내지 않겠다는 것이었다. 다시 말해 참여할 권한이 없으니 세금을 내지 않겠다고 선포한 것이다. 기업은 노동자의 삶을 책임지려 하지 않는다. 노조는 권한이 없으니 경영을 책임지지 않는다. 그래서 노사가 책임과 권한을 공유해야 바람직하다. 신뢰경영은 기업의 혁신역량을 높이고, 노동자가 경영에 참여하고 책임을 공유하게 되면 이해관계자로서의 권리를 양보해야 하는 상황이 있을 수 있다.

임금을 양극화된 임금구조의 중간지점으로 설정하면 양질의 일자리 창출에도 기여할 수 있다. 적정임금은 생존임금이 아니다. 노동자가 시민권을 향유하는데 필요한 안정적 소득이다. 적정임금을 통해 자기계발과 참여의 기회가 보장되어야 한다. 적정임금으로 임금격차를 줄이고, 불평등과 양극화를 줄여야 한다. 지속적인 근로시간 단축을 염두에 둔 임금체계와 수준이어야 한다. 최대한 양질의 일자리 창출에도 기여할 수 있어야 한다. 나아가 주거, 보·교육, 의료, 교통 등 다양한 지역혁신과 연계하고 지역 자동차산업 및 산업 전체 임금을 상향화하는 역할이 되도록 설계해야 한다.

적정노동시간은 노동시간을 줄여 삶의 질을 높이고, 직무몰입을 통해 경쟁력을 상승시킨다. 우리는 성과보다 시간에 얽매이는 경향이 있다. 장시간 노동에 익숙한 탓으로 시간이 짧더라도 몰입이 가져오는 생산적 효과를 간과한다.

"하루 12시간만 일하도록 해주십시오. 12시간 이상은 너무 힘들어서 할 수가 없습니다. 너무 힘들고 피곤해서 몸을 지탱할 수가 없습니다. 이렇게 혹사를 시키면서 종종 곱빼기 노동을 시키고 있어 할 수 없이 18시간을 계속 일을 해야 하는 참기 어려운 정신적 육체적 고통을 당하고 있습니다." 1976년 해태제과 노동자들이 노동청에 탄원서를 제출했다는 내용이다.

적정한 노동시간은 유연근무제처럼 맞춤형 근무를 활성화하고, 숙련 교육 강화로 문제해결 능력을 키운다. 변화와 혁신으로 나아가는 길이다. 현재 법정근로시간은 주 40시간으로 제한하고 연장근로는 주 12시간 한도로 규정하고 있다. 그러므로 이론적으로 가능한 근로시간은 주 52시간이나 광주형 일자리가 지향하는 노동시간은 주 40시간이다. 노동시간이 줄어들면 노동조건이 개선되고, 재해 예방, 생산성 증가, 고용 확대로 이어질 수 있다.

과거 대기업이 중소기업보다 노동시간이 길었다는 기록이 있다. 이

것은 물량이 많아 그랬을 수도 있지만 중소기업의 경우 기록이 정확치 않았을 수 있다. 영세 사업장의 경우는 퇴근시간이 정해져 있지 않아 노동시간을 측정하기조차 어려운 상황이었음을 배제할 수도 없을 것 같다. 다른 한편으로는 지금과 같은 임금격차가 존재하지 않았기에 노동시간에 따른 격차가 존재했을지도 모른다. 소년 시절 장시간 노동에 대한 기억은 끔찍하다. 죽지 못해 일하는 사회를 우리 자식세대에게까지 물려 줄 수 없다는 절박한 마음이 새로운 세상에 대한 열망으로 이어졌고, 시간이 흘러 광주형 일자리 정책으로 발전했다. 대개 이러한 경험이 없거나 이론적 기반이 전부인 사람들은 현실을 간과하거나 새로운 일에 흥미를 갖지 못한다.

현실성 부족과 시기상조 등을 내세우며 불가능성을 찾는 일에 더 많은 시간을 보내는 사람도 있다. 사업장 울타리를 더 높이 치는 현재에 만족하는 사람들도 있다. 광주형 일자리에 이러저러한 이유를 대며 반대한 세력도 비슷하다. 물론 관심이 없는 사람들도 있지만 더 많은 사람들은 광주형 일자리가 실현되기를 간절히 바랄 수밖에 없는 열악한 환경에 처해있다. 잔업, 특근 없는 세상에서 살고 싶다는 구호가 있을 때 한 푼이라도 더 벌자는 것으로 바뀐 현실도 한 몫을 한다. 그러하기에 노동시간 단축 필요성은 인정하나 말처럼 쉽지만은 않다.

대한민국은 일을 하면서 더 많은 일을 하지 못해 안달인 사회다. 일의 가치는 사라지고 오직 더 많은 권력과 부자 되려는 노력과 경쟁이 유치원에서부터 준비된다. 이러한 현실이 변화되지 않는 한 협동은 실재하지 않은 단어가 되고 늘 승자는 경쟁이 될 것이다.

세상이 빠르게 변화하고 있다. 자율주행 전기자동차, 4차 산업혁명 시대에 일자리의 변화는 피할 수 없는 현실이다. 이를 부정하고 기득권을 사수하려 하면 할수록 현재의 일자리는 사다리타기가 되어 희생자가 속출한다. 경쟁의 장에서 탈락한 노동자의 빈곤은 더 심각해질 것이다. 사다리타기에 성공한 노동자들의 성공도 잠시다. 살아 있어도 살아 있다고 할 수 없는, 죽방렴에 갇힌 물고기와 다를 바 없는 처지다. 일을 적게 하고 일을 나누는 것이 유일한 대안이다. 풀타임으로 일을 많이 함으로써 일자리 경쟁을 부추겨 악마의 손짓에 화답하는 결과를 초래하지 않는지 반추할 필요가 있다.

일의 가치척도는 무엇일까? 산업의 성장만이 나라를 발전시킬 수 있다는 '성장지상주의'가 승리하면서 많은 가치들을 잃어버렸다. 우리는 '경제성장'을 위해서 '자유 시간'을 빼앗겼고, '여가의 자유'를 버렸다. 우리의 휴식시간은 '하찮고 무의미하고 공허하고 낭비적인 시간'이란 인식이 박히고 말았다. 사회에 대한 불신과 미래에 대한 불안정성이 임금 우선주의를 부추겼다. 임금 우선주의는 '벌 수 있을 때

벌자'는 심리로 작동했다. 성장지상주의는 사회안전망을 취약하게 만들었다. 임금 우선주의와 성장지상주의는 불신의 정치를 키웠고, 불신의 행정을 만들었다. 그리고 경제위기와 금융위기가 닥쳤고, 이러한 위기는 임금집착 현상을 더욱 고착시켰다.

원하청 관계가 개선되어야 한다. 우리나라는 일본강점기에서 독립하고, 한국전쟁을 겪은 뒤에 재벌 중심의 경제성장을 했다. 정부의 지원이 재벌에게 집중되었고 산업구조가 재벌 중심으로 형성되면서 수직계열화되었다. 이러한 산업구조의 특성을 바꿔야 할 때가 되었고, 바꿔야 한다. 대표적인 부분이 원하청 관계다. 원하청 관계를 바꾸려면, 이익률 개선과 공정한 경쟁구조를 이끌어야 한다. 불공정하고 불평등한 원하청 관계를 합리적 관계로 개선해야 공정한 산업 질서가 실현될 수 있다. 도요타는 협력업체들로부터 '지옥', '자동차 절망공장'이라고 불렸다고 한다. 원가경쟁전략으로 부품단가를 낮췄는데 그 부담을 고스란히 협력업체들에게로 돌렸다. 협력업체를 쥐어짠 것이다.

공정한 경쟁이 되려면 대기업에 쏠린 부의 편중 현상을 법으로 완화해야 한다. 헌법 제119조 제2항이다. '국가는 균형 있는 국민경제의 성장 및 안정과 적정한 소득의 분배를 유지하고, 시장의 지배와 경제력의 남용을 방지하며 경제 주체 간의 조화를 통한 경제의 민주화를 위하여 경제에 관한 규제와 조정을 할 수 있다'고 되어 있다. 동반성장을 강조하며 사회적 중지를 모으는 일에 노력 중인 정운찬 전 총리는 균형 있는 국민경제의 성장 및 안정, 적정한 소득분배, 시장지배와 경제력 남용 방지, 경제 주체 간의 조화를 통해서 경제민주화가 실현될 수 있다고 한다. 나아가 대기업과 중소기업의 수익격차가 확대되는 것은 대기업이 우월적 지위를 이용해 '수요독점가'가 되어 납품가격을 최대한 낮게 결정할 수 있기 때문이라고 비판한다.

류동민 노동경제학자는 이익은 위로 올라가고 위협은 아래로 내려가는 것이 이 사회의 특징 중의 하나라고 했다. 원하청 간의 관계가 공정해지면 사회갈등도 줄어든다. 공정한 사회란 개인의 자유와 권리를 존중하며 동시에 공동체의 가치를 실현하는 사회다. 공정이란 규칙을 지키고, 서로 동등한 조건에서 경쟁하고, 상대방을 배려하고 혼신을 다해 자기가 맡은 바를 책임 있게 수행하고, 결과를 받아들이는 사회관계를 의미하는 것이라고 했다. 공정사회는 법치와 기회균등에 의한 절차적 공정과 연대에 의한 실질적 공정에 의해 완성됨을 의미한다.

독일에는 '아우토 5000'이라는 자동차 회사가 있었다. 독일의 자동차공장들이 비용 절감을 하려고 해외로 빠져나가고 있던 시절에, 폭스바겐이 제안했고, 노조의 양보가 있었으며, 지방자치단체인 볼프

스부르크가 출자하는 등 사회적 합의를 통해 세워졌다.

'아우토 5000'은 노사관계와 임금체계 적용에서 수많은 혁신을 시도했다. 노동부의 지원을 받아 실업자로 등록된 사람을 선발하여 3개월간 직무 교육훈련을 실시했고, 근로 계약을 한 뒤에도 주당 3시간씩 직무 교육훈련을 실시했다. 이 직무 교육훈련이 자동차산업에 적합한 숙련노동자를 육성했다. 임금도 차별화했는데, 당시 지역노동자의 평균임금보다는 높되 폭스바겐 노동자의 80% 수준으로 맞춰 실업자를 고용했다. 근로시간 저축 계좌제로 유연근로시간제를 도입했고, 노사 동수로 구성된 사업장평의회를 통해 주요사안을 결정하는 협업경영을 했다. 아우토 5000은 투란과 티구안이라는 자동차를 생산했는데, 대성공을 거뒀고, 7년 만에 폭스바겐으로 합병되었다. 이 모든 일이 사회적 합의를 통해 이뤄졌다.

자동차산업의 경우는 수직계열화된 분업구조로 원하청 사이의 이윤율이 불합리한 구조고, 이는 부품사의 경쟁력 저하와 임금 격차로 이어진다. 그래서 이윤율을 합리적으로 바꿔야, 부품사의 경쟁력이 생기고 임금격차도 줄일 수 있다. 공정한 산업생태계 조성이다. 또한 기술혁신을 위한 전속거래의 개선이 시급하다. 이러한 문제가 해결되면 외국으로 진출한 기업들의 복귀, 곧 국내 투자가 기대된다. 이는 제조업경쟁력의 근본적 해결책이 되고, 사회통합형 일자리 창출을 가져올 것이다.

이러한 광주형 일자리의 4대 핵심의제 해결 노력은 꼭 필요하다. 핵심의제를 추진하면 의사결정 참여, 격차 해소, 노동시간 단축, 노동생활의 질 향상, 일과 삶의 균형, 양질의 일자리 창출로 나아갈 수 있다. 나중에 광주광역시와 시 의회가 공동주최한 토론회에서 여성친화경영을 주요 의제에 포함해야 한다는 공감대가 형성되기도 했다.

희망의 탑 공정·정의·공존으로 희망의 탑을 쌓아야 한다.

4. 좋은 일자리는 연대와 혁신에서!

'가짐보다 쓰임이 더 중요하고, 더함보다는 나눔이 더 중요하며, 채움보다는 비움이 더 중요하다'고 승효상 건축가는 『빈자의 미학』에서 속삭이듯 말한다. 그의 말이 속삭임으로 느껴지는 것은 부드러우면서도 울림이 깊고 크며 오래가서다. 그의 글은 오랜 세월 동안 정성들여 가꾼 어머니의 텃밭 같은 느낌이 든다. 밭을 많이 가지려는 마음이 아니라 어떻게 쓸 것인가를 궁리하는 마음, 많이 수확하려는 마음이 아니라 누구랑 나눌 것인가를 생각하는 기쁨, 그것이 바로 채움이 아니라 비움이다.

광주형 일자리는 상생 관계에 중점을 두기 때문에 승효상의 건축 철학과도 맞닿아 있다. 광주형 일자리를 추진할 때 노조의 연대정신을 보며 건축가 승효상의 글을 떠올렸다. 많이 가졌으면 뭐 하겠는가, 잘 써야지! 더 가져서 뭐 하겠는가, 나눠야지!

광주광역시는 노동조합을 시정의 파트너로 삼아 노동정책 모든 부문에 대해 협의와 자문을 구했다. 그 전까지는 행정이 노동조합을 파트너로 생각한 적이 없다. 노조 관련 업무는 기업단위 노사 간의 관계이거나 중앙정부와의 문제로 여겼지 지방행정으로 생각해본 적이 없었다. 또 노조의 대응이 거칠기도 했지만 상대하기 여간 어려운 게 아니어서 악성 민원인 취급을 했던 게 사실이다.

광주시는 비정규직의 정규직화를 시작하면서 공공부문의 모범사용자로서 역할을 다짐했다. 또한, 공공부문의 성과를 토대로 민간부문으로 확대하는 전략도 세웠다. 추진과정에서 노조의 역할이 결코 적지 않음을 알고 있었던 것이다. 실제로 노조의 참여와 협력이 없었더라면 광주형 일자리는 불가능했다. 노조는 더 많은 임금보다 더 넓은 연대를 지향함으로 빈자의 미학을 온전히 몸으로 보여줬다.

'좋은 일자리'의 기준은 뭘까? 돈? 근로시간? 근무환경? 국제노동기구(ILO)는 고용, 노동권, 사회보장, 사회적 대화 보장을 강조했다. 지금은 고인이 된 박원순 서울시장은 2017년 좋은 일자리 도시 국제포럼 인사말에서 '좋은 일자리는 최소한의 품위와 인격이 보장되는 자리'라고 말했다. 그리스 시인 헤시오도스는 '좋은 삶이 좋은 일자리를 만든다'고 했다. 국제연합(UN)은 2015년 지속가능발전목표에 좋은 일자리를 추가하고, 지속적 포괄적 성장을 위한 과제로 삼았다.

문재인 정부의 노동정책 목표는, 노동 존중을 통한 노사 상생형 일자리 창출이다. 이는 광주형 일자리를 그 바탕으로 한다는 것에서 철학과 지향이 다르지 않고, 추진 방식에 있어서도 사회적 대화를 통한 해결을 지향한다는 점에서 사실상 같은 것이다.

그럼에도 상생은 결코 쉽지 않아 보인다. 그 이유로, 대기업 정규직 중심의 노동자와 공공부문 노동자의 기득권은 경제적 독과점 세력과 보이지 않는 대결적 담합이 유지되기 때문이다. 담합은 안정화 되어 있다. 이로 인해 노동자 내부의 연대 불균형이 발생하고, 대기업 정규직노조와 공기업에 의해 허락된, 기울어진 연대가 일반화되어있다. 겉으로는 연대를 표방하지만 사실은 기득권을 수호하는 범위 내에서의 '왜곡된 연대'다. 이러한 연대는 소수의 이익을 위한 것으로 보편적 가치와 다수의 이익을 침해한다.

사회적 성과물을 소수가 담합, 차지하고, 특정 기업 안에서 독과점하고 있다면, 이는 반사회적인 것이다. 이러한 일자리는 모두를 위한 일자리가 아니며 사회적으로 좋지 않다. 또 우리 사회에 만연되어있는 임금이 좋은 일자리의 기준이 되다시피 한 것은 정상적이지 않다. 임금 외에 다른 부분들도 노동의 중요한 가치이자 과제다. 다행스러운 것은 이에 대한 논의가 최근 많아지고 있다.

과거를 돌이켜보면, 일자리 창출이란, 기업의 이익을 위한 수단이고 기업 이익의 부산물로 취급되었다. 일자리를 통한 노동의 신성과 인간의 존엄은 무시되는 게 당연했다. 정치와 행정의 시각도 크게 다르지 않았다. 이러한 구태의 접근방식은 노동과 일자리를 단순히 양으로만 평가한다. 그래서 행정에서는 단기간에 치적을 홍보할 수 있는 일자리 창출의 개수에 매진한다. 그 결과가 단시간 일자리, 저임금 일자리, 불안정한 일자리 양산이다. 즉 비정규직을 비롯한 나쁜 일자리만 늘리는 것이다.

산업 발전은 더디지(저성장), 실업률은 오르지(고실업), 임금은 오르나(고임금), 생산성은 낮아지지(저생산성), 노동력은 줄어들고(저출산), 노인 인구는 늘어나지(고령화), 우리는 동시다발적인 난관과 마주 서 있다. 과거 수준의 일자리를 만드는 일조차도 힘들고, 혹여 일자리가 만들어지더라도 지속가능성은 더더욱 담보할 수 없다. 4차 산업혁명으로 전통적인 일자리마저도 사라지고 있다.

광주형 일자리의 핵심에 '혁신'이 있다. 혁신은 낡은 것을 고치거나 바꿔서 새롭게 하는 것이다. 광주시는 혁신의 한 축으로 공공부문의 고용개선정책을 추진했다. 예산은 더 들어가면서 고용은 불안하기만 했던 간접고용 비정규직을 정규직으로 전환했다. 용역을 주는 예산이 직접 고용 예산보다 더 들어가는데도 용역사 직원들은 비정규직이었다. 정규직으로 전환하며 용역사에 들어갈 비용을 직원들에게 주자 고용은 안정되었고 임금은 상향되었다. 직원들의 자존감이 올라가자 효율이 증대되었다.

이러한 공공부문 고용개선정책은 전국모범사례로 인정받았고, 타지자체는 이러한 고용개선정책을 배우려고 광주를 방문했다. 문재인 정부 또한 광주시의 선행적 시행 효과에 힘입어 가장 먼저 고용개선 정책을 의욕적으로 추진했다. 이것이야말로 혁신의 아이콘이자 일자리 질 개선 정책에서 빠질 수 없는 성과다. 효율도 효율이지만 투명인간 취급받던 노동자들이 시장과 인사를 나누고 시청의 직원이 되었다. 정규직 임명장을 받던 분들의 눈물과 갑작스럽게 시장에게 달려들어 헹가래를 치던 일을 잊을 수 없다.

민간부문에서도 격차 해소를 위한 초기업적 교섭체계 형성과 사회적 대화 활성화가 필요하다. 이는 산업 공동화와 고용위기 극복의 대안이 될 것이다. 광주형 일자리는 노동존중을 바탕에 두고, 연대를 통한 혁신이 가미되어야 한다. 노동존중 정책이 연대와 혁신으로 연결되어 상생의 길에 서면 지속 가능한 새로운 일자리를 만든다.

연대와 혁신은 사회적 타협으로 이루어진다. 사회적 대화와 타협은 민주주의 실천의 장에서만 가능하다. 때로 불편하고, 때로 시끄럽고, 때로 비효율적일 수 있고, 상당한 시일이 필요할 수도 있다. 광주형 일자리 정책도 모든 면에서 완벽하게 준비되어있지 않고, 성공을 장담할 수도 없다. 대화와 타협이 아니면 성공할 수 없기에 그 여정이 결코 쉬운 길이 아니다. 그럼에도 반드시 성공해야 하는 이유는 우리 이웃들이 일자리 때문에 고통받고, 양극화 때문에 가정이 파괴되고 목숨까지 내놓아야 하는 등 사회적 비용이 너무 크기 때문이다.

광주형 일자리라는 혁신적이고 포용적인 일자리 사업은 어디서 해도 좋고 누가 했어도 했어야만 할 일을 광주광역시가 먼저 시작했을 뿐이다. 광주형 일자리는 일자리 창출과 양극화 해소를 중심에 둔 사회연대이자, 사회적 대화 활성화로 좋은 공동체를 지향하는 사회혁신운동으로 출발했고, 광주글로벌모터스 설립이라는 성과로 이어졌다. 최근에는 지역 청년들이 꿈에 그리던 일자리를 얻었다. 불신하거나 반신반의했던 사람들도 긍정적으로 생각이 달라졌고 기대감이 커졌다. 언론도 비판적인 태도에서 과제와 기대를 담으려 노력한 흔적이 역력했다. 광주형 일자리 추진과정을 복기하며 애쓴 사람들의 생생한 목소리를 실었고 전문가의 식견을 들었다. 광주형 일자리 설계자라는 이름으로 나도 참 많은 인터뷰를 하게 되었다.

말하는 시간은 고민의 시간보다 적어야 한다. 무언가에 대해 입장을 내야 한다는 것은 늘 쉽지 않지만 그래도 지금은 나은 편이다. 공직에서 벗어나니 아무래도 자유롭다. 광주시에 몸담고 있을 때는 곤란한 게 한두 가지가 아니었다.

충분한 연구와 이를 뒷받침하는 자료와 검증이 필요했기에 많은 시간과 노력이 따라야 했다. 실천의 영역에서는 상황과 조건도 고려되어야 한다. 그래야 맥락 없이 공허하지 않게 된다. 당사자가 되면 심한 내적 갈등도 거치게 된다. 직접 체험을 통한 구체적이고 생생한 정보를 누구보다도 더 현실감이 있게 전달할 수 있는 반면, 경험에 근거한 자기중심적인 논거가 짙고 감정이 개입되며 갈등상황에 놓이면 자기검열이 심해지는 것이다.

좀 뜸해지다가 광주글로벌모터스 준공과 9월 양산 소식이 전해지자 말하는 시간이 많아졌다. 상생형 일자리 현황이 아닌 전망과 대책을 내놓아야 하는데 간단한 사안이 아니었다. 복잡해진 지형과 당사자라는 점이 말과 행동을 조심스럽게 했다. 더군다나 광주라는 지방도시에서 시작된 정책이 정부 일자리정책의 중심으로 발전되고 각 지자체가 경쟁적으로 추진하는 상황에 이른 현 시점에서 이러한 정책을 최초 제안하고 추진한 당사자의 말 한마디의 파장을 생각하면 가볍게 아무 말이나 하고 다녀서는 안 되었다. 또 어설픈 경험과 지식으로 내가 모든 것을 다 아는 양 교만해서는 될 일도 안 된다는 것을 누구보다도 더 잘 알고 있어서였다.

그렇다 하더라도 상생형 일자리 추진사업이 주워 담기에는 일이 너무 커져 버렸고 컨트롤 할 수 있는 준비나 여건은 턱없이 모자라 보인다. 실패해서는 안 된다는 강한 내적 신념화를 부추겨 보지만 안정이 되기는커녕 외려 걱정이 더 큰 게 솔직한 심정이다. 잘될 것이라는 막연한 기대가 아닌 객관적이고 냉정한 평가의 토대 위에서 정책의 연속성과 새로운 전략도 가능할 텐데 어디서부터 점검하고, 어떻게 개입해야 할지 아직도 묘수가 없다.

물론 몇 차례 새로운 프로세서를 제안했고 수용되는 것 같았지만 형식은 받아들이되 내용은 그대로여서 결론이 똑같아졌다. 모든 것을 다 한다고 모든 것을 다 잘할 수는 없는 법이고, 일은 사람이 하는 것이라는 내 말의 의미를 알아듣지 못한 것인지, 생각이 다른 것인지 매번 새로운 시도를 보여주는 것으로 끝났다는 비판의 소리가 높다.

광주형 일자리 투자 협약식 이후 지자체의 상생형 지역일자리 추진이 부쩍 많아졌다. 이것은 또 어떻게 바라보아야 하며 이에 부응한 각종 토론회는 또 어떠한가. 기대보다 우려가 더 클 수밖에 없다. 상생형 지역일자리가 광주형 일자리의 또 다른 이름으로 추진되는 것이라면, 광주형 일자리가 지향하는 목표와 비전을 함께 해야 하는데 이를 확인할 수 없기 때문이다. 본래의 취지와 정신을 담아 제대로 추진되는지, 아니면 왜곡하고 궤도를 이탈한 것은 아닌지도 물으며 천천히 따져 봐야 할 게 너무나 많다.

다만 지금 바로 한 가지 짚고 가야 할 것이 있다. 적절한 비교인지 모르겠지만, 누군가 나쁜 의도로 의혹을 제기하면 나쁜 언론이 받아

쓰고, 이를 나쁜 정치세력이 쟁점화하는 것을 다시 나쁜 언론이 인용함으로써 여론이 되는 것처럼, 각종 토론회가 나쁜 사회적 사례를 닮거나 전철을 밟지 않아야 한다는 것이다.

내가 이러한 생각을 하게 된 것은 상생형 일자리 토론회 일부 발표의 경우 상당 부분 사실을 왜곡한 내용이 발견되고 있기 때문이다. 나아가 왜곡된 사실을 재인용하는 우를 범하고 있는데도 누구도 지적하지 않고 있어서다. 이는 언론의 왜곡보도가 어떻게 여론이 되는가를 보아왔던 것처럼, 상생형 지역일자리의 연구와 토론이라고 하는 것이 왜곡됨으로써 여론화되는 것을 볼 수 있다. 그럼에도 부실한 토론회는 그칠 줄 모르고 남발되며 경쟁적으로 기사화되고 있다.

또 노조에 대한 비판적 말은 많이 하면서 기업가 정신에 대해선 침묵한다. 대한민국에는 일반적으로 경영이 어려워지면 가장 쉬운 방법인 사람을 자르는 구조조정을 답이라고 생각하는 기업이 많다. 기업이 직원을 생산성의 도구로 생각하니 직원도 기업을 돈 받는 곳으로 생각한다. 기업에 대한 인식의 전환도 필요하다. 기업이나 공장은 단지 상품을 만들어 이윤을 창출하는 곳이 아니라, 집단지성과 창의성이 응축되고 발현되어 사람들이 더 행복하게 살아가도록 세상을 윤택하게 창조하는 집합소다.

기업의 사회적 책임에 대한 논의도 더 풍부해져야 한다. 비도덕적이고 사회적 책임을 다하지 않는 기업은 언제든지 추방된다는 사회적 공감대가 형성되어야 한다. 세계적인 캐주얼 의류업체인 미국의 A사는 열 살 남짓한 어린이들을 하루 16시간이나 공장에서 노동하도록 했다. 이러한 사실이 폭로되면서 세계적으로 불매운동이 벌어졌고 한 달 만에 매출액이 25퍼센트나 급감했으며 이후로도 쉽게 회복되지 않았다.

그러므로 지금 우리에게 필요한 것은 노동존중을 통한 사회적 대화라는 토대와 상생, 연대, 혁신이라는 광주형 일자리의 핵심가치가 얼마나 잘 구현되고 있는지 객관적이고 냉정하게 되돌아볼 시간이다.

과거로 거슬러 올라가면 민선 6기, 현재와 미래는 (주)광주글로벌모터스를 통해 평가될 수 있을 것이다. 그랬을 때 제대로 된 과제가 이를 토대로 만들어질 것이다. 상생형 일자리가 성공하려면 성과와 한계를 두루 살피되 대안을 찾는 노력을 게을리해서는 안 된다. 광주형 일자리 정책에 대한 다른 견해가 있고, 추진과정의 부실함도 있을 것이다. 이에 대해서는 다른 이의 비판적 고찰과 새로운 시도가 있기를 희망한다.

5. 세 가지 반대

일부 노조에서는 광주형 일자리를 '반값 임금'이라고 규정지었다. 그러나 오락가락하다가 나중에 철회했다. 하지만 한번 규정을 지어버리면 그 말을 반박하고 설득하는데 많은 시간이 걸린다. 나쁜 소문이 나면 사실이 아님을 증명하는데 한 사람의 전부를 걸어도 진실을 드러내기 어렵고 진실이 드러나더라도 소문이 사라지지는 않는다.

비교할 기준임금이 정해져 있지 않다고, 평균임금과 초임은 다른 개념이라고 누누이 설명했지만 지금도 광주형 일자리는 '반값 임금'이라고 말하는 사람이 있다. 프레임이란 이렇게 무서운 것이다. 우리 역사에서도 '빨갱이'란 프레임을 짜서 상대를 공격하는 수단으로 활용했던 적이 많았다. 그 프레임을 걷어내는 데는 수십 년이 걸렸다. 아니, 걷어냈다고 하지만 완전하게 걷히지 않았다. 아직도 빨갱이란 프레임은 우리가 아는 듯, 모르는 듯 그 사이에서 작동하고 있다.

광주형 일자리가 세상에 나오고 2년쯤 지났을 무렵 세 가지 비판이 있었다. 반값 임금, 임금 하향 고착화, 노동권 배제가 그것이다. 반값 임금이라는 용어는 보수언론에서 처음 사용했다. 현대자동차 지부가 따라서 인용했고 금속노조와 민주노총이 그대로 따랐다. 얼마 뒤 현대차지부장이 말을 바꿨다. 광주형 일자리 임금이 초임을 비교해보니 현대차보다 더 높다고 했다. 그러더니 다시 말을 바꿔 현대차 수준에 조금 미달한다고 했다. 이처럼 말이 오락가락하자 반값 임금이란 구호는 슬그머니 사라졌는데 기억력이 좋지 않아서인지 다시 거론하는 사람도 있다.

하지만 광주형 일자리가 임금억제 일자리 정책이란 주장, 광주형 일자리가 확산되면 지자체 사이에 임금 하향 경쟁을 유발할 것이란 주장, 대기업 투자가 유치되면 결국 노동권 배제로 흘러갈 것이라는 주장은 그대로 남아 있다. 모두 근거가 없기는 마찬가지다.

기아자동차 모닝과 레이를 생산하는 곳은 기아자동차가 아닌 동희오토다. 20년 전에 만들어진 회사인데, 임금이 기아차나 현대차의 절반 수준이었다. 20년이 흐른 지금은 어떤가. 외려 격차가 더 커졌다. 그들의 말대로 임금 하향평준화가 된 게 아니라 임금차별이 더 심해진 것이다. 대기업 투자가 노동권을 배제한다면서 그 기업에 자식을 입사시키려고 노력하는 것은 무엇인가. 긴 설명보다 '탐욕과 행복은 한 번도 마주친 적이 없다'는 아랍 속담으로 대신한다.

대한민국은 단기간에 엄청난 경제성장을 이뤘지만 그 과실은 소수 대기업에만 편중되어 사회 양극화가 더 심해졌다는 것이 일반적 공론이다. 대기업은 임금과 복지 모두 좋은 편이고 정년까지 보장되어 있다. 퇴직 후에는 수입이 없지만 주택을 보유하고 건강만 담보된다면 국민연금과 개인연금으로 큰 어려움 없이 생활이 가능하다. 전제가 있다. 소비를 줄이고 평생 모은 재산을 자녀에게 상속하지 않아야 한다.

반면 중소협력업체에서 일하는 노동자들은 처지가 다르다. 최저임금이 최고임금인 경우가 많다. 급여로 생활비 쪼개 쓰는 형편이라 재산형성이 어렵고 고용도 불안하다. 직장에서 희망이 없다. 희망이라면 대기업에 취직해 신분전환을 이루는 것이다. 임금, 고용안정, 복지, 작업환경, 모든 게 차이가 크기 때문이다.

그들의 바람대로 대기업에 들어가면 좋으련만 사실상 불가능하다. 대기업의 해외진출과 자동화 확대는 외려 일자리를 줄인다. 60~70년대처럼 산업고도화가 이뤄지지 않고, 고용촉진을 일으킬만한 경제상황도 아니다.

우리 경제는 지금 거꾸로 가고 있다. 담보와 신용으로 돈을 끌어와 투자해야 할 기업이 지나치게 저축을 많이 하고, 저축의 주체여야 할 가계가 엄청난 빚을 안고 있다. 재벌 대기업에 들어간 돈이 계속 쌓이기만 하니 가계와 중소기업이 어렵다. 가계는 소득이 늘어나지 않아 빚을 지게 되고, 중소기업은 투자대상은 있는데 돈이 없어서 투자를 못 한다. 이는 다시 소비와 투자 부진으로 이어져 고용창출조차 어려워졌다. 청년실업이 줄어들지 않고 실업률도 증가하고 있다. 가계 빚은 더욱 늘어나게 됐고 양극화는 더 심해졌으며 복지에 대한 요구는 갈수록 커지고 있고 양질의 일자리는 부족하다.

대기업과 중소기업, 정규직과 비정규직, 이 틈에서 불평등 문제가 생긴다. 일자리 불평등의 가장 큰 피해자는 중소기업 또는 비정규직 노동자다. 노동운동의 생명은 연대다. 연대가 잘 안 되고 있다는 반증이다. 연대가 잘되면 불평등이 사라지나 연대를 소홀히 하면 계층 간 격차와 갈등이 커진다. 일자리의 높고 낮음이 없게 만드는 경제적 연대가 매우 중요하고 이것이 진정한 연대다.

광주형 일자리는 사회적 대화를 중시한다. 노조는 사회적 대화 기구에 참여해 목소리를 낼 수 있다. 한국노총 광주본부가 지난 4~5년간 노조를 대변하는 목소리를 내왔다. 노조가 참여하지 않으면 사용자가 마음대로 하기 때문이다. 노조가 대화에 참여하면 '사용자 맘대로'가 잘 안 된다. 노사관계는 서로 다른 의견 속에서도 타협점이 만들어진다. 예를 들어 노조가 임금인상 10만 원을 요구했다가 협의를 통해 5만 원으로 타결될 수도 있고, 3만 원으로 타결될 수도 있다. 하지만 참여하지 않으면 임금인상이 안 될 수도 있다. 광주형 일자리가 상생이 될지, 기존 일자리와 같을지 아무도 장담은 못 한다. 노동계와 시민사회가 참여하면 할수록 더 나은 일자리가 만들어지는 것이 분명하다.

이런 기사가 있었다. '기아차 생산직 초임 연봉이 7천, 평균 연봉은 9천', 그러니까 광주형 일자리가 적정임금으로 제시한 4천은 반 토막 난 임금이라고! 하지만 2015년 한국노동연구원의 연구용역 결과를 보면, 기아차 신입사원 평균 초임은 4천만 원이 안 됐다. 그런데 어떻게 7천만 원이란 숫자가 나왔을까? 그것은 잔업과 특근, 성과급을 포함한 것이다. 장시간 노동을 기반으로 임금을 받는 구조라는 것을 쏙 뺀 것이다.

대한민국 노동자는 너무 많은 시간 일을 한다. 더 많은 돈을 벌기 위해 장시간 노동에서 벗어나지 못한다. 그렇다고 생산성이 좋은 것은 아니다. 기업에게 효율과 이윤이 중요하듯이 노동자에게 정말 중요한 것은 여가와 행복한 삶이다. 노동시간과 행복은 매우 밀접한 관계가 있다. 노동시간을 줄여야 한다. 그러려면 돈은 조금 덜 받더라도 일을 적게 하는 게 중요하다. 이 대목이 광주형 일자리에서 임금과 노동시간에 대한 고민이었다. 4천만 원을 받든 5천만 원을 받든 일을 적게 하고 자기 시간을 갖는 게 중요하다고 생각했기 때문이다. 대신에 주거, 의료, 교육, 환경에 대한 지원이 필요하다.

광주형 일자리의 '적정 임금'이 현대기아차 같은 완성차 정규직보다 적은 임금이라는 대목도 살펴볼 필요가 있다. 현재의 일자리는 불평등하다. 여러 조사와 지표들이 말해준다. 대기업과 중소기업 사이에 격차가 존재하고, 노조가 있는 곳과 없는 곳의 차이도 크다.

대한민국 노동자 가운데 노조에 가입한 사람은 100명 가운데 10명 수준이다. 이 10명을 좌지우지하는 것도 대부분 공기업과 대기업 노조다. 그들은 모든 것을 자신들이 근로조건과 환경을 기준으로 삼는다. 비노조 상태에 있는 90명을 잊어버릴 때가 많다. 노조는 계급적 단결로 한국 사회를 바꾸겠다는 사람들인데, 노동자 내부의 계급적 연대에 관심이 없다.

구호가 아닌 현실에서는 실천이 필요하다. 공자는 '내가 서고 싶으면 먼저 남을 세워주고, 내가 이르고 싶으면 먼저 남이 이르도록 하라'고 했다. 현재의 임금구조와 체계에 대해 손도 대지 않고 격차를 줄이겠다는 것은 꽃을 사랑한다고 말하면서도 꽃에 물을 주지 않는 것과 같다. 일상의 차별을 묵과하면서 단순히 집회 몇 번 참석한 것으로 연대를 다했다고 볼 수 없다. 물론 대기업 노조가 지나치게 임금을 많이 받아간다는 주장은 잘못됐다. 그 임금을 주고도 대기업은 매년 수 조 원에서 수십조 원씩 남으니 말이다.

그러므로 주목해야 할 것은 대기업의 고임금이 아니다. 중요한 것은 많은 노동자들이 장시간 노동에 노출되어 있으면서 저임금을 받고 있다는 사실이다. 광주형 일자리라는 새로운 일자리를 만드는 데 있어, 임금수준을 정하는 것이 매우 중요한 과제 중 하나였다. 2015년 한국노동연구원이 발표한 보고서에는 적정임금 수준을 연봉 4천만 원 수준으로 명시했다. 당시 지역노동자의 85% 정도가 연봉 4천만 원 미만이었다. 그들의 임금을 끌어올리는 전략으로써 유효했다. 물론 대기업과 비교하며 너무 적은 임금수준이라는 지적이 있었지만 그렇다고 최고 임금수준을 기준으로 삼을 순 없었다. 대기업 연봉수준으로 책정하면 어느 기업도 투자할 가능성이 없기 때문이다. 기업의 투자를 유인하면서 고임금과의 격차를 해소하기 위한 적정임금이 필요했다. 적정임금이란 연대임금을 말한다. 임금을 재구성해 상향균등화하는 것이다. 연대임금은 일자리 간의 불평등을 해소하기 위한 것으로 낮은 임금을 끌어올리는 전략이지, 반값 임금이 아니다.

지금 광주에는 함평과 이어지는 광산구 빛그린산업단지에 자동차 공장이 들어섰다. 직원을 채용하고 있는데 경쟁률이 무려 67대 1이다. 취업난의 심각성을 보여주는 지표지만 고르고 골라 좋은 인재가 많이 채용되었다고 한다. 그곳에서 2021년 9월부터 '캐스퍼'자동차를 생산한다. 생산물량 규모가 크지 않아 당장 이전을 검토하는 관내 부품사가 있지는 않아 보인다. 하지만 어느 시점에 가면 주변에 부품사와 중소기업도 들어올 것이다. 그곳에 들어오는 완성차와 부품사에는 광주형 일자리 핵심의제와 투자협정서가 조화를 이룬 상생의 모델이 만들어져야 한다.

노노간, 노사 간의 갈등이 워낙 심하고 일터에서의 자존감이 추락한 상황을 개선하지 않고 경쟁력을 끌어올리는 시도는 무망한 일이다. 중소기업노동자들의 현재의 저임금 상황은 대기업이 지나칠 정도로 많은 이익금을 챙겨가는 것에 기인한다. 반면, 중소기업은 속된 말로 인건비 따먹기를 하고 있다. 이러한 것들이 시정되고 완화되는 일자리가 좋은 일자리다.

이러한 문제가 해결되려면 원청 기업 측의 공정한 산업 생태계조성을 위한 노력과 함께 집단교섭이 필요하다. 빛그린산단의 노동조합단체 대표와 사용자단체 대표가 임금 격차를 줄이기 위한 협의를 하는 것이다. 노사정이든 노사민정이든 지역사회 주체가 함께하는 사회적 대화, 곧 사회적 교섭도 좋다. 집단교섭을 하면 임금이 적은 기업은 임금을 10% 올릴 수도 있고, 대기업은 2%만 올릴 수도 있는 일이다. 이게 바로 진정한 산별교섭이고 연대다. 현재의 교섭은 대기업 노조가 교섭을 하면 대기업 노조원들의 임금만 오른다. 반면 중소기업노조는 교섭을 아무리 잘해도 대기업만큼의 임금을 올리기 어렵다. 하지만 산별교섭을 하면 대기업에서 일을 하든, 중소기업에서 일을 하든, 같은(동일) 노동에 같은(동일) 임금을 지향하게 되고 그만큼 효과도 있다. 물론 지금도 산별노조가 있다. 하지만 내면을 들여다보면 실질적으로는 기업별로 교섭을 하다 보니 그 접근이 어렵다. 지금 완성차와 부품사 임금 격차가 최대 4배까지 차이가 난다. 이 간극을 최소화하는 것이 필요하다.

일출을 보려면 어두울 때 일어나라는 말이 있다. 무언가 원하는 것이 있다면 미리 준비하라는 뜻이다. 또 타이밍이 맞아야 한다는 의미로도 읽힌다. 혁신적이고 포용적인 일자리가 필요한 이때 상생이 핵심가치인 광주형 일자리는 매우 시의적절한 정책으로 손색이 없다. 또 그러한 준비를 착실히 해왔다. 광주지역 노사민정은 광주형 일자리와 관련한 적정 임금, 적정 근로시간, 원하청 관계개선, 노사책임경영, 4가지 기초협약을 체결했다. 이는 포괄협약이며, 이미 제시된 광주형 일자리의 목표다. 민선 6기에 맺어진 기초협약을 근간으로 민선 7기에서는 광주형 일자리 성공을 위한 투자유치단 합의문이 작성되었다. 다음은 그 협약서와 합의문이다.

광주형 일자리 모델 실현을 위한 기초협약

빛고을, 광주는 공동체가 위기에 처할 때 이를 외면하지 않고 높은 시민공동체정신과 연대의식으로 새 날을 열어온 역사적 경험과 긍지, 사회문화적 전통을 이어왔다.

우리 '광주광역시 더 나은 일자리 위원회'는 그동안 우리가 처한 경제 위기적 상황을 극복하기 위해 노·사·민·정의 사회적 대화와 상생협력이 필요하다는 데 인식을 같이 하며 사회통합형 '광주형 일자리' 정책을 추진하여 양질의 일자리를 창출하고 경제적 불평등과 양극화를 해소하며 '기업하기 좋고 일하기 좋은 도시, 광주'를 시민의 삶 속에 실현하고자 함께 노력해왔다.

우리는 광주형 일자리 정책의 4대 원칙으로 '적정임금 실현, 적정근로시간 실현, 원·하청관계 개혁, 노사책임경영 구현'을 선언함과 동시에 '광주형 일자리 모델' 실현을 위해 더욱 노력할 것을 결의하며 '광주형 일자리 모델'을 대외적으로 적극 공유하고 확산하고자 '광주형 일자리 모델 실현을 위한 기초협약'을 체결한다.

우리는 '광주형 일자리 모델' 실현을 위해

○ **적정임금(연대임금)의 실현을 위해 노력한다.**

대한민국의 헌법상 보장된(제2장 32조) 적정임금의 원리를 존중하고 계승하며 사회연대 임금을 지향함과 동시에 임금의 상향 균형화를 기한다.

○ **적정 근로시간의 실현을 위해 노력한다.**

1인당 근로시간이 과도하게 긴 노동 상황을 개혁하고 일과 가정, 노동과 쉼의 바람직한 공존을 지향하며 이를 가능케 하는 일자리 질서를 구축한다.

○ **원·하청 관계의 개혁을 위해 노력한다.**

불공정하고 불평등한 원·하청 관계를 합리적으로 개혁하고 남녀, 인종, 지역 등 부당한 차별에 의한 임금 격차를 해소할 수 있도록 바람직한 산업질서를 확립한다.

○ **노사 책임경영의 구현을 위해 노력한다.**

노사의 신뢰와 책임을 기반으로 한 대화와 소통, 참여를 중시하며 사회적 책임(CSR, USR)에 입각한 노사책임경영의 관행을 확립한다.

○ **자동차 산업과 연계한 '광주형 일자리 선도 모델' 창출 추진에 적극 협력한다.**

국책 사업인 빛그린 산단의 '친환경 자동차 부품 클러스터 조성' 사업에 연계한 광주형 일자리 선도 모델 창출 추진에 적극 협력할 것을 결의하며, 정부는 대통령 공약인 '광주형 일자리 모델' 확산과 지원에 필요한 특별법 제정 등 제반 지원과 조치를 빠른 시일 내에 구체화해줄 것을 촉구한다.

2017년 6월 20일

광주광역시 더 나은 일자리 위원회 위원 일동

광주형 일자리의 성공적 실현을 위한 투자유치추진단 합의문

지난 11월 1일 원탁회의의 결과로 탄생한 투자유치추진단(이하 추진단)은 향후 광주시가 빛그린산단(이하 산단)에 새로운 투자를 유치하고 자동차 산업기지를 조성해 감에 있어, 현실의 광주지역 자동차산업이 지니고 있는 다양한 난관들을 타개하기 위한 전략적 실천을 도모할 공동의 책임을 지고 권한을 행사해 간다.

특히 오늘날 완성차업체에서의 경직된 임금구조, 장시간 노동시간 관행의 만연, 사회책임적이지 못하고 소모적인 노사관계, 원하청간 극심한 일자리 격차의 발생 등으로 인하여 광주지역을 위시한 한국 자동차산업에서 완성차 신규투자 기회가 사실상 사라져 국내에 신규일자리 창출의 기회마저 실종되어 있는 위기상황에 공감하며, 이번에 광주시와 현대차가 합자투자를 한 별도법인의 설립과 위탁생산의 실시를 매개로 추진단은 신설법인을 포함하여 산단에 새로운 일자리 모델을 정립하고 실현시켜 나가는 핵심 역할을 수행한다.

새로운 일자리 모델에서는 임금-노동시간 질서를 수립하고,

이해당사자들의 포괄적 사회적 대화와 교섭틀을 구축하며, 사회책임적인 노사관계를 구현하는 등 다름 아닌 '광주형 일자리의 원리'를 실현한다.

추진단이 기반하는 광주형 일자리의 원리는 지난 2017년 6월 20일에 광주시 '더 나은 일자리 위원회'에서 논의하고 합의한 바 있는 '기초협약'에 근거를 둔 것이다.

추진단은 그 정신을 고스란히 계승하여 향후 자동차 생산기지 조성과 신규합자투자법인의 운영에 광주형 일자리 원리가 충실히 실현되도록 공동 노력한다.

향후 산단과 신설법인에서 광주형 일자리의 구현을 위하여 진력해 감에 있어 지향해야 할 구체적인 원칙은 '기초협약'에서 명시한 이른바 '4대 의제'를 반영하여 아래와 같이 정하고, 특히 광주시와 노동계는 협심 하에 이러한 원칙이 구체화될 수 있도록 향후 전략적 동반자 관계를 형성한다.

1. 광주형 일자리 원리 구현

(1) 적정임금

가. 추진단은 적정임금의 실현에 매진한다. 양자는 적정임금의 설정을 위한 별도의 연구용역을 수행해 그 원리를 과학적으로 설정하되, 동시에 다음의 질적인 가치들을 충분히 그 안에 담도록 노력해야 한다.

나. 적정임금은 최대한 일자리 창출 기회가 확장되도록 하되, 그러한 기회에 부합하는 수준에 대한 판단은 지역의 산업과 해당기업 이해당사자들의 충분한 소통과 투명한 정보공유를 통해 이루어져야 한다.

다. 적정임금은 양질의 일자리 구현을 지향하여 설정되어야 하며, 이는 기본적으로 정규고용관계를 원칙으로 해서 설계되어야 한다.

라. 적정임금은 시장임금의 비중이 낮아지더라도 사회임금의 비중이 높아져 노동자들의 실질소득이 보전되도록 해야 하며, 이른바 사회통합형 일자리의 지향성을 내포한다.

마. 적정임금은 연대임금의 속성을 갖는 바, 특정기업의 과도한 고임금화를 지양하며, 일자리 질서의 상향균형화가 이루어지는 것을 목표로 한다.

바. 적정임금은 또한 공정임금의 속성을 갖는다. 자동차산업의 경우 완성차와 협력업체간에 공정거래를 기반으로 하고, 동일노동 동일임금의 원리에 따라 합리적인 기준에 의거해 책정되는 것을 원칙으로 한다.

사. 적정임금은 반드시 협약임금이어야 한다. 즉, 자주적인 노동이해대변체가 주체가 되어 민주적인 의사결정을 거쳐 사측의 대표와 교섭을 통해 체결하는 임금이어야 한다.

(2) 적정노동시간

가. 추진단은 적정노동시간의 실현에 매진한다. 기업별 임금교섭과 함께 '연공급'에 기반한 장시간 노동은 오늘날 노동불평등을 야기한 근본 원인이자 지속가능한 노동질서 구축에 저해되는 요인임에 공감하며, 신설법인에서부터 시작하여 산단 전반에 과거의 문제적 관행이 억제되도록 노력한다.

나. 적정노동시간은 기본적으로 사업장의 기본 근무형태를 1일 8시간, 주 40시간으로 하고, 사업장별 생산량 변동에 따라 1주 12시간 한도 내에서 연장 및 휴일 근로를 실시할 수 있도록 하는 현행 근로기준법의 준수를 기본으로 하되, 생산성의 향상을 도모하면서 지속적으로 근로시간의 단축을 지향한다.

다. 연장 및 휴일근로를 가급적 금전이 아니라 시간을 통해 보상되는 방안을 도모하여 우리 사회에 뿌리박힌 장시간근로의 관행을 지양하고 일가정 양립을 장려하도록 한다.

라. 이를 위해 이른바 '근로시간계좌제'와 같은 선진적인 제도의 도입을 적극 모색하여, 시간주권을 전제로 한 근로시간의 유연화를 도모하고, 그와 동시에 노동자들에게 학습과 훈련의 기회를 적극 장려한다.

마. 적정노동시간의 구현을 위해 타당하다고 판단되는 임금체계의 새로운 구상에 과감히 매진하고, 특히 장시간 노동을 부추겨 온 임금체계(대표적으로 '연공급'적 질서)의 폐해가 해소되도록 노력한다.

(3) 노사책임경영

가. 추진단은 노사책임경영의 실현에 진력한다. 이는 대사회적 책임성과 노사상호간의 책임성으로 구별된다.

나. 대사회적 책임성 차원의 노사책임경영은 신설법인과 산단의 노사 공히 격차해소와 일자리 창출의 과제를 실현하는 '일자리 연대'의 주체로 적극적으로 자리매김해 감을 의미하며, 이를 위해 추진단은 '공정경영'의 원칙을 수립해 신설법인과 산단에 실현시켜 나간다.

다. 동시에 추진단은 이른바 포괄적 노사관계의 형성을 추구하여, 산단에서의 임단협이 사업체별로 사전적인 조율을 충분히 동반해서 진행되도록 노사관계를 구조화시킴으로써 격차해소가 실질적으로 담보될 수 있게끔 노력한다.

라. 노사상호책임성의 측면에서 노사책임경영은 그 안에 다양한 가치들의 실현을 지향하는 바, 기본적으로 노사 간의 기본적인 신뢰를 증진시키는 투명경영과 상생경영, 그리고 노동존중경영 등을 그 내용으로 한다.

마. 특히 추진단은 상생경영의 일환으로 종래의 근참법상의 노사협의회의 기능을 대폭 확대하고 강화시키는 방향으로 기업이 운영될 수 있도록 한다.

바. 더불어 추진단은 노사 간의 갈등을 예방하고 능동적으로 중재하는 장치를 마련하여 소모적인 노사갈등의 심화가 이루어지지 않는 방안 마련에 적극 노력한다.

(4) 원하청 관계 개선

가. 추진단은 신설법인과 새로운 자동차산업단지에 종래의 원하청 관계의 악습이 재현되지 않도록 각별한 노력을 기울인다.

나. 그 일환으로 앞서 언급한 공정경영과 포괄적 임금교섭의 장치를 효과적으로 마련해 활용해 간다.

다. 임금교섭과 납품단가를 연동지어 사고하며, 적정임금을 가능케 하는 적정단가를 보장하는 장치를 마련해 작동하게 한다.

라. 부품업체들의 협의체 구성을 적극 장려하여, 납품단가와 관련한 거래관행에서 균형자로서 역할을 할 수 있는 계기를 현 행법의 테두리 내에서 적극 마련한다.

마. 산단내 기업간 협약체제를 구축하여 개별 기업들이 자발적으로 공정과 연대의 정신 하에 거래관행을 만들어 갈 수 있도록 유도한다.

2. 기타 합의사항

(1) 투자유치추진단의 확대·강화

향후 신설법인과 빛그린 산단에서의 광주형 일자리 실현에 필요한 실무적인 역할을 충실히 감당하도록 현행 투자유치추진단을 확대·강화한다.

(2) 상설 노정협의체의 설치

광주지역 노사관계 및 노정관계의 원활한 발전을 이루기 위하여, 광주시와 지역노동계 대표들이 참여하는 상설화된 노정협의체를 2019년 2월까지 설치한다.

(3) 미래자동차산업 발전방안 추진

광주시는 2018년 11월 1일 노동계 대표 및 공익위원들과 함께 합의한 원탁회의 합의서의 충실한 이행을 위해 최선을 다하며, 그 일환으로 자동차산업정책연구원의 설립 추진을 위해 노력한다.

3. 투자유치추진단과 협상팀의 역할분담

투자유치협상을 효율적으로 마무리하기 위하여 투자유치추진단은 합의 정신이 훼손되지 않는 범위 내에서 최종 협상을 협상팀에게 위임한다.

2018년 11월 13일

광주형 일자리 성공을 위한 투자유치추진단 8인 일동

6. 공직의 첫 출발은 사회통합추진단장

2014년 광주광역시 사회통합추진단장을 맡았다. 인수위 위원으로 활동할 때 제안한 조직 명칭이 그대로 반영되었다. '사회'를 '통합'하는 일을 '추진'하라니, 이름이 좀 거창하고 모호하다는 의견이 있었다. 그럼에도 크게 개의치 않은 것은 '일을 이름 가지고 하느냐'는 소신이 있었고, 일자리에 대한 성찰과 새로운 사고와 새로운 접근을 통한 일자리에서의 통합이 진정한 사회통합이라고 생각했기 때문이다. 일자리 질의 높고 낮음이 큰 사회는 통합될 수 없다. 어떠한 미사여구가 동원되더라도 경제적 현실을 가릴 순 없다. 역지사지(易地思之)해 보면 안다. '먹고 사는 것만큼 중요한 것이 없다'는 말이 왜 나왔겠는가.

사회통합은 일자리 통합이다. 높은 일자리는 낮은 일자리와 연대하고, 낮은 일자리는 높은 일자리를 향한 과감한 결단과 정책이 이루어질 때 사회통합이 가능하다. 광주형 일자리 4대 의제에 그러한 고민과 정책을 담았다. 양극화와 일자리 불평등과 불균형을 해소하는 정책이 광주형 일자리고 이러한 과업 수행을 맡은 조직이 사회통합추진단이었던 셈이다.

출근 첫날, 시설관리 노동자와 점심을 먹었고 둘째 날은 환경미화 노동자와, 셋째 날과 넷째 날도 주차안내, 민원안내, 청사방호, 조경 노동자들과 점심을 같이 했다. 시청사라는 같은 공간에서 일하지만 이들은 공무원과 모든 게 달랐다. 광주시청이 아닌 용역회사 소속이었고 대우는 형편없었다. 시설과 물품을 관리하는 공무원의 업무에는 용역노동자관리도 포함되었다. 용역노동자들은 자신들을 물건 취급한다며 관리라는 말을 끔찍이 싫어했다.

용역노동자가 없으면 시청사가 하루도 일을 할 수 없는 상황이었으나 그들의 존재를 의식하는 사람은 없었다. 매일처럼 만나고 항상 옆에 있지만 보이지 않는 투명인간이었던 셈이다. 투명인간이 있는 곳은 광주시청사만이 아니다. 서울이든, 부산이든, 학교든, 병원이든 어디에나 있다. 하지만 그들을 주목하는 곳이 어디 한 곳이라도 있을까 싶다. 대한민국은 보이지 않는 곳에서 일하는 사람들에 대한 비중과 노고를 생각하는 사회적 인식이 매우 낮다. 가장 기피하는 일을 하는 사람들에 대한 감사함이 없다. 공기와 물처럼, 반드시 필요한 것을 가장 당연한 것으로 여기기 때문이다.

청소노동자들은 새로 부임한 시청 간부가 의례적으로 점심을 사주나 보다 하는 생각으로 참석했다. 항상 그랬듯이 두 번은 없는 일회성 행사라 여기고 별 생각 없이 참석했고 빨리 밥 먹고 복귀해서 쉬어야

겠다는 마음만 있었다. 점심을 먹는데 그중 나를 알아본 사람이 있었다. 시청청소노조 분회장이다.

광주시청 청소노동자를 대표하는 조직인 민주노총 공공운수노조 광주전남지부 이매순 분회장은 2004년에 입사했다. 광주시청이 상무지구에 신청사를 지어 이전하던 시기다. 물 한잔 마실 수도 없고, 잠깐 앉아 있을 곳도 없는 열악한 환경에서 일하고도 받는 월급은 겨우 59만 원이었다. 턱없이 적은 임금도 임금이지만 청소노동자에 대한 인격적인 대우란 상상조차 못했다. 인구가 5,000만 명 이상이면서 우리나라보다 1인당 국민소득이 높은 나라는 여섯 나라뿐인데도 말이다.

잠자코 복종하는 것이 때론 편안한 길이지만 도덕적인 길이 아니고 비겁자의 길이다. 안 되겠다 싶어 노조를 만들었다. 그들이 원하는 것은 땀 흘려 일한 만큼 정당한 대가를 달라는 것이었다. 월급이 72만 원으로 인상되었고 법적 노동시간이 준수되었다. 청소노동자를 대하는 태도들도 나아져 자존감도 회복되었다.

하지만 2007년 광주시청의 청소용역 업체가 바뀌면서 비정규직 노동자들이 무더기로 해고됐다. 해고된 노동자들은 청사 건물 3층 광주시장실 앞 복도에서 고용승계를 촉구하며 농성을 벌였다. 강제해산에 대비한 여성노동자들의 속옷 차림 연좌농성이었다. 하지만 다음 날 청사 밖으로 쫓겨났다. 이 과정에서 실신해 병원으로 옮겨진 노동자도 있었다. 그들에게 평생 잊을 수 없는 아픔으로 기억되고 기록될 이 날은 3월 8일, 세계여성의 날이었다. 이후 지루한 싸움 끝에 뿔뿔이 흩어지고 두 명만 복직되었다. 그 중 한 명이 이매순 분회장이다.

청소노동자들과의 인연은 시청사에서 쫓겨난 이후다. 지역사회에서 뜻있는 사람들이 이들의 복직을 촉구하는 1인 시위를 릴레이로 전개했다. 나도 동참을 했고, 그 과정에서 인상적인 일들이 있었다. 공공운수노조 요청으로 강의를 했었는데 그곳에서도 만났다. 집회를 끝내고 강의에 참석한 그들은 매우 피곤해 보였지만 내 얘길 진지하게 들어줬다. 한 알의 불씨가 광야를 불사른다는 격언처럼 그들은 사그라들지 않고 다시 살아났다. 그리고 수년이 지나 다시 만났다. 새로 온 사회통합추진단장이 누군 줄 모른 채 식당에 왔었나 보다, 나를 보더니 깜짝 놀라 했다. 미소 띤 얼굴에 순간 복잡하고 미묘한 여러 감정이 지나갔다.

1990년에 발간된 한국현대사사료연구소 편에 따르면 1980년 5월에 대한 기록이 있다. “1980년 광주에서 끝까지 싸웠던 사람들은 대학생이나 교수나 인권단체의 이름을 내건 사람들이 아니었다. 그런 사람들 중 극히 일부를 빼고는 도망치기에 급급했다. 그러나 못 배운 사람들, 고아, 양아치 등 가진 것 없는 불쌍한 사람들은 몸으로 잘못된 것을 지적하고 나섰다". 세상의 변화란 이런 것이다. 가진 것 많고 고명한 사람들이 세상을 바꾸는 게 아니라 목마른 사람이 샘을 파고, 늘 필요한 사람들이 먼저 움직이며 절실한 사람이 끝까지 자리를 지키는 법이다.

잃을 게 없는 사람은 모든 것을 다 건다. 1980년, 그 무시무시한 공포 앞에서도 그랬다. 가진 게 없고 억눌린 사람들에게 광주의 오월은 특별한 해방공간이었다. 생물학적 인간에서 사회적 민주시민이 되었다. 자존감이란 때로는 목숨과도 바꿀 수 있어서 당장 죽어도 여한이 없기에 죽음조차 두렵지 않았다. 오늘 죽어도 이름은 영원히 기억될 것으로 믿는 사람들만이 계엄군의 총알이 빗발치던 도청에 남을 수 있었으리라. 그들은 죽어도 죽지 않았고, 죽어서야 처음으로 사람취급 받은 이도 있다.

더 나은 일자리창출에 반대하는 세력들은 가진 게 풍요롭진 않더라도 잃을 게 적지 않은 사람들이다. 다시 말해 변화를 통해 잃을 것을 두려워하는 사람들이다. 청년실업 해소를 위한 일자리 창출이 필요하고, 격차해소에 동의한다면서도 '없는 논 물 댄다'는 변명거리라도 찾아 슬금슬금 도망 나간다. 그렇게 스스로 시민이 되는 길을 가지 못한다. 여기에서의 시민의 개념은 '인간과 시민의 권리선언'에 나오는 시민이다.

"인간은 자유롭게 또한 평등한 권리를 가지고 태어났다"(제1조), 이 권리는 자유·소유·안전·압제에 대한 저항으로 명시되었다(제2조).

자유롭고 평등한 권리를 가진 인간으로 태어났을지언정 현재의 일자리는 시민의 권리를 가로막는다. 자유·소유·안전·압제에 대한 저항은 자유롭고 평등한 권리를 위한 것인데, 자유롭고 평등할 권리에 맞서는 것은 '인간과 시민의 권리선언'속의 시민이 아니다. 이익을 위해서라면 불법과 편법이 동원되고 이러한 분위기가 사회를 지배하는 사회에서는 시민의 권리와 의무가 짓밟힌다. 우리가 살고 있는 신자유주의는 살게 하거나 죽게 내버려 두기다. 푸코의 말이다. 현재의 한국 사회가 일자리를 대하는 상황이 그런 것이기에, 나를 바라보는 청소노동자들의 시선이 이상한 것만은 아니었던 것이다.

그의 눈을 오래도록 봤다. '저 자가 시청 간부로 온 걸 보니, 변절한 게로구나'라고 하는가 하면, 함께 했던 시절은 과거이고, 이제는 시의 '명령자'로 온 것이라고 말하고 있었다. 한 마디로 불신과 경계가 가득 차 있었다. 차분하면서도 간략하게 설명을 했다. 시에 온 것은 함께 하기 위해서 왔다, 도움이 필요하면 얘기해 달라, 힘이 닿지 않는 일 빼고는 모두 돕겠다, 하지만 그들의 의구심에 가득한 눈초리는 쉬 누그러지지 않았다. 그날은 그렇게 헤어졌으나 예전의 관계로 돌아가는 데는 오래 걸리지 않았다.

청소노동자들의 출근 시간은 7시 이전이다. 보통 6시 30분쯤이면 대부분 출근한다. 담당구역이 나누어져 있는데 가장 먼저 일하는 곳은 화장실이다. 공무원들이 출근하기 전에 미리 끝내야 부딪침이 없어 청소하기에 좋고 사용자도 불편함이 없어서다. 쓰레기를 비우고 변기와 바닥청소를 한다. 세면대 물기를 닦아내고 유리나 창틀도 닦는다. 화장지도 채워야 한다. 청소노동자들의 옷은 얇다. 옷이 두툼하면 청소하기에도 불편하고, 늘 해오던 일이지만 부지런히 하다 보면 땀이 많이 나기 때문이다.

출근이 빠르다 보니 점심시간도 1시간 빠른 11시다. 식사시간이 짧아서 각자 도시락을 싸 오거나 간단한 준비를 해 지하1층 휴게실에서 식사를 한다. 청소노동자들을 만나기 위해 여러 차례 방문을 했고 때로는 그곳에서 함께 밥을 나누어 먹었는데 지회장이 끓여주는 동태찌개는 당장 식당을 차려도 될 만큼 일품이다.

휴게실은 식당과 주차장으로 이동하는 통로 옆에 있다. 오가며 가끔씩 들르는 경우도 있었지만 청소노조원이 함께 모일만한 장소가 따로 있지 않아 간담회는 휴게실에서 했다. 좁고 시설이 좋지 않았으나 덕택에 빙 둘러 빽빽이 앉아야 해서 내게는 매우 정겨운 곳으로 기억된다. 다만 휴게공간이 지하실에 있는 게 마음에 걸려 몇 차례나 지상 층으로 옮기려고 검토했지만 들어설 공간이 부족해 해결하지 못하고 임기를 마쳤다. 다른 무엇보다 그것이 마음에 걸려 시청을 그만 둔 뒤에도 내내 죄송했다.

노조원들이 한 명, 두 명, 서서히 빠져나가 소수가 되었고, 노사관계는 예전으로 돌아간 듯하다는 말을 전해 들었다. 걱정되고 안타깝지만 내가 할 수 있는 건 없다. 상황의 복판으로 다시 들어가서도 안 된다. 스스로 한 발 두 발 걸어야 제 걸음이 된다. "절망하지 마라 설령 너의 형편이 절망하지 않을 수 없을지라도 절망은 하지 마라. 이미 끝장이 난 듯해도 결국 또 새로운 힘이 생겨나는 것이다." 카프카의 말이 위로가 되고 다시 일어서는 지지대가 되었으면 하는 바람이다. 끝난 듯해도 다시 시작되는 것이 삶이고 세상사이며 우주의 법칙이다. 그들은 다시 시작할 것이다.

언제나 그랬듯 일찍 출근했고, 한 가지 일에 빠져들면 하루 내내 그 생각만 했다. 돌이켜보면 나와 일한 사람들은 대부분 이전보다 더 많은 일을 하게 된다. 그렇다고 강제적이진 않다. 더 많은 자율을 주고 힘든 일은 내가 먼저 나선다. 결과에 대한 책임도 내가 지겠다는 것을 분명히 한다. 책임을 맡은 조직에서 나의 임무와 역할은, 조직이 나아갈 방향과 비전을 제시하고 일상에서는 그들이 가장 일을 잘 할 수 있도록 돕는 것이다.

사회통합추진단으로 발령 받은 공직자들과의 관계에서도 그랬다. 업무 중 가장 마음을 기울인 부분은 팀워을 통한 노동조합과의 소통이었다. 광주형 일자리는 노동조합과의 신뢰형성이 우선이다. 신뢰가 구축되어야 소통이 가능하고 소통할 수 있을 때 비로소 광주형 일자리에 대해서도 대화와 협력이 가능하기 때문이다. 비단 광주형 일자리에서만 신뢰와 소통이 중요한 것은 아니다. 어느 조직이든, 어느 사회든, 신뢰와 소통이 없는 곳에는 협력이나 상생이 이루어질 수 없다. 그러므로 협력과 상생의 기본은 신뢰와 소통이고 이에 기반한 성과는 자발적 참여와 사회적 대화를 통해 구현된다.

20여년 전, 나는 이문호 소장의 지식과 경험을 통해 많은 것을 배웠는데 그 중 하나는 작업장에서의 참여와 혁신의 중요성이다. 특히 계획과 실행이 구분된 엄격한 분업체계 아래에서는 노동자들은 주어진 일만 하게 되므로 참여와 자기계발의 필요성을 느끼지 못하게 되어 결국 기업에게 큰 손해를 가져온다는 것이다. 오랜 현장경험을 통해 여러 번 느꼈던 것을 전문가의 말과 글을 통해 확인하게 되어 기뻤다.

노동자들의 중요한 현장경험을 활용하지 못하면 이른바 지식경영이 이루어지지 않게 되고 이러한 통제 구조 속에서 노동에 대한 노동자들의 태도는 매우 부정적으로 나타난다는 것을 설명해줬다. 타율적으로 시키는 일만 반복적으로 수행하면서 노동은 가장 하기 싫은 것이 되고, 노동에 자기 정체성을 느끼지 못한 노동자는 단지 돈만 버는 수단이라는 "도구주의적" 노동의식이 발전된다. 자기실현이라는 노동의 가치를 경험하지 못한 상태에서 노동해방은 일을 하지 않는 것으로 이해되며, 노사관계는 대립적으로 흐른다. 이러한 그의 지식이 나의 생각으로 발전했고 광주형 일자리 추진과정에서 참여와 협력이 중심적인 가치로 자리하게 했다.

이 소장은 '세계 자동차산업과 노사관계'라는 책에서 독일의 작업장 혁신사례를 소개하며 일곱 가지 교훈을 정리했다.

첫째, 노동 동기와 참여를 높이는데 노동내용이 결정적인 요소로 작용한다. 노동의 내용이 흥미로워질 때 작업자의 노동의식도 변한다. 둘째, 작업자들의 노동에 대한 흥미는 직무확대와 자신의 작업에 대한 책임과 권한을 가질 때 일어난다. 셋째, 직무확대와 책임과 권한이 현장으로 이양되면 생산성 향상에 도움이 된다.

넷째, 자신의 작업에 대해 책임과 권한을 갖기 위해서는 그만한 지식과 숙련화가 필요하다. 따라서 재 전문화를 위한 교육에 지속적인 투자가 이루어져야 한다. 다섯째, 이 과정에서 작업자들은 과중한 부담을 느끼면 안 된다. 자기 책임을 지나치게 요구하는 것은 새로운 노동착취의 위험성이 내재되어 있으며 이것은 사회적 비용을 높인다. 여섯째, 노동구조가 변화될 때 수혜자와 피해자가 발생할 수 있다. 노사공동으로 피해자에 대한 재교육을 통해 새로운 업무와 위치를 부여해야 한다.

일곱째, 노사의 상호불신을 제거해야 한다. 경영진은 노동자에게 자율성을 주면 고의적 태만을 걱정한다. 노동자는 기업의 정책에 부정적인 경험이 있기 때문에 어떠한 변화도 거부 내지 소극적일 수 있다. 이를 극복하기 위해서는 기업의 정책을 공개하여 노동조합과 공동으로 그것이 가져다주는 효과를 분석하는 것이 필요하다. 여기서 공동책임의식이 발전한다.

참여는 권한과 책임의 공유다. 노동자의 권한과 책임에 대해서는 이미 20년 전부터 많은 연구와 논의가 있어 왔음으로 여기서 굳이 부연하면 오히려 군더더기가 될 수 있다. 그러므로 무리한 해석보다는 연구자들의 발표를 그대로 소개하는 것만으로도 충분한 이해가 될 것으로 생각된다.

한국 사회에서 일반적인 인식은 노조에 부정적이다. 행정만이 아니라 누구든, 노조를 상대하는 건 어렵다고 호소한다. 진지하게 대화를 하면 못할 게 없으련만 소통 자체를 하지 않으려 한다. 노조를 상대해서 좋을 게 없다는 인식이 상식처럼 자리 잡아서다. 그래서 소통과 만남보다 배제와 회피전략을 우선시한다. 하지만 참여와 협력은 어떤 정책보다 가장 효과적이다. 광주형 일자리 추진과정이 이를 잘 설명해 준다.

참여의 힘은 컸다. 공공부문의 비정규직을 정규직으로 전환할 수 있었고, 전국 최초로 청소년 노동인권보호를 위한 광주청소년노동인권센터를 만들 수 있었다. 생존이 아닌 어느 정도의 문화생활이 가능한 임금수준을 고민한 결과 생활임금제를 도입했고, 최저임금의 130%로 생활임금을 책정했다. 민간부문에서도 금호타이어와 사내하청의 노사 간 갈등을 조정 · 중재했고 원만하게 해결되어 수백억의 손실을 예방할 수 있었다. 이러한 일이 있자 당해 기업의 최고경영자가 광주시를 방문해 감사 인사를 했다. 믿기지 않겠지만 이러한 일들이 사회통합추진단에 속한 공무원들이 노동조합, 사용자단체, 시민단체, 전문가들과 부대끼며 해낸 사업들이다.

후일 겪게 되는 일이었지만, 광주글로벌모터스 설립과정에서 노조가 많이 힘들어 했다. 물론 그 후로도 힘든 상황은 지속되었다. 가장 힘들게 한 것은 일에서의 소외다. 일이 많아서 힘들어야 하는데 일이 없어 힘들다니 아이러니한 일이라고 생각하겠지만 일에서의 소외란 일이 많을 때보다 심적으로 훨씬 힘들게 한다. 노조는 의회나 언론,

또는 시민단체와 관심 있는 분들이 추진사항에 대해 물을 때면 이만저만 곤란한 게 아니었다. 아는 게 없어서다. 작은 것조차도 협상 상대를 배려한다는 이유로 공유되지 않았다. 소통이 차단되었다.

노조만 그런 게 아니었다. 현대차와 관계를 지속적으로 유지하는 극소수 공무원을 제외하고는 추진사항을 아는 사람이 없었다. 같은 실국 내에서도 비밀에 부쳐졌다. 국장이 하는 일을 과장이 모르고, 과장이 하는 일을 팀장들이 모르는 상황이 허다했다. 노조가 취득한 정보는 거의 외부에서 얻을 수밖에 없었고 특히 현대차와 관련된 정보는 전부 그렇게 획득했다. 광주형 일자리가 노조의 참여와 협력에 기반한 상생의 일자리라는 본래의 취지가 실종된 채 노조를 대상화하고 부서공무원에게조차 비밀로 한 것은 한심스럽게도 협상파트너의 보안유지 단속 때문이었다. 처음에는 부정적인 생각으로 협상 상대를 만나던 공무원들조차 스톡홀름증후군에 빠진 듯 헤어 나오지 못했다.

기업이 공직을 바라보는 시각은 불편하다. 도움 되는 일보다 간섭하는 것이 더 많다고 생각한다. 더군다나 투자를 함께 결정한다는 것은 처음 겪어보는 일인지라 비즈니스가 처음인 공무원들을 상대로 더 조심할 수밖에 없었을 것이다. 이러한 기업의 노파심은 그럴 수 있다지만 공무원들의 태도는 이해되지 않았다. 추진과정이 외부로 새

나가면 없던 일로 하겠다는 협상 상대의 말을 금과옥조로 떠받들어 노조는 물론이고 공직사회 내에서도 철저히 함구한 것이다. 몰라서 그랬을 수도 있겠으나 공과를 챙기려는 것 말고 또 뭐가 있었을까 싶다. 협상 상대는 전문성이 부족한 공무원들을 데리고 원하는 방향으로 끌고 가는 쉬운 길을 택했지만, 광주시는 이러한 불통과 갈등이 결국 광주형 일자리의 발목을 잡는 상황이라는 것을 모르고 있었던 것이다.

내 입장도 참으로 난처했다. 나도 아는 게 없어 곤란할 때가 많았는데 외부에는 있는 대로 말하기 어려웠다. 명색이 이 일을 애초에 계획했고 또 4년간 실무적으로 주도해왔으며 퇴직 후 시민으로 있던 처지에서 상황이 어려워지자 나름 전문성을 인정받아 적임자로 다시 임명된 사람이다. 그런데 아무것도 모른다고 하면 믿을 사람도 없을 것이었다. 판이 깨지지 않도록 하면서 담당자들과 여러 차례 상황에 대해 조언을 했고, 이렇게 가면 실패할 수밖에 없는 이유를 설명하고 궤도를 바꿀 것을 제안했으나 실행되지 않았다.

일반적인 기업유치라면 내가 나서지 않았을 것이다. 그러한 일은 전문가도 아니었을 뿐만 아니라 굳이 상생이니 뭐니 하며 복잡하게 추진할 필요가 없었다. 기존의 방식대로 하면 되었고 그 결과는 당연히 성과 없이 끝났을 것이다. 그럼에도 상생형 일자리를 부정하고 기존의 투자유치를 고집하는 것은 그간의 과정을 부정하는 것이기도 하지만 미래의 실패를 약속하는 것이라 타들어 가는 속마음을 감추며 사방팔방으로 뛰어다녔다.

7. 광주광역시 최초 공모 부시장이 되다

광주광역시는 민선 6기 경제부시장을 공모했다. 경제부시장을 공모한 사례는 처음이고 다음에 있지도 않을 것 같다. 광주의 경제부시장은 말이 경제부시장이지, 정무직이기 때문이다. 그냥 임명하면 될 것인데, 굳이 공모를 했다. 왜 공모했을까? 아무튼 상식적으로 이해가 되지 않았지만 절차에 따라 응모했고, 경제부시장이 되었다.

부시장에 응모하면서부터 언론과 지역사회의 관심이 뜨거웠다. 한국사회의 기득권은 공고하다. 민주주의 1번지라는 광주도 다르지 않다. 새로운 부시장을 동의하지 못하겠다는 분위기가 있었다. 몇 사람에 의해 시작된 것이었겠지만 공직사회에도 부정적 기류가 이어졌다. 물론 '박병규'라는 개인의 문제가 아니라고 했다. 하지만 5급이 1급이 되는 걸 용납할 수 없다는 말이 나왔고 '순경이 경찰서장이 되는 꼴'이라는 표현도 있었다. 나는 4급으로 있다가 자청해서 5급이 되었고, 5급에서 다시 1급이 된 게 어떤 문제도 없다고 생각했지만 시대적 역할보다 직급과 관례를 중요하게 생각하는 사람들은 나와 생각이 많이 달랐다. 흙수저 부시장을 인정하지 못한다는 의중도 담겨 있었을 것이다.

만약 대학 총장이나 대학교수 출신이었다면, 국회의원을 했었다면, 대기업의 임원을 했었다면, '용납할 수 없다'는 얘기가 나왔을까? 듣보잡, 순경, 흙수저 같은 표현들이 넘쳐났을 리 없다. 반면 공무원들의 자존심에 상처를 주어 갈등을 유발하기 위한 것이니 신경 쓰지 말라는 위로의 말을 전하는 이도 있었다. 이미 결정된 것이고 되돌릴 수 없는 것을 알기에 분풀이하는 것이라고 하는 사람도 있었다. 어느 것이든 소모적인 논쟁이 안타까웠다. 사실, 나는 흙수저가 맞다. 행정고시에 합격하지 않았고, 몇 십 년씩 공무원도 하지 않았으니 어찌 보면 '순경'처럼 낮은 직위에 있는 사람으로 보는 시각이 틀린 것도 아니다. 국회의원이나 장관을 하지 않았으니, 행정이나 정치 쪽에서는 '듣보잡'이란 말도 맞다. 공직에 오기 전에는 민간 기업과 시민사회영역에서의 활동이 사실상 전부라 행정의 달인과도 거리가 멀다.

그럼에도 행정에 대해 모른다고 치부할 수 없는 것은 늘 시사와 무관한 삶을 살지 않았고, 선배들의 다양한 활동과 경험을 통해 공직사회의 특성과 성과와 한계를 익히 알고 있었다. 예컨대 공무원과 소통하는 법이랄지, 일을 효율적으로 하는 방법에 대해서는 누구보다 많은 생각을 해왔었다. 30년 기업 생활이라는 것도 기업이 경제의 중심축이기에 새로운 업무와 전혀 다르다고 할 수 없고, 몇 십 년 동안 조직 관리를 해본 경험이 있었다. 더군다나 공직생활 4년차였고, 사회통합추진단장과 일자리정책특보를 지내며 쌓은 경험과 작지 않은 성과들이 있었다. 광역시 경제부시장이라는 자리가 갖는 무게에 대한 책임감은 있었지만 해내지 못할 것이라는 생각은 추호도 하지 않았다.

용기를 얻었던 것은, 사회통합단장이라는 행정 경험 3년 동안 같이 일했던 공무원들이 사내 게시판에 올린 칭찬 글과 입소문들이었다. 쑥스럽지만 당시 나온 말과 글을 소개하면 이런 것들이다. 겪어보니 나처럼 행정 능력이 뛰어난 사람을 보지 못했고 내가 권위를 내세우지 않았다는 것이다. 공직생활 30년을 했지만 나처럼 겸손한 공직자는 처음 봤다며, 항상 가장 일찍 출근하고 가장 늦게 퇴근한다는 것을 알려줬다. 이런 글과 말들이 돌며 긍정적 분위기가 확산되었다.

나는 보고를 위해 직원이 오면 항상 일어서서 듣거나 함께 앉아서 대화를 했다. 상대는 서 있고 나는 앉아 있는 일은 단 한 번도 없었다. 노동조합 일을 할 때부터 그렇게 해왔다. 함께 일했던 당시 사무관으로 있다가 서기관으로 승진한 선배공무원은 그게 가장 인상적이었는지 어딜 가나 "공무원 생활 30년 넘게 했지만 서서 보고를 받는 사람은 처음 본다"는 말을 입에 달고 다녔다. 함께 일했던 경험으로 미담(美談)을 말해준 분들이 지금도 고맙다. 당시 그들의 소신과 용기가 내게는 큰 위안과 힘이 되었는데 고맙다는 말을 여태껏 하지 못했다. 그때 일을 생각하면 가슴 뿌듯해 감사한 마음이 오래도록 간직될 것 같다.

계약 기간 2년, 취임식은 하지 않았다. 부시장직을 맡자, 뜻밖에도 그 의미가 깊이 다가오고, 책임이란 무게는 더해졌다. 잠을 이루기 힘들 정도로 부담스러웠다. 오래 걸은 뒤, 컴퓨터 앞에 앉아 차근차근 생각을 정리했다.

취임사 경제부시장 취임식을 하지 않았고, 사내게시판에 취임사만 올렸다.

왜, 경제부시장을 하려는가? 광주형 일자리의 성공적 실현에 있다. 광주형 일자리, 거창한 게 아니다. 바로 '함께 살자'다. 노동이 중심이 되는 경제정책이 필요하다. 노동이 경제고, 경제가 노동이기 때문이다. 성공한 경제정책에는 노동을 빗나간 사례가 없다. 경제를 걱정하면서 노동에 대한 정책이 없는 것은 절대 실현될 수 없는 허상이다. 지난 경제부시장들과 생각이 다를 수밖에 없다. 오직 노동에 대한 해법이 찾아질 때 경제문제가 해결된다. 노동존중의 경제정책을 추진해야 한다.

일자리 대통령을 표방한 문재인 대통령이 취임 100일 기자회견에서 말씀하신 게 '새 정부 중요한 국정목표 가운데 하나가 노동의 가치가 제대로 존중받는 세상을 만들기 위해 노조 조직률을 높여 가겠다'였다. 노동의 가치가 제대로 존중받는 세상, 모두가 꿈꾸는 세상을 뜻한다. '정부도 정책적 노력을 기울이겠지만, 한편으로 노조도 대중적 지지를 받을 수 있는 노력을 함께 할 필요가 있다'고도 말했다. 새 정부의 성공적인 경제정책의 알맹이가 '노동과의 협치'란 뜻이다.

무엇을 해야 하나? 광주광역시는 새로운 일자리 모델인 광주형 일자리를 구축하고자 전국 최초로 노동조합설립 지원 사업을 추진했을 뿐만 아니라, 비정규직의 정규직 전환, 생활임금제 시행, 청소년 노동인권보호와 같은 포용적 일자리 정책으로 꾸준히 성과를 만들고 있다. '노사민정 협의회'와 '더 나은 일자리위원회'를 통한 협력적 거버넌스의 구축으로 '기업하기 좋고 일하기 좋은 환경'도 적극 조성하고 있다. 이러한 토대구축으로 광주광역시가 상생일자리모델을 만드는 것이다. 사회통합추진단에서 추진했던 일들이다. 대화와 협력의 기반이 더 강화되어야 한다.

어떻게? 복잡하고 어려운 것 같지만 핵심은 하나다. '우리 다 같이 잘 살 수 있을까? 같이 살아야 한다!' 바로 이 한 문장이다. 이 한 문장을 같이 되뇌며, 서로 손을 잡을 때 바로 광주형 일자리의 성공은 시작된다. 그렇게 우리는 지금까지 잘해왔고, 앞으로도 맞잡은 손을 더욱 더 꽉 쥐어야 한다. 광주형 일자리의 성공은 바로 광주의 성공이자 문재인 정부의 성공이고, 대한민국의 미래다. 광주형 일자리가 한국사회의 미래가 될 수밖에 없는 것은 답답하기만 한 정치경제사회 영역에서 통합적 해결책을 제시하고 있어서다. 국민을 하나로 모으고 경제에 활력을 불어넣는 정책만이 대한민국의 미래에 희망의 문을 활짝 열 것이다.

잘할 수 있을까? 공직에 첫발을 내디딘 지 3년 3개월, 처음에는 낯선 행정이었지만 압축적으로 많은 것을 배우고 경험했다. 노동운동가로만 살았던 안목의 한계도 깨달았다. 세상을 바꿀 수 있는 힘은 노동조합에만 있는 게 아니라 행정에도 있었다. 지름길로 가는 지도와 나침반은 공직자의 가슴과 손끝에서도 나올 수 있다는 것을 체험했다. 현실에 안주하고자 한다면, 현실을 바꾸지 못하는 수만 가지 핑계가 찾아지고, 그 핑계에 우리는 익숙해질 것이다. 하지만 이대로는 안 된다고 힘껏 외치고 혁신의 주체가 된다면, 우리의 목소리는 더 나은 사회로 나가는 방법이 될 것이고, 우리의 발걸음은 더 나은 일자리로 향할 것이다.

목표는 무엇인가? 첫째, 노사를 뛰어넘어 노사정이 상생하는 도시를 만들자. 혼자서는 살 수 없다. 함께 대화할 때 상생의 길은 열린다. 둘째, 광주형 일자리를 누구도 함부로 훼손하지 못하도록 제도화시킨다. 그래서 광주형 일자리라는 나무가 굳건히 뿌리내려 꽃을 피우고 탐스러운 열매를 맺고 널리 퍼지도록 한다. 셋째, 그 실천으로 미래의 광주 경제와 대한민국 경제의 대들보가 될 친환경자동차 기업 유치를 성공적으로 완수한다. 양질의 일자리를 만든다.

함께할 대상은 누구인가? 혼자서는 할 수 없다. 광주광역시 공직자들의 힘이 필요하다. 새로운 일자리는 전문성과 자율성이 극대화되는 일터가 되어야 하고, 직무 하나하나가 소중하다. 일할 맛 나는 환경이 이루어지도록 함께 만들어야 한다. 이를 위해 끊임없이 사람들을 만나야 한다. 겸손하고 또 겸손하게 소통하고 공감해야 한다. 광주광역시가 노동조합과 함께 뜻을 세우고 길을 같이 걸으면서 허심탄

회한 열린 마당을 만들어야 한다. 개략적으로 생각이 정리되었다.

나는 항상 생각을 중요하게 여긴다. 생각만 많고 행동으로 옮기지 않으면 무용지물이라고 하지만 그래도 생각은 여전히 중요하다. 생각이 말로, 말이 행동으로, 행동이 습관으로, 습관이 인격으로, 인격이 운명이 된다고 했다. 영국 수상을 지낸 대처가 쓴 책에 나오는 구절이다. 사람이 살아가며 행하는 작은 일에서부터 운명까지 첫 머리는 생각이다.

경제부시장 취임식은 하지 않았다. 대신 생각을 정리한 글을 사내 게시판에 올리며 또 생각을 했다. 내가 지금의 내가 되기까지는 수많은 사람을 만나고 사건과 사고를 겪으며 늘 나만의 것을 잃지 않았기 때문이다. 그 대표적인 것을 꼽으라면 정직과 성실, 부지런함이다.

지금으로부터 딱 30년 전 일이다. 대기업에서 노동조합 대의원을 할 때 일이다. 다른 대의원들과 달리 일찍 출근하고 늦게 퇴근했으며 소식지 발행부터 설문 조사, 공청회, 토론회 등 여러 사업을 추진했다. 노동조합에 대해 궁금해하는 조합원들은 언제든지 내게 가장 먼저 달려왔고 나는 항상 친절하게 답해줬다. 무엇이든 막힘없이 답하고 추진하자 이것을 본 다른 간부들은 내가 머리가 좋다고 했다. 그들은 모른다. 내가 그들과 달리 모든 시간을 노동조합 활동에만 써온 것을.

이번에도 그렇게 하리라 다짐했다. 또 있다. 나는 여러 가지 일을 한꺼번에 못하지만 한 가지만은 몰입해서 잘하는 편이다. 다시 말해 경제부시장이 해야 할 일은 전력을 다해 할 수 있지만 그 외의 것은 못하는 식이다. 원래 재주가 많지 않아서이기도 했지만 매일처럼 그 일만 생각하기에 다른 일에 신경 쓸 겨를이 없어서이기도 했다. 그래서 나는 오직 내가 잘하는 일에만 매진한다. 온 힘을 다해 '매진하자' '성과를 내자'고 다짐하고 또 다짐했다. 우선 공직자들부터 만나기로 했다. 18층부터 1층까지 돌았다. 손을 맞잡으면서 소통을 약속했고, 고개를 깊이 숙이며 겸손을 다짐했다. 그렇게 임기를 시작했고 마침내 민선 6기 시장의 임기가 만료되었다.

민선 7기 시장이 선출되었다. 공모 부시장이기 때문에 시장의 임기가 만료되었으나 부시장의 임기는 1년 6개월이나 남았다. 하지만 시장이 새로 바뀌었으니 새로운 시장과 맞는 사람이 부시장직을 맡아야 한다는 생각에서 물러났다. 6월 30일 사직을 했고, 퇴임식은 갖지 않았다. 퇴임사를 사내 게시판에 올리고 며칠 후 곧바로 광주를 떠났다. 광주에 머물면, 시정과 관련하여 긍정적이든 부정적이든 여러 말이 나올 수도 있다는 판단에서였다. 차분히 공부를 더 하는 시간을 가지려는 마음도 컸다.

경제부시장에서 물러나며 지난 시간을 되돌아보았다. 사회통합추진단장을 시작으로 일자리정책특보 그리고 경제부시장까지, 과분하고 막중한 공직을 성찰하며 정리했다. 아차, 이걸 놓쳤구나, 하는 일을 메모했고 아, 이게 부족했구나, 하는 일은 반성했다. 더 노력해서 채워야 할 과제였기 때문이다. 행정 초짜배기를 따뜻하게 맞아주고, 도움 주신 고마운 사람들도 떠올랐다. 갇힌 공간에서 밖을 볼 수 없듯이, 큰 나무 가까이에서는 숲이 보이지 않는다. 인생도 그런 것이다. 일상에 허덕이다 보면 자신을 보지 못할 때가 많다. 한 발짝 떨어져 삶을 돌아보고 정리해보는 시간은 많은 깨달음을 주기도 한다.

4년여의 공직, 감동과 흥분의 시간도 있었지만 긴장과 열정의 연속이었다. 행정은 복잡하거나 난해한 것이 아니라 당연히 해야 할 일이다. 크게는 시민의 안전과 인권을 강화하고, 쾌적한 환경조성과 편리한 시설확보, 미래 먹거리 발굴과 사회적 약자 보호, 문화발굴과 지원, 자치공동체 만들기 등 헤아릴 수 없는 많은 일을 추진하는 곳이 행정기관이고 공직자의 몫이다. 이러한 일을 함께 할 수 있었던 것은, 기쁨이고 보람이었다. 중앙정부의 손길이 미치지 못하거나 외면했던 영역에서 공직자들의 역할은 빛났고, 그들의 슬기로운 일 처리에 자부심마저 느꼈다.

행정은 작은 것 하나까지도 체계가 제도화되어 있었다. 행정을 추진하는 사람들은 시민의 일반적 평가보다 훨씬 더 높은 실력과 윤리적 소양을 갖춘 공직자들이었다. 그런 공직자들과 만남에서 많이 배웠다. 과정에서 어려움도 있었지만, 대화로 소통하고 제도를 개선하여 풀었던 일은 큰 자산으로 남았다.

행정은 선한 의지와 상식으로만 되는 게 아니었다. 법과 규정 그리고 절차가 필요했다. 좋은 뜻이 통하는 일도 있었지만, 이견과 준비 부족으로 조직의 동의를 구하지 못하는 경우도 있었다. 그럴 땐 존중하면서 듣고, 조화롭게 타협했다. 몸담아야 할 물리적 시간은 많지 않았다. 더 많이 공부하고 더 부지런히 노력했어야 했다.

'안톤의 실명(失明)'이란 말이 있다. 오스트리아 신경학자 안톤의 이름을 딴 질병이다. 이 병에 걸린 사람들은 자신이 시력을 잃었는데도 마치 보이는 것처럼 이야기를 지어낸다. 앞을 볼 수 없어서 넘어져 다쳤는데도, 자신의 실명 때문이 아니라 자신이 서툴러서 그런 것이라며 둘러댄다. 이는 비단 시력에서만 그런 게 아니라 다른 신체 기능에서도 일어나는 일이다.

안톤의 실명은 자신에게 고장 난 감각기능이 있음에도 자신은 아무런 문제가 없다고 생각하는 일이다. 결코 신체의 결함만 가지고 이야기할 병은 아니다. 세상을 바라보는 왜곡된 시선, 다른 사람을 바라보는 방식의 문제에서도 드러난다. 자기 관점으로만 세상을 보고, 자신의 문제는 합리화를 시키는 일, 근거 없이 자기주장을 굽히지 않는 일, 이러한 일이 있다면 우리는 '질병인식불능증'에 걸린 것이다.

중증인 사람은 자기 생각을 바꾸지 못하고 신념으로 받들고 산다. 중증인 사람들 앞에서 오로지 단 하나의 방법으로, 단 한 번에 세상이 바뀔 수 있다고 설득한다면, 그러한 인식 또한 질병인식불능증일지도 모른다. 우리가 최대한 객관화하고 상식화해서 소통해야 한다. 고통스럽더라도 열린 마음으로 다른 입장을 생각하고, 좀 늦어지더라도 천천히 대화해야 한다. 쉼 없이! 이게 훨씬 더 현실적이다.

늘 그랬듯, 나는 공직에 입문하며, 안톤의 실명에 빠지는 순간 공직 생명은 끝난다고 생각했다. 사람에 대한 평가는 평균이 없다. 백번을 잘하고 한 번을 못하면 그 한번이 그 사람을 규정한다. 너무 야박하지만 늘 현실은 그랬다. 단 한 번의 실수나 잘못이 기준이 된다는 것을 수 없이 보아왔던 터라 매사에 신중을 기하며, 몸가짐을 조심하려 애썼다. 공직을 시작할 때부터 아침마다 날짜를 세면서 시민의 입장에서 물었다. 평화적 효과를 살리되 악의 평범성을 극복하려 애썼다. 민주주의는 상대의 의견과 내 의견이 공존 가능하게 만드는 일이라는 믿음을 저버리지 않으려 노력했다.

슈투트가르트역사 슈투트가르트 역은 대화 산물의 표본이고, 경제위기에 닥친 슈투트가르트는 사회적 대화로 경제를 성장시켰다.

민선 6기 시장선거를 앞두고 지원을 요청받았다. 나는 망설임 없이 당시 예비후보에게 광주형 일자리를 제안했다. 그는 지역에서 시민운동 대부로 불리며 존경받는 사람이었지만 이 정책에 대해서는 고민이 없었다. 호기심에 찬 그는 사례를 알고 싶어 했고 우리 둘은 독일로 날아갔다. 갑작스럽게 후보가 사라지자 캠프는 난리가 났지만 우리는 아랑곳하지 않고 슈투트가르트 구석구석을 돌아다녔다. 돌아온 다음 날 윤장현 후보는 출마 기자회견을 통해 광주형 일자리를 세상에 알렸다.

공직기간 동안 무엇보다 광주형 일자리 성공을 위해 노력했다. 대기업 정규직이 뭐가 아쉬워 일자리 타령이냐는 핀잔도 들었지만 우리 앞에 놓인 현실이 '부끄러움'을 아는 사람이라면 그냥 있어서는 안 되는 일이었다. 노동 현장에서 30년 묵은 숙제를 광주광역시 시정 의제로 4년간 추진하며 고비마다 '우공이산(愚公移山)'을 생각했다. 어리석게 보일지 모르지만, 꾸준하게 하면 산조차도 옮겨진다. 일이 생각처럼 진전되지 않아 답답하고 힘들 때마다 생각했던 말이 있다. 밝은 빛은 이론이나 개념에서 나오지 않고, 깜박이는 약한 불빛에서 나올 수 있다는 말이다. 지식인과 실천가들의 지혜의 말씀들이 위로와 큰 힘이 되었다.

광주형 일자리는 단순한 투자유치나 일자리 몇 개 늘리는 일이 아니다. 공존과 공정, 정의가 실현되는 사회통합형 일자리이자 시대정신이다. 함께 해야 의미가 있고 성공할 수 있는 사회혁신운동이다. 지금 우리에게는 양극화를 확대하는 성장이 아니라 양극화를 완화하는 성장이 필요하다. 생각대로 많은 것들을 시도했고 성과도 만들어냈지만 막상 공직을 떠나려 하자 성과보다는 숙제를 많이 남기게 되어 죄송하다는 생각이 들었다. 광주형 일자리는 나의 또 다른 이름이었다.

- 제4장 -

사회적 대화가 일자리를 만든다

제4장 사회적 대화가 일자리를 만든다

1. 기업인의 강점과 약점

경제부시장은 기업인과 함께 하는 자리가 많다. 위원회도 있고, 포럼도 있고, 사업 관련 다양한 행사가 많다. 소기업을 운영하든, 중기업을 경영하든, 기업인들에게는 공통점이 있다.

굉장히 부지런하고 성실하게 살아간다는 것이다. 밤낮없이 일을 하면서도 시간을 쪼개 조찬 모임을 자주 갖는다. 관련 산업에 관한 뉴스를 빠뜨리지 않고 살피고, 관련 기업들과 정보를 나눈다. 작은 일도 꼼꼼하게 처리한다. 어떻게 저렇게 많은 일을 해낼까, 의구심이 들 정도로 엄청난 양의 일을 해낸다. 선이 굵은 경영자도 있지만 흔한 말로 하자면 회사 안의 숟가락 개수며, 직원들 집의 숟가락 개수도 헤아릴 정도로 디테일에 뛰어난 경영자도 있다.

사업이란 게 본디 그럴 수밖에 없지만 도전 정신과 창의성이 남들보다 더 뛰어나다. 그 정도 나이에 그쯤 가졌으면 편하게 살 수 있을 텐데, 새로운 일에 호기심을 갖고 배울 만큼 배웠으면서도 책을 손에서 떼지 않고 본다. 농담마저도 최신의 트렌드를 놓치지 않는다. 좋은 강사를 모셔다가 공부하고 아카데미나 포럼을 열어서 현장의 이야기를 듣는다. 보통 사람의 생각을 뒤집어서 생각하여 실마리를 풀기도 하고, 불편한 일을 피하려 하거나 허투루 넘기지 않는다. 정치 환경을 잘 읽고, 기업인들끼리 정치적인 입장을 통일하기도 한다.

만남과 토론을 통해 전체를 들여다본다. 책이나 정보를 통해 얻은 지식과 경험을 공유하며 큰 틀을 가지고 세상의 흐름을 파악한다. 기업인들끼리 만나면 정보를 공유하는 것이 습관화되어있다. 때로는 사업을 공유하기도 한다. 관공서나 소위 오피니언 리더라고 하는 영향력 있는 사람들과도 원만한 관계를 유지한다. 이를 위해 월례 모임이 30개 이상 된 사람들도 많았다. 그 많은 만남을 어떻게 다 소화하는지 궁금할 정도다. 밥을 먹어도 관심 있는 주제를 이야기하고, 신변잡기의 이야기에서도 회사와 관련 있는 일로 끌고 간다.

긍정의 생각이 강하다. 엉뚱한 일인데도 '할 수 있다'로 생각을 바꾸고, 실패를 했더라도 '될 수 있을 것 같은데' 하면서 다시 시도한다. 기업인끼리 서로 돕는 일에도 열심이고, 사회 공헌에 관심이 많은 경영자도 있다. 그래서 성공하는 모양이다. 존경스러운 대목이 참 많다.

이처럼 기업인들은 여러 가지를 많이 갖추고 있어서 훌륭한데, 아쉬운 점이 있다. 노동에 관한 생각이 너무나 부족하다. 아니 왜곡과 편향이 넘친다. 그분들이 소유한 사업장에는 대부분 노조가 없다. 매사에 긍정적인 사람들이 노조 얘기만 나오면 부정적으로 변한다. 단순히 부정적이 아니라 알레르기 반응을 보인다는 게 더 정확하다. 이를 테면, '노조가 생기면 기업이 망한다, 노조 때문에 기업의 앞길이 막힌다, 우리 회사에 노조가 생기면 회사 문을 닫겠다'는 말을 주저하지 않는다. 대기업 노사갈등이 언론에 나오면, 노조에 대한 비판이 최고조에 이른다.

물론 이유가 있다. 사회적 책임을 다하지 못한 노조의 책임도 있다. 대기업과 공기업이 비교적 괜찮은 일자리임에도 불구하고 노조가 조직원의 경제적 이익에 매몰되어 비정규직이나 중소기업과의 동반성장에 소홀했던 게 영향을 받았을 것이다. 대기업의 경우 추가적인 비용을 중소기업에 전가해왔고 경영자들은 이 책임을 노조의 과도한 임금인상 탓으로 본다.

노조의 책임여부는 논란이 있다. 공기업과 대기업의 문제가 그렇다손 치더라도 전체 노동으로 보면 일부에 한정된 것이다. 사실 우리나라 노동자 가운데 노조에 가입한 노동자는 10% 정도다. 노조원이 된 노동자도 대부분 대기업과 공기업에 속해 있다. 중소영세기업의 노동자들은 언론에 비치는 노조의 모습과 달리 불평등한 대우를 받고, 일에 대한 대가도 제대로 받지 못한다. 아니다, 중소영세기업의 노동자들 이야기는 언론에 거의 나오지도 않는다.

기울어진 운동장 사회적 대화는 기울어진 운동장을 바로 잡을 수 있다.

따지고 보면, 나쁜 기업인이어서 노조를 부정하는 것이 아니다. 대한민국 교육에는 노동과 노사관계에 대한 교육이 없다시피 한다. 노동자나 노조에 대해 공부할 기회조차 없으니 알지 못하는 게 당연하다. 가정이든, 학교든, 사회든, 노조에 대한 부정적 사례와 피해만 전해 듣는다. 그것도 언론에 보도된 것만 알게 되고 믿다 보니, 노조에 대한 부정적 인식이 확고해진다. 기업을 하는 사람들에게는 그게 더 심하다. 거듭 말하지만 기업인들의 나쁜 심성 탓이 아니라 교육을 받지 않아 몰라서 그런 행동을 한다는 것이다. 비장애인들이 장애인과의 만남에서 편견이 작동하는 것도 교육이 없어서다. 예컨대 장애인의 동의를 구하지 않고 휠체어를 밀거나 시각장애인의 팔짱을 끼는 것들은 장애인을 돕는 것이 아니라는 것을 모르고 있어서인 것처럼 말이다.

생각해보라. 세계 10위권에 들어선 대한민국 경제다. 노동이 곧 경제고 경제가 곧 노동인데 노동교육이 전무한 것은 얼마나 아이러니한 일인가. 모든 기업이 노동과 연관되어 있는데 경영자가 노동을 모른다는 건 있을 수 없는 일이다. 대부분의 국민들이 노동자가 될 수밖에 없는 구조임에도 노동을 모르는 건 불가사의한 일이다. 이제는 노동교육이 반드시 필요하다. 기업은 물론이고 노동자와 노조간부들에게도 노동교육이 필요하다. 고등과정은 물론이고 초등학교부터 교육과정에 더 많은 노동교육이 체계적으로 이루어져야 한다.

"내 가족의 생계를 보장할 좋은 직업을 원하는가. 누군가 내 뒤를 든든하게 지켜주기를 바라는가. 나라면 노조에 가입하겠다." 버락 오바마 미국 대통령의 말이다. 기업인은 물론이고 노조간부들조차도 공개적으로 하지 못할 말을 세계의 대통령이라는 사람이 거침없이 말한다. 그런가 하면 야당의원들이 최저임금인상에 반대하자 "1년에 1만5000달러(약 1695만 원)가 안 되는 돈으로 가족을 부양할 수 있다고 진심으로 믿는다면 한번 그렇게 살아보라."고 추궁한다.

나는 오래 전부터 노동교육을 말하며 노조간부에게도 노동교육이 필요하다는 말을 해왔는데 이럴 때 고개를 갸우뚱하는 사람들이 있다. 지금도 노조간부들 때문에 힘든 상황인데 또 무슨 교육이 필요하냐는 것이다. 대체로 이런 시각은 노동교육에 대한 오해에서 비롯된 것이다. 노조간부들도 노동에 대한 이해가 부족하기는 매한가지이기 때문이다.

노조간부에 대한 노동교육의 필요성은 이런 것이다. 노조 간부들 중에는 아파트 자치관리위원을 하는 사람이 많다. 노조활동을 통해 여러 사람 앞에 나서본 경험이 있어서인지 선거에 출마해서 곧장 당선이 잘 된다. 그런데 문제는 노동의식이 전혀 없어 일반인과 다를 바 없다는 것이다.

자신의 직장에서는 노조 간부로서 권리를 외치고 불평등과 불합리를 타파해야한다고 주장해왔으면서도 정작 아파트 자치관리위원으로서 경비원을 대하는 태도는 매우 모순적으로 나타나는 경우가 있다. 경비원의 인권 문제를 생각하지 않는다든지, 최저임금보다 더 낮은 임금을 지급하며 이것을 당연시 한다든지, 예산증가를 이유로 열악한 근무환경을 좀처럼 개선하려 하지 않는다. 사람이 먼저가 아닌 오직 비용의 문제로만 접근한다.

왜 그럴까? 그들이 불량한 사람들이어서 그런 것일까? 그들이 노조 간부의 역할을 맡을 때는 노조 간부로서 관례를 따르고, 아파트 자치관리위원일 때는 아파트 자치관리위원의 관례를 따른다. 또 편의점 사장일 때는 편의점 사장의 관례를 따른다. 그들이 나쁜 사람이거나 변덕스러워서가 아니라, 관례에 따르고 관례에 익숙해서 그런 것이다.

한나 아렌트가 지적한 '악의 평범성'은 여기에서도 드러난다. 교육받지 못하고 생각하지 않는 노조간부는 사업주와 자신이 한 사람임에도 전혀 다른 태도를 취한다. 이해관계에 따라 시시각각 완전히 다른 행동을 하면서도 정작 당사자는 아무런 일도 일어나지 않은 것처럼 평범하고 평온하기까지 한다.

사실 그들이 노조 간부이기는 하지만, 노동이나 노동자 인권에 관련된 교육을 받은 적은 거의 없다. 어렸을 때부터 지금까지 노동 관련 교육을 받은 적이 없어서 익숙하지도 않고, 몸에 배어 있지도 않다.

우리가 모르는 일이 있을 때 묻거나 사례를 연구하는 것처럼 노동 교육은 유럽의 여러 나라에게 배워야 한다. 유럽은 초등학교 때부터 노동에 관해서 배우고, 노동자의 인권을 공부한다. 관련된 노사관계도 아주 어려서부터 오래도록 깊이 있게 배운다. 초등학교 때부터 모의 단체교섭을 한다. 학생들이 한 쪽은 노조, 다른 한 쪽은 사용자가 되어 모의교섭을 진행한다. 노조 역할을 맡은 학생들은 노동자권리의 정당성을 주장하고 사용자 역할을 맡은 학생들은 기업의 이익에 충실한 논리를 펼친다.

이러한 모의교섭 과정은 매우 유익하다. 노사 각각의 역할과 책임을 배우는 것으로 끝나지 않는다. 역지사지를 배운다. 남과 처지를 바꾸어 생각하게 되면, 내가 서고 싶으면 먼저 남을 세워주고, 내가 이르고 싶으면 먼저 남이 이르도록 하는 의미를 깨닫게 된다. 단순하게 노동관련 균형적인 사고를 배양하는 것만이 아닌 사회구성원으로서의 합리적 인간을 양성하는 밑거름이 된다. 노조의 역할을 맡아 정당함을 주장하기도 하고, 사용자의 역할을 맡아 논리를 펴기도 한다. 맡았던 역할을 바꿔 모의 단체교섭을 한다. 노조의 역할이 무엇인지, 사용자의 책임이 무엇인지 배운다. 노조가 사회에서 맡아야 할 역할은 무엇인지, 기업이 사회에서 맡아야 할 책임은 무엇인지 몸에 익힌다. 노사가 공유해야 할 역할과 함께 책임져야 할 역할은 무엇인지, 어려서부터 배우고 익힌다. 어릴 적 배운 교육과 경험은, 커서 사회에서 큰 도움이 된다.

지나친 자기 확신과 일방적 주장을 내세우는 사람과의 만남은 피곤하다. 누구도 인간의 완전함을 전제할 권리는 없기 때문이다. 불완

전하기 때문에 노력하고 타인에게 배우려 한다. 서로 입장이 다른 토론을 하고, 결과물을 만들어 본 경험은 고스란히 사회로 이어진다. 목소리 큰 사람이 이기는 게 아니라는 걸 깨닫게 되고 돈이나 권력으로 상대를 제압하는 것이 진정으로 이기는 게 아니라는 걸 알게 된다. 대화와 토론으로 상대의 처지를 이해하게 되며 '양보'를 배운다. 양보에서 좋은 결과가 나온다는 것을 체득한다. 어려서부터 내재된 양보는 합리적 태도를 갖춘 사회인으로 자라게 하고 그 사회를 건강하게 한다.

2. 사회연대일자리 특보, 다시 시청으로!

경제부시장을 그만두고 나왔지만 광주형 일자리를 위한 발걸음을 멈출 수는 없었다. 민선 6기 과정을 복기하고 광주형 일자리 시즌 2를 준비해야 한다는 각오로 관련 자료와 유사사례들을 찾아보며 공부를 했다. 또 미술관 도서관을 드나들며 평소 접하지 못한 예술 분야에 대한 전문서적을 탐독하며 상상력을 키웠다. 광주형 일자리는 연대와 포용으로 '함께 살자'는 상생형 일자리이자 '불평등과 양극화를 해소하자'는 혁신형 일자리다. 상생과 혁신에도 상상력이 필요하다.

대한민국 경제는 대기업 중심으로 발전해 왔다. 대기업 주도로 비약적인 경제성장을 이룬 것이다. 그렇다고 대기업만의 공이라고 할 수 없는 것은 대기업의 노력보다 정부의 뒷받침이 컸다. 대기업에 각종 지원을 마다하지 않았던 정부가 있었던 것이다. 하지만 일자리 문제에 있어서는 중소기업의 역할이 컸기에 지금은 중소기업의 발전이 절실하다. 중소기업이 경쟁력을 가질 때 더 많은 일자리가 만들어질 수 있기 때문이다. 오래 전부터 중소기업인들이 했던 말이 있다. 9988. 기업의 99%는 중소기업이고, 고용률의 88%를 중소기업이 차지하고 있다는 뜻이다. 실제 지표를 보더라도 대한민국의 노동자들은 대부분 중소기업에 소속되어 있다. 그래서 중소기업에 대한 육성과 지원책은 중앙정부가 됐든 지방정부가 됐든 관심을 가져야 한다.

광주광역시는 성장 잠재력이 있는 중소기업을 육성하기 위해 2014년부터 명품강소기업을 선정했다. 경영 진단을 통한 경영 컨설팅, 기술개발과 해외 마케팅은 물론 지원 사업까지 1사 전담 매니저를 두고 수요자 중심의‘ 찾아가는 서비스’를 밀착 제공하기 위해 GFD(Gwangju Field Director)를 두었다. GFD는 유관기관 전문가와 민간 컨설턴트와 산학협력 교수로 구성하여 분야별 상담은 물론 기업의 현안 문제해결을 다각도로 모색했다.

내가 경제부시장 재임 중이던 2018년에도 전문가를 초빙해 GFD의 역할과 갖춰야 할 기본지식 같은 역량 강화교육을 열었다. 단순하게 GFD를 임명하는 형식에 그치지 않고, 실질적 도움을 주기 위해서였다. 연말에는 성과에 따라 인센티브를 지급하겠다는 약속도 했다.

나는 일을 할 때 목적을 분명히 한다. 일을 주문할 때도 구체적으로 한다. ‘이거 한번 해봐라’는 두루뭉술한 것이 아닌 무엇을 목표로 어떤 것을 언제까지 할 수 있는지를 정한다. 혼자서 결정하지 않는다. 반드시 구성원들과 토론하고 협의를 통해 결정한다. 사회통합추진단을 신설하고 사업을 시작한 첫해 목표도 그렇게 세웠다. 전국 지자체 중 노사민정 협력사업을 잘하는 지자체 상위순위에 드는 것이었고, 그 다음 해에는 성과를 창출해 가장 모범적인 지자체로 우뚝 서는 것이었다. 사업계획은 성실하게 추진되었고 목표한 대로 되었다. 첫해인 2015년에 '노사민정 협력 우수상'을, 2016년에는 드디어 '노사민정 협력 대상'을 받았다.

경제부시장에 임명 된 후에도 동일한 목표를 세웠다. 일자리 경제에서 성과를 만들어내기 위한 다양한 노력을 기울였다. 주무관, 사무관과 토론을 하고 자료를 수집하고 정리를 했다. 그들은 나와 호흡이 잘 맞았고 최선을 다했다. 운도 따라 모든 지표가 전국 지자체 중 가장 좋았다. 발표전략도 좋았다. 다른 시·도는 6급 주무관이나 5급 사무관이 프레젠테이션(Presentation)을 하는데, 우리 시는 경제부시장인 내가 직접 프레젠테이션을 했다. 심사위원들이 이런 경우는 처음이라고 했다. 광주형 일자리라는 혁신일자리프로젝트에 대한 설명도 부연했다. 결과는 '일자리 대상'이었다. 우리 시로서도 영광이었고 특히 담당 주무관과 사무관이 몹시 좋아하며 어쩔 줄 몰라 했다.

일반적으로 공직자들은 인사나 기획 쪽으로 발령받기를 원한다. 전통적으로 승진은 인사나 기획에 근무해야 유리하기 때문이다. 소위 사업부서에서 근무하는 직원들의 불만은 늘 이런 것이었다. '일은 우리가 하는데 승진은 늘 그들이 독차지한다'. 일자리경제부서 직원들의 생각도 같았다. 아무리 열심히 해봐야 승진할 사람은 따로 있을 텐데 하는 불신을 떨쳐내지 못하고 있었다. 부시장 취임 직전 해에도 대상자가 여러 명 있었으나 한 명도 승진을 하지 못했다. 걱정 말라고 했다. 승진은 내가 책임질 테니 성과를 만들자고 독려했다. 시장께도 저간의 사정을 말씀드렸고 승진 인사에 성과를 반영하겠다는 확답을 받았다. 그들도 나를 믿고 혼신의 노력을 다했다. 일자리 대상을 받고 나서, 2명이나 승진을 했다. 열심히 일하고 성과를 내면 인사나 기획 파트가 아니더라도 근무평가도 좋고 승진한다는 사례를 만든 것 같아 기뻤다.

나는 조직운영에 있어 자율을 중요시 여긴다. 자율은 남의 지배나 구속을 받지 않고 자기가 세운 원칙에 따라서 스스로 규제하는 것을 말한다. 누구나 억압이나 강제적인 것을 싫어하지만 자율적 인간 되기와 자율적 조직운영이란 말처럼 쉽지 않다. 윌리엄 맥나이트(William Mcknight) 3M 전 회장은 15%룰이라는 자율성을 부여한 창의적인 기업운영으로 유명하다. 근무시간의 통제권 15%를 구성원들에게 부여했는데, 이 15%는 회사업무가 아닌 실험삼아 끼적거리는 일(experimental doing)에 사용하도록 했다. 일하는 시간에 일을 하지 말고 대신 의미 있는 낙서를 하도록 한 것이다. 이렇게 나온 창의적인 개발품이 포스트 잇, 스카치가드, 섬유보호제, 카펫보호제 등이다.

구글은 20%룰을 적용했다. 근무시간 중 80%는 정해진 프로젝트를 수행하고, 나머지 20%의 시간은 스스로 선택한 개인연구에 사용하도록 했다. 20%룰은 구글 추천 검색어(google suggest)나 애드센스, 오컷 등의 새로운 환경을 만들어냈다. 직원들에게 자율을 부여해 성과를 창출한 대단한 기업들이다.

건설현장에는 아직도 일본말이 많이 남아 있다. 공사판을 노가다라 하고, 우두머리는 오야지라고 부른다. 문틀은 왁구라 하고, 각목은 가꾸목, 토막은 기리바시라고 한다. 우깨도리라는 말도 있다. 도맡아 하거나, 주어진 작업량을 시간과 관계없이 완수하는 것을 뜻한다. 어릴 적 건설현장에서 우깨도리라는 것을 해봤다. 쉴 새 없이 일하고 빨리 끝날 수 있었다. 결과적으로는 120% 이상의 일을 했다. 자율의 힘이다.

공무원이라고 해서 다르지 않다는 것을 알고 있었다. 하루 종일 일을 해도 다 못하는 사람도 있지만 평균으로 따지면 편성률은 80%를 밑돈다. 편성률이 100%인 사람도 8시간 내내 몰입하기란 쉽지 않다. 공직 첫 부서였던 사회통합추진단에서 자율과 2H를 제안했다. 6시간은 몰입해서 열심히 일하고 2시간은 무엇을 해도 상관없다고 했다. 경험이 많은 그들은 스스로 조절할 줄 알았고 알아서 척척 해냈다. 역시 공무원이라는 말이 절로 나왔다.

경제부시장에서 물러난 뒤 2개월쯤 지나 지인으로부터 연락이 왔다. 현대차와의 투자 협약식이 무산된 뒤였다. 노조와 소통창구가 끊기고 대화가 진행되지 않을 때였다. 신임시장이 만나고 싶어 한다는 것이었다.

몇 번을 거절하다가 만났다. 그는 솔직했고 생각을 가감 없이 말했다. 광주형 일자리도 시장이 되고 나서야 알았다는 것이다. '광주형 일자리가 다 되어 있는 줄 알았는데, 광주형 일자리가 실무적 차원에서 전혀 안 되어 있더라, 노조를 만나려고 하는데 50일이 지나도 만나주지 않는다, 노조와 일이 이렇게 힘든 줄 알았으면 광주형 일자리 하겠다고 안 했다, 그런데 이용섭이 이것도 하나 못 하냐는 소리는 듣기 싫다, 내가 할 방법이 많지 않다, 절박하다, 당신이 도와 달라.' 이런 요지였다.

그는 일머리를 알고 있는 사람이었다. 일을 아는 사람은 일을 점검해보면 그 내용을 금방 파악한다. 일을 모르거나 해보지 않은 사람은 일 주변을 빙빙 돌뿐 무엇이 문제인지 무엇을 어떻게 해야 하는지 모른다. 말은 많이 하지만 핵심이 없다. 지시도 추상적이어서 추진하는 시간보다 해석하는 시간이 더 길어진 경우도 있다. 하지만 일을 많이 해본 사람은 어디가 비어있는지, 어디를 채워야 하는지 바로 안다. 지시가 분명해 추진과 점검이 쉽다.

시장의 솔직한 태도가 마음에 와 닿았고, 일을 잘 알고 있다는 것이 호감을 갖게 했지만 함께 일하는 것은 내키지 않았다. 어렵고 절박한 상황을 짐작할 수 있었고 처지가 십분 이해도 되었다. 하지만 내가 나설 상황은 아니라는 생각이 더 컸다. 시에 들어와 함께 하자는 요청을 정중히 거절했다. 새 술은 새 부대에 담아야 하듯이, 이제 광주형 일자리는 이용섭 시장이 끌고 가야 한다고 생각했다.

사회통합단장을 맡아서 할 때는 광주형 일자리가 속도감 있게 추진되었다. 그러나 그만둔 이후 갈팡질팡하면서 방향과 속도를 잃었다. 경제부시장이 되었지만 광주형 일자리 사업을 행정부시장이 챙기면서 애초 구상과 다르게 일이 추진되었다. 걱정되고 안타까웠지만 할 수 있는 게 많지 않았다. 내가 나서면 조직이 흔들릴 수밖에 없는 상황이라 뻔한 상황을 지켜볼 수밖에 없었던 것이다.

경제부시장을 그만둔 후로도 광주형 일자리가 남의 일로 여겨지지 않았다. 광주형 일자리를 설계하고 추진했던 사람으로서 누구보다도 광주형 일자리의 성공을 바랐기 때문에 그만큼 안타깝고 아쉬운 마음이 컸다. 노조간부들과 상의를 했다. 내가 광주시에 있을 때와 없을 때의 차이가 크니 들어가는 게 좋겠다는 의견이었다. 그래도 결정이 어려웠다. 시장의 여러 차례 요청에 내면의 갈등을 반복하다가 수개월이 지난 후 단서를 달았다. 광주형 일자리를 제대로 추진하려면 전권을 달라고 했다. 이용섭 시장은 걱정 말라며 전권을 주겠다는 말을 수차례나 했다. 내가 반복적으로 확인했던 것이다.

2019년 1월 15일, 2급 상당 전문임기제인 사회연대일자리 특별보좌관이란 이름을 달고, 다시 시청으로 출근을 했다. 언론은 경제부시장 임명 때와는 달리 매우 호의적이었다. 경제부시장에 임명 될 때와 달라도 너무 달랐다. 적임자라는 평가와 일자리특보는 일을 잘하니까 민선 6기 사람인데도 민선 7기에 등용된 것이라고 치켜세우기도 했다. 심지어 그날은 시장이 노사상생도시선언 기자회견을 했는데, 그 기사가 묻혀 버리고 특보임명을 대서특필하며 기대된다는 희망적인 보도가 훨씬 더 많았다.

특보임명 2개월 전, 광주형 일자리를 기반으로 한 현대자동차 완성차공장 합작투자 사업이 난항을 거듭할 때다. 노정 간 소통이 단절되고 광주형 일자리가 물 건너갔다는 말이 나왔다. 노동계, 광주시, 경제사회노동위원회에 원탁회의를 구성하자는 긴급 제안을 했다. 다행히 내 의견에 모두 동의해줘 '현대차 투자유치 성공을 위한 원탁회의'를 출범할 수 있었다.

원탁회의는 1차 이해당사자인 광주시와 노동계의 합의를 통해 투자유치 협상의 형식적, 내용적 조건들을 정립하기 위함이었다. 현대차 투자협상 과정 및 결과 공유, 현대차 투자유치 협상체계 정립, 향후 발전방안, 노동계와 광주시의 협업사항에 대해 의견이 모아지자 투자유치협상단을 출범시키고 나는 빠져나왔다.

그런데 특보 임명 한 달 전에, 현대자동차와 광주형 일자리 투자유치 협상이 성사 문턱에까지 갔다가 무산되었다. 지역 여론이 좋지 않았다. 노조는 물론이고 광주시에 대한 원망의 목소리도 있었다. 일이 되려면 과거를 성찰하되 연연해서는 안 된다. 비전을 내보이고 미래를 개척하는 동력을 만드는 것이 중요하다. 일자리특보로 첫 출근을 하면서, '지역민의 소망이고, 광주시 주력사업이며, 문재인 정부도 노력 중인 광주형 일자리가 잘되도록 힘을 보태겠다'고 인터뷰를 했다. 그리고 '광주형 일자리는 4년 전부터 성사된다고 생각했고 지금도 변함이 없다'는 말도 덧붙였다. 기자들은 내가 협상 재개 의사를 밝혔고 협상을 낙관적으로 전망했다고 썼다.

광주형 일자리 모델을 설계하고, 추진 기반을 다지는데 주도적인 역할을 해서, 광주형 일자리 설계자로 불린다고 소개한 기사도 있었고, 노동계와의 가교역할과 정책자문을 통해 노동문제와 사회통합형 일자리 창출 전반에 대해 시장을 특별 보좌한다고 쓰기도 했다.

일자리 특보로서 시장과 첫 회의에는 부시장과 관계 국장이 참석했다. 이용섭 시장은 그 자리에서 광주형 일자리에 관해서 나에게 전권을 주기로 했다고 밝혔다. 부시장이나 국장은 나서지 말고, 박 특보 의견대로 따라줄 것을 분명히 하며 광주형 일자리 추진에 대해 못을 박았다.

일자리 특보로서 역할은 가장 먼저 노정관계에 있어서 소통이라고 생각했고, 그 다음은 '투자 협약서 체결!'이었다. 특보의 업무는 여러 사람이 함께 해야 할 때도 있지만 개인기로 일을 해야 한다. 내가 살아온 스타일대로 아침 일찍 출근했고, 서류를 챙기고 추진계획을 세우며 해법을 찾기 시작했다. 퇴근 시간은 정해지지 않았다. 관계자들을 쉼 없이 만나 설득을 했다.

가장 먼저 살펴본 것은 노사상생발전협정서에 대한 검토였다. 당시 문제가 되었던 것은 "신설법인 상생협의회 결정사항의 유효기간은 조기 경영안정 및 지속가능성 확보를 위하여 누적 생산목표대수 35만대 달성시까지로 한다"는 문구였다. 이 문구가 향후 5년간 임금인상과 단체교섭을 할 수 없도록 강제하고 있어서 노동조합조차도 만들 수 없게 하는 것이라고 노조는 반발했다. 이에 대해 광주시도 신설법인에서 노동조합을 만들고 임금인상을 요구하게 되면 경쟁력이 없음으로 자제해야 한다는 설명이었다.

나도 처음에는 노동조합의 해석이 맞는 줄 알았기에 광주시의 노동관과 법적 무지에 대해 한심해했다. 이것만 고치면 문제될 게 없다고 생각했다. 그런데 막상 협정서를 살펴보니 그게 아니었다. 광주시의 무지와 노동배제가 빚은 오해였다. 몇 차례나 협정서를 읽어봤지만 문제될 게 없었다. 우선 신설법인이 없기에 상생협의회라는 기구가 없었다. 결정사항의 유효기간이라는 것도 지켜져야 할 그것이 무엇이라는 게 없었다. 주장대로 그 결정사항이 임금과 단체협약이라고 할지라도 노동법에 의해 무효였다.

더 이상 문제될 게 없다고 생각되자 전문가의 의견을 수렴했다. 복수의 변호사와 노무사의 질의 회시를 통해 나와 같은 유권해석을 확인했다. 이 중에는 민주노총과 가까운 노무사도 있었다. 투자협약서상의 관계자들을 만나 협정서를 설명했다. 변호사와 노무사가 보낸 공문도 보여주었다. 그럼에도 부족하다고 느끼는 부분은 별도협약을 통해 보완했다. 그렇게 쉼 없이 사람들을 만났고 설득했다. 혼자 뛴 것은 아니다. 내게 부족한 것은 특보실 동료들이 채워주었다.

아이쿠, 뜻밖에도 하늘이 도왔는지 일자리 특보로 출근한 지 불과 보름만인 1월 31일 협약서가 체결되었다. 협약서가 체결되었다고 일이 끝난 것은 아니지만 뿌듯했다. 협약서가 체결되자 역할이 불분명해졌다. 한참을 고민하다가 시장께 찾아가 그만두겠다고 말했다. 시장은 협약서 체결로 광주형 일자리가 완성된 것은 아니다, 역할을 더 해 달라. 그만둬서는 안 된다, 그만두면 말하기 좋아하는 사람들은 시장과 특보 사이가 나빠져서 그만뒀다고 할 것이다, 임기 1년을 채워 달라고 했다.

남은 임기 동안에는 협약을 구체화했다. 노조와 소통도 지속적으로 했다. 문재인 정부 일자리위원회 상생형 일자리 자문위원을 맡아 중앙과 지자체 관계자들에게 광주형 일자리의 경험을 전파했다. 그들과의 교류와 협력을 통해 광주형 일자리가 상생형 일자리, 혁신형 일자리라는 이름으로 전국으로 확산될 수 있었다. 이러한 일에 내가 참여하고 기여했다는 평가를 받을 때 자부심을 느낀다.

3. 광주는 왜 자동차를 선택했나?

과학의 발전은 점진적으로 이뤄지는 것이 아니라 패러다임의 전환에 의해 혁명적으로 이뤄지는데 이 전환이 굉장히 어렵다. 패러다임 개념의 창안자 토머스 쿤의 말처럼, 종교의 개종과 같은 발상의 전환이 필요하다. 광주형 일자리의 일환으로 자동차산업을 거론할 때 내가 자주 인용하곤 했는데 설득을 위한 것보다 나를 위한 위안의 말이기도 했다. 하지만 당위나 담론만으로 성공하는 일은 많지 않다. 왜 자동차산업이어야 하는지 공감이 필요했고 나는 자료를 모아 설득에 나섰다. 미래에 이익을 가져다 줄 일은 반드시 지금 해야 한다고 강조했다. 2014년부터 2017년 사이에 정리한 글을 요약해 소개한다. 2020년, 누구도 예상치 못한 코로나19로 경제와 환경의 놀라운 변화가 일었고 자동차산업도 그 중심에 놓였다. 따라서 당시 상황과 많이 달라졌지만 흐름을 이해하는데 도움이 될 것으로 생각된다.

광주시가 광주형 일자리를 적용할 민간 일자리 창출에 자동차산업을 중심에 둔 이유는 2012년 대통령 선거 당시 박근혜 후보와 문재인 후보의 공약이었다는게 크게 작용했다. 대통령의 공약사업은 지자체 사업에서 매우 중요하다. 대부분의 지자체가 대형 프로젝트를 추진할 만큼의 재정 형편이 되지 않기 때문이다. 대통령 공약사업은 국책사업으로 추진되는 경우가 많은데 정부 예산지원으로 기반시설

및 기술센터 등 신규투자에 유리한 환경조성에 필요한 재원확보가 용이하기 때문이다.

자동차산업은 노동집약산업이다. 전후방 연관효과가 커 고용창출에 유리하다. 광주시의 경우 지역 제조업 고용기준 17%에 달한다. 한마디로 광주시 제조업의 중심산업이다. 지역 제조업기준 40%에 달하는 고부가가치산업이라는 것도 무시할 수 없다. 광주에는 완성차인 기아자동차 광주공장이 있다. 기아자동차 광주공장은 국내 2위의 완성차 생산도시다. 내연기관은 물론이고 전기차 생산능력을 보유하고 있다. 당시 현대기아차의 친환경차는 투싼 수소차와 쏘울 전기차인데 투싼은 현대차 울산공장에서 생산하고 쏘울은 기아차 광주공장에서 생산하고 있었다.

자동차 역사를 간단히 언급하면, 일반인들이 아는 것과 달리 내연기관 자동차보다 전기차가 더 빨리 개발되었다. 내연기관자동차는 1885년 처음 등장했지만 전기자동차의 등장은 이보다 5년이나 빠른 1881년이다. 전기자동차는 조용하고 조종이 쉬웠지만 느리고 비쌌다. 반면 내연기관자동차는 기계장치가 복잡하고 시동부터 어려웠다. 소음과 진동이 심했고 배기가스 배출 등 단점이 많았다. 그럼에도 속도와 거리에서 경쟁력을 갖췄다. 그러다 보니 내연기관자동차는 여행과 경주에, 전기자동차는 택시나 산책용으로 적합했다. 이때만 해도 장단점이 분명하다 보니 전기자동차와 내연기관자동차가 공존했다. 그러나 공존은 오래도록 지속되지 못했다.

혁신의 차이였다. 많이 알려진 것처럼 포드의 대량생산시스템이 시작된 것이다. 포드는 제품혁신과 생산기술 개선에 집중했다. 대량생산으로 가격과 성능을 대폭 개선함으로써 대중적인 호응을 얻을 수 있었다. 반면 전기자동차는 높은 가격과 성능의 발전이 더뎌 경쟁에서 밀리게 되었다. 특히 배터리기술이 발목을 잡았다. 낮은 기술력은 항속거리 한계라는 단점을 극복하지 못했다. 내연기관자동차가 1911년 전기 시동기 발명으로 편의성이 대폭 향상된 것과 대조될 수밖에 없었다. 한마디로 혁신에서 승부가 갈린 것이다.

유전의 발견도 한 몫을 했다. 1901년 1월 미국 텍사스주에서 엄청난 양의 유전이 발견되었다. 보도에 따르면, 큰 굉음을 동반한 폭발이 일어났고 이어서 60여 미터 높이에 이르는 시커먼 석유 기둥이 솟구쳤다고 한다. 이곳 유전에서는 하루 10만 배럴이나 쏟아졌다. 당시만 하더라도 대부분의 유전에서 하루 50~100배럴의 석유가 생산되던 때였다고 하니 엄청난 양이다. 석유의 대량생산은 석탄시대의 종말을 뜻하는 것이기도 했지만 저렴한 운영비로 전기자동차를 더욱 멀어지게 하는데 상당한 기여를 하게 된다.

주유소도 발전을 거듭한다. 초기에는 잡화점이나 대장간에서 주유를 하며 큰불로 이어지는 등 화재사건도 많았으나, 1905년 세계최초로 자동차 전용 주유소가 생겨나고 1906년에는 펌프식 주유기가 설치된 주유소가, 1907년에는 지붕 있는 주유소, 1912년에는 13개의 펌프와 여성전용화장실을 갖춘 주유소, 1913년에는 석유회사인 걸프에서 셀프주유소를 세우게 되면서 편의성이 확대되었다. 도로도 개선되면서 내연기관차는 이동이 빨라졌다.

배터리를 충전할 인프라가 부족한 전기자동차는 시간이 갈수록 커진 격차를 줄이지 못했다. 석유파동 등 에너지 부족과 환경오염 문제가 부각되면 여지없이 전기자동차가 거론되었지만 전기자동차는 사업성에 실패했다. 그런데 최근에는 상황이 많이 바뀌었다. 세계 주요국가들의 강력한 환경규제와 파리기후협약 이후 에너지정책이 패러다임의 변화를 맞게 된다. 연비와 배기가스 규제가 강화되고 친환경자동차를 의무로 판매하여야 하기 때문이다.

자동차산업은 화석연료자동차에서 친환경과 자율주행 등 스마트 자동차로 이동 중이다. 배기가스에 의한 대기오염으로 각국이 앞다퉈 내연기관자동차 판매금지 시한을 발표했다. 노르웨이와 네덜란드는 2025년, 독일과 인도는 2030년, 프랑스와 영국 2040년이다. 각국의 발표대로 내연기관 자동차 판매가 금지되면 이보다 최소 3년 이

전에 사실상 판매가 줄어든다. 자동차를 고작 3년 남짓 타려고 구입하는 사람들은 없기 때문이다. 단종 된 차량은 중고가 시세가 좋지 않다. 자산 가치 측면에서도 환영받지 못한다.

유럽은 L3파일럿 프로젝트를 추진 중이다. L3파일럿 프로젝트는 유럽연합 지원 아래 11개국이 자율주행 3~4단계 검증, 1000명의 드라이버가 100대의 자동차로 유럽의 다양한 환경에서 자율주행 실험으로 사실상 유럽의 자율주행자동차 표준화 작업이다. 우버도 준비 중이고 구글은 자율주행차 사업회사 웨이모 출신 엔지니어들이 만든 스타트업 오토를 인수하는 등 많은 변화가 이뤄지고 있다.

전기자동차 시장은 계속 확대되고 있으며 테슬라는 모델3의 생산 능력 부족으로 2017년 3분기 1500대 생산 목표 중 260대 생산에 그쳐 생산시설의 확충이 요구된다. 포드는 팀 에디슨을 발족해 전기차 개발에 박차를 가하고 있고 파리기후협약에서는 2030년 전기차 1억 대 보급을 목표로 선언했다. 세계 경제를 선도하는 주요 15개국은 2020년까지 1900만대 보급을 목표로 하고 있다. 중국 500만대, 미국 300만대, 유럽 10개국 840만대, 일본 200만대, 한국 25만대다.

전기자동차 가격에 가장 영향력이 큰 배터리 가격도 매년 낮아져 2008년 kWh당 1000달러이었지만 2015년 268달러로 낮아졌다.

2016년 OECD에 따르면, 2020년에는 100달러가 예상된다. 2005년 전 세계적으로 1천370여 대에 불과했던 전기차는 10년 만에 1천배 가까이 늘었고, 2016년에는 처음으로 200만대를 돌파했다. 중국은 2009년 480대에서 2016년에는 64만대를 넘어 매년 두 배 넘게 증가해 사상 처음으로 최다 전기자동차 보유국인 미국을 제치며 전 세계 1위로 등극했다. 이는 각국이 전기자동차 개발을 통한 경쟁력확보로 차량가격을 현실화한 것도 이유다. 테슬라 모델3는 3만5천 달러, GM차세대 볼트는 3만7천5백 달러에 구입이 가능해졌다.

중국정부의 전기자자동차산업 육성전략도 눈여겨봐야 한다. 중국은 자동차가 가장 많이 팔리는 국가다. 하지만 자동차산업 기술력이 하위에 머물러 있는 처지라 이른 시일 내 선진국 따라잡기는 사실상 불가능하다. 그런데 전기자동차는 다르다. 국가 간 기술격차가 크지 않고 배터리 생산능력도 뛰어나 전기자동차산업은 해볼 만하다.

또 다른 한 가지 동인은 환경문제다. 북경은 뿌연 먼지로 앞이 보이지 않는 도시로 유명하다. 카메라에 잡힌 시민들의 얼굴이 마스크에 가려져 사람을 식별하기도 어려울 정도였다. 그만큼 대기오염이 심각하다. 이러한 상황을 고려하면 전기자동차산업은 산업과 환경문제를 해결하는 일석이조의 훌륭한 전략이다. 위기극복을 위한 대응책 중에서 가장 중요한 것은 발상의 전환이라고 하는데 이를 잘 실현하고 있다는 생각이 든다. 자동차산업의 패권이 곧 세계 경제의 패권이었던 역사를 생각하면 중국의 경제전망은 밝다.

2016년 우리나라 전기자동차 판매량은 1만1천 대로 점유율 0.34%에 그친다. 2017년 OECD 발표에 따르면 가장 적게 판매된 인도(점유율 0.02%) 다음으로 꼴찌이나 조금씩 증가해 2017년 1월부터 9월까지 국내 등록 신차의 친환경차 비중이 6%로 전년의 2배로 증가했고(한국자동차산업협회, 2017), 2017년 상반기 전기자동차는 1만5천 대를 넘어 2013년 1천464대에 비해 10배 넘게 증가했다(국토교통부, 2017).

하지만 국내 자동차산업을 대표하는 현대·기아차는 그동안 수소자동차 개발에 집중해 2014년 당시만 하더라도 사실상 전기자동차는 투자 시작단계에 불과했다. 현대·기아차는 전기자동차보다 수소연료전지차를 미래형 친환경차로 분류해왔다. 2010년 세계 최초로 양산형 수소차 투싼ix FCEV를 개발했으며 400킬로미터 주행에 대당 가격이 1억5000만 원이 넘는 고가로 판매했다. 2015년에 가격을 8500만 원으로 인하했지만 여전히 높은 가격이다. 반면 도요타가 2014년 양산한 수소차 미라이는 480킬로미터에 최고 속도 시속 178km, 가격이 7500만 원으로 투싼보다 경쟁력을 확보하고 있다.

자율주행 전기자동차를 향한 신규투자와 새로운 기업의 생성은 불가피한 현실이며 4차 산업과 연계된 자동차산업의 생태변화에 따른 준비는 필수적이랄 수 있다. 자동차산업의 재구조화와 자동차산업은 4차 산업혁명의 플랫폼 역할이 될 것이다. 전기자동차는 자율주행, 공유, 전동화로 미래의 이동수단으로 각광 받는다. 핵심 부품기술의 발달로 가격경쟁력도 호전되고 있다.

자동차 소식은 뉴스의 단골 메뉴다. 전문가가 아니더라도 자율전기자동차가 자동차산업의 주류로 등장하고 전체산업의 중심으로 부상하는 것은 그리 멀지 않았음을 피부로 느낄 것이다. 결국 타이밍의 차이는 있을지언정 언젠가는 반드시 올 수밖에 없는 것이라면 먼저 준비하는 곳이 승자가 된다. 일자리 창출도 부가적인 것이어서 광주시는 이를 염두에 둔 것이다. 광주시 인근에는 한국전력 중심의 신에너지산업이 형성됨으로써 친환경자동차 산업과 결합한 새로운 혁신사업기반 조성이 수월하다는 것도 광주시의 장점으로 꼽을 수 있다.

특히 자율주행 자동차는 휴대폰과 달리 어느 특정 나라의 방식을 채택할 수 있는 게 아니어서 개발단계부터 현지 인프라와 함께 현지에 맞는 연구개발을 해야 한다는 것이 전문가들의 지배적인 의견이다. 이것저것 따져보면 세계 자동차시장에서 대한민국 자동차기업의 전기자율주행 자동차 준비는 많이 부족하다. 이를 선제적으로 대응하기 위한 광주시의 정책이, 정치적인 이해관계와 소모적인 논쟁으로 경쟁력이 상실되어서는 안 된다.

'어떻게 돌파할 것인가'의 저자 김현철은 책 본문에 와세다대학 우치디 가즈나리 교수의 신시장 개척 이론을 소개한다. "저성장기가 되면서 기업의 이전투구 형 경쟁에서는 기존의 경쟁자뿐만 아니라 전혀 다른 업종의 경쟁자도 새롭게 시장에 진입하게 된다. 이 새로운 경쟁자들은 일반적으로 기존의 경쟁방식과는 완전히 다른 전략을 구사한다. 소위 경쟁의 판을 완전히 바꿔 버리는 게임 체인저(Game Changer) 역할을 하는 것이다 그리고 이 속에서 기존과는 다른 새로운 시장이 열린다.(...) 사업창조형은 새로운 제품이나 서비스를 완전히 새로운 사업모델로 제공함으로써 신시장을 창조하는 방법이다."

연구자들의 논문을 보면 자동차산업의 변화과정이 놀랍다. 향후 자동차산업은 전자정보통신을 비롯해 화학전지 소재산업이 융합되고 산업생태계도 바뀌는 전체 가치사슬이 재구성된다. 연결, 자율주행, 공유, 전동화 등을 통해 과거와 다른 제품이 지배적인 제품이 된다. 판매량도 예측하기 어렵고, 적은 판매량에 상당 기간 차량 당 소량생산이 불가피하다. 내연기관자동차와 전기자동차의 생산비율변화를 예측하기 어려워 이에 대응하는 유연성이 필요하다. 자율주행차 등 연구개발비도 많이 투입될 것이므로 자금이 충분하지 못하면 적극

경영이 어렵다.

자동차는 제품이나 기술만 발전하는 것이 아니라 생산시스템이 바뀐다. 완성차 중심이던 자동차산업은 완성차가 하나의 사업으로 바뀌게 될 것이고 인수합병과 구조조정도 병행될 것이다. 생산에 대한 개념도 바뀐다. 원재료, 설비, 노동력에 생산정보도 포함되며, 노동의 개념도 확장되어 구상과 기획, 서비스까지 포함한다. 생산시스템은 단순한 생산만이 아닌 제조 전체 과정과 서비스업, 기술적 관계만이 아닌 사회적 관계까지 포함한다. 그렇다고 당장 전기자율자동차 시장이 자동차산업을 주도하지는 못한다. 그럼에도 서둘러야 하는 이유는 많다. 경제학자들은 저성장기에는 작은 신규시장에 만족할 수밖에 없고 큰 시장보다는 틈새시장을 노려야 한다고 조언한다.

4. 또 하나의 민주화, 광주형 일자리

민주주의를 말할 때 사람이 주인이라는 사실에 토를 다는 사람은 없다. 민주주의는 사람이 주인인 세상이다. 돈이 먼저가 아니라, 사람이 먼저인 세상이다. 광주형 일자리는 사람을 중심에 둔 일자리 모델이다. 그러므로 참여와 연대와 협력과 혁신의 가치를 중시한다. 이러한 것들이 잘 버무려져 상생의 일자리가 만들어진다. 상생 일자리는 함께 사는 일이고, 더 나은 삶으로 가는 길이다.

광주형 일자리를 자동차 공장유치로 이해하는 사람들이 있다. 이는 한 부분만을 보는 것으로 이처럼 협소한 시각과 왜곡된 해석은 지양되어야 한다. 하지만 현실은 안타깝게도 그러지 못한다. 광주형 일자리를 '광주니까'라며 우월적이고 폐쇄적으로 규정하는 것은 광주를 위해서나 대한민국을 위해서나 전혀 도움이 되지 않는다. 광주형 일자리를 '광주여서'라는 근시안적 좌표설정을 해서도 안 된다. 시작은 광주지만 광주라는 특정 지역으로 가둬서도 안 된다.

고립보다는 연대를, 경쟁보다는 협력을, 독점보다는 나눔을 실천해야 더 나은 삶이 된다. 여기에는 양보와 희생과 타협이 필요하다. 사회적 대화를 근간으로 하는 광주형 일자리가 성공하려면 양보와 희생과 타협의 가치가 시간과 공간에서 조화를 이룰 때 가능하다.

문재인 정부가 의욕적으로 추진하고 있는 일자리경제정책에 상생형 일자리가 있다. 광주형 일자리를 모델로 하는 상생형 일자리가 전국으로 확산되면서 그 지역의 이름을 붙인 ○○형 일자리가 유행처럼 번지고, 넘쳐나고 있다. 섣불리 성과와 한계를 논하긴 어렵지만 이쯤에서 문재인 정부의 상생형 일자리의 철학적 한계를 짚는 게 후일을 위해서도 도움이 될 듯싶다.

○○형 일자리라고 불리는 지역 상생형 일자리는 중앙정부의 지원을 통한 기업유치수준에 머물고 있다. 정작 연대와 협력이라는 가치는 눈을 씻고 찾아봐도 보이지 않는다. 모름지기 ○○형 일자리라 하면 그 지역을 대표하는 산업과 문화와 역사적 특성 속에서, 사회적 합의가 수반되어야 하고 그러려면 지역민의 참여가 우선되어야 한다. 일자리 모델 설계가 참여로부터 출발하기 때문이다. 그런데 행정주도 사업으로 흐르다 보니 사회적 대화를 찾을 수 없고 다른 지역과의 차별성도 전혀 드러나지 않는다. 단순히 지역의 이름 뒤에 일자리만 갖다 붙이고 있을 뿐이다.

그러므로 그 끝을 보지 않더라도 그것이 상생형 일자리가 될 수 없다는 것을 어렵지 않게 짐작할 수 있다. 기존의 것을 답습한, 이윤을 상생으로 포장했을 뿐인 일자리정책에 머물고 있다. 그렇다보니 상생형 일자리를 추진하는 지방정부는 중앙정부의 예산확보에만 열을 올리게 된다. 성공보다 실패 가능성이 더 높아 보이는 이유다. 돈의 향연이 끝나고 빚의 반란이 시작될까 두렵다.

사실 광주형 일자리라고 하지만 '광주형(形)'은 어디에도 없다. 광주형 일자리조차도 완성된 상태가 아니라 만들어 가고 있는 과정이다. 그럼에도 현재는 설명하기 어려운 ○○형(形)이란 말을 너무 남발하고 있어 우려가 크다. 그 이름에 대한 철학적 사유 없이 무분별하게 쓰이면, 자가당착에 빠지기 쉽다. 결과를 가지고도 해석과 평가가 아전인수(我田引水)로 흐르게 된다.

우리는 실패를 통해 많은 것을 배웠다. 실패가 끝이 아니기에 실패를 두려워하지는 않는다. 다만 실패를 했을 때 목표와 지향, 환경과 과정이 다름을 파악하지 못하면 실패는 되풀이된다. 두려운 것은 바로 그것이다. 실패하고서도 실패를 깨닫지 못하는 것이다. 너무 편향된 사업도 걱정된다. 자동차산업이 국가기간산업으로서의 중요성이 있다고 하더라도, 10개 넘는 지역이 편향되게 자동차산업을 추진하는 일은 매우 우려스럽다. 이것조차도 지엽적인 것일 수 있다. 그래서 더욱더 걱정이 깊어간다. 생각해보면 우리 사회는 철학의 빈자리가 너무 많다. 사회적 자본의 축적이 미약하다. 한국사회의 많은 것들이 인과관계가 허술하고, 연대와 협력에 기초하고 있지 않다.

그 사례를 들라고 하면, '아무도 흔들 수 없는 나라', '한 번도 경험해보지 않은 나라'를 내건 정부의 슬로건과 이를 벤치마킹한 것으로 보이는 '누구도 따라올 수 없는 광주'다. 이 슬로건이 지향하는 것은 연대와 협력이 아니라 경쟁이고, 상생과 통합이 아니라 승자독점이다. 경쟁에서 이겨 모두 차지하는 최고(일등)가 되라는 것이다. 수단과 방법 가리지 말고 승자가 되라고 채찍질하는 섬뜩한 구호다.

이는 소통과 공감, 연대와 협력이라는 상생의 가치가 강조되는 광주형 일자리 정신과 상반되는 개념이다. 독점보다 공유, 경쟁보다 협력이 더 좋은 결과를 만든다. 정부와 광주광역시가 먼저 나서서 공유와 협력을 실천해야 한다. 정부와 광주광역시의 슬로건은 상생의 가치를 지향하는 것으로 수정되어야 마땅하다.

광주형 일자리를 추진하는 광주광역시부터 광주형(形)에 대한 바른 해석과 태도가 있어야 한다. 광주형 일자리가 '광주만이'가 아닌 '광주부터'가 되어야 하고, '광주만의'가 아닌 '광주라도'가 되도록 중심을 바로 세워야 한다.

강조되어야 할 것은, 아무도 하지 않더라도 '마땅히' 해야 할 일이라면 온갖 어려움을 감내해서라도 광주가 앞장서야 한다.

누구도 하지 않더라도 '반드시' 해야 할 일이라면 토론과 협의를 통해 광주가 먼저 해야 한다. 우리가 먼저 시작하면 언젠가는 전국으로 확산되고, 모든 국민이 함께 할 것이라는 믿음을 심어주고 결의를 모아야 한다.

광주시민들은 불의에 맞서 국가적 위기를 극복했던 역사적 전통을 가지고 있다. 뛰어난 정치의식으로 정치민주화를 선도했다. 이제 광주시민들이 사회양극화와 소득격차라는 시대적 과제를 외면하지 않고, 연대와 협력으로 경제민주화에 앞장서야 한다. 경제위기와 코로나 재난을 극복하려는 공동의 목표를 분명히 해야 한다. 연대는 서로 손을 잡는 일이고, 하나가 되는 일이다. 협력은 힘을 모아 더 큰 힘을 만드는 일이다. 연대와 협력은 목표에 빨리 도달하고 지속하게 한다. 서로 손을 잡고 지혜와 힘을 모아 위기를 극복하고 좋은 공동체를 만들려는 운동이, 바로 광주형 일자리다.

또 하나의 민주화 광주형 일자리는 참여와 연대와 협력으로 상생의 길을 여는, 또 하나의 민주화다.

5. 광주형 일자리와 함께 한 사람들

광주형 일자리라는 정책이 자리를 잡는 데는 많은 사람이 함께 했다. 모든 정책이 그렇지만 혼자 할 수 있는 일이란 많지 않다. 불평등 해소를 위해 오래도록 고민하고 토론했던 분들, 양질의 일자리를 만들기 위해 동분서주 했던 고마운 분들이 많다. 광주시청의 공직자들, 노동조합 관계자들, 경영자 단체, 시민사회, 전문가 집단 등 일일이 열거할 수 없을 만큼 많은 분들이 함께 해주시고 마음과 지혜를 모아 주셨다. 지면 관계로 그 많은 분들을 다 소개할 수 없어서 몇 분만 소개하는 게 안타깝다.

그 가운데 노동현장에서 오랫동안 노조활동을 해왔고 광주형 일자리의 중심축인 노동을 대표한 윤종해 한국노총 광주지역본부 의장을 빼놓을 수 없다. 윤종해 의장은 공직을 시작하며 만났는데 만날수록 장점이 많이 보이는 사람이다. 첫인상은 조금 차가워 보이면서도 차분해 보였고, 동네 어디에서나 흔히 만날 수 있는 선한 아저씨 같은 느낌이었다. 몇 차례 만나보니 사적 욕심이 없고 정직한 사람이었다. 한 마디로 진국이다. 이 정도 인품이면 광주형 일자리 동반자로서 충분하다고 생각하고 많은 얘길 하게 되었는데 욕심이 없고 할 말은 하는 솔직한 품성의 소유자다.

추진과정에서 서운해할만한 일이 비일비재했음에도 문제를 지적하되 끝까지 판을 깨지 않고 협조할 일은 협조하는 합리적인 태도를 견지했다. 그렇다고 결코 비굴한 모습은 단 한 번도 보이지 않았다. 내어주지만 얻고, 얻는 듯 보이는데 내주는, 중용을 아는 사람이다. 의장 판공비를 장학금으로 내놓고 자신의 한국노총 활동비도 개인돈(사비)을 쓰는 것은 이미 알려진 사실이다. 지역 노총지도자를 여러 사람 겪어봤지만 가장 청렴하고 희생정신이 강하다는 평가가 그냥 나온 게 아니다. 그의 훌륭한 품성을 보면 지역민을 위한 정치를 하면 잘 할 것 같다는 생각이 든다. 그는 늘 '함께 살자'고 입버릇처럼 말한다. 윤종해 의장에게는 '함께'라는 별칭이 어울린다. 〈함께〉 윤종해 의장!

기득권을 지키는 것보다 나눔과 연대를 더 중요하게 여기는 이기곤 전 기아자동차 광주지회장은 어려운 환경에서도 늘 실천으로 함께 해줬다. 광주형 일자리에 함께 한다는 이유로 노조로부터 조합원 제명이라는 중징계를 받으면서도 양극화와 불평등을 해소하기 위해서는 광주형 일자리가 필요하다는 소신을 굽히지 않은 심지가 굵은 사람이다. 이 전 지회장의 가장 큰 장점은 성실하고 부지런하다는 것이다. 지회장 시절, 조합원을 만나기 위해 매일 현장을 직접 찾아갔고, 고충과 애로를 수렴하며 노동조합 활동을 설명했는데 이 일을 2년 내내 함으로써 조합원으로부터 신뢰가 두텁다.

지회장 임기를 끝낸 지 수년이 지났지만 지금 출마해도 가장 경쟁력 있다는 평가를 받을 정도로 따르는 사람들이 많지만 후배들에게 기회를 주고 미련 없이 일선에서 물러날 만큼 개인 욕심도 없다. 그런가 하면 매우 원칙적이어서 투쟁에는 거침이 없다. 비정규직문제가 한국 사회 문제로 이슈화되기 훨씬 전부터 사내하청 비정규직을 노조의 핵심 사업으로 잡고 실천으로 옮겼다. 비정규직의 정규직 전환에 앞장서서 실천하다 보니 정규직 노조원과 갈등이 잦았지만 이때도 원칙을 고수했다. 오죽하면 '비정규직 노조위원장'이라는 말이 나왔겠는가. 늘 연대에도 앞장섰다. 한국노총과 민주노총이라는 보이지 않는 벽을 허물고 '문화야 놀자'라는 조직의 집행위원장을 맡아, 지역노동자가 문화로 시민들과 함께 하는 공간을 만드는 일을 주도하고 있다. 윤종해 의장과 갑장으로 내년이면 정년퇴직을 하게 되는데 노조에서 지도자 경력을 쌓은 두 사람이 사회를 위해 많은 일을 할 수 있을 것이라 기대한다.

이십여 년 전 독일에서 만나 광주형 일자리연구로까지 인연이 이어진 박명준 박사는 지역상생형 일자리연구에 소명의식을 갖고 애써주셨다. 산별노조 사례를 공부하기 위해 독일에 갔을 때 여러 날 친절하게 안내를 해준 사람이 박 박사다. 운전이 매우 서툴렀는데 나중에서야 운전면허를 갓 딴 초보운전자라는 사실을 알게 되었고, 운전하랴 설명하랴 정신이 없었을 텐데 내색하지 않고 최선을 다해 도움을 줘서 더 고마웠다. 사회학을 전공한 박 박사는 독일에서의 공부를 토대로 포용적 일자리와 사회적 대화에 관심이 높았는데 광주형 일자리연구를 계기로 지속적인 연구와 협력을 해오면서 지역상생형 일자리의 최고 권위자라 불린다.

실제 전국적으로 추진되고 있는 지역상생형 일자리에 거의 빠지지 않고 직간접적으로 참여했다. 더 나은 일자리위원회 실무위원으로도 참여했으며 지금도 많은 화제가 되고 있는 광주형 일자리 기초협약 등은 그의 연구결과와 헌신 덕택이다. 그는 늘 더 나은 사회를 상상하며 공정하고 평등한 세상을 위한 노력을 게을리하지 않는다. 공공기관 연구자로서의 한계를 뛰어넘는 많은 활동에 경의를 표한다.

고인이 되신 박해광 교수를 생각하면 죄송한 마음에 눈시울이 뜨거워지고 가슴이 먹먹해진다. 어느 날, 얼굴색이 좋지 않아서 '간이 좋지 않으냐'며 걱정했더니, 오히려 좋아졌다고 말하던 그 눈빛이 그립다. 2019년 4월 간암으로 별세했다. 젊은 나이인 53세, 벌써 2년이 지났다. 그런 몸임에도 열심히 함께 해준 박 교수에게 부채의식이 있다. 어렵고 힘든 일을 맡긴 내 책임이 아닌가 하는 마음을 떨칠 수 없다. 그가 생각날 때마다 만약이라는 단어를 떠올리게 된다. 만약, 만약, 만약, 만약, 내가 광주형 일자리를 함께 하자고 권유하지 않았다면 어떻게 되었을까. 이러한 생각이 한 동안 떠나지 않았다. 건강이 염려된다는 말만 했을 뿐 정작 일을 그만하고 쉬게 했어야 했는데 그러지 못했다. 함께 했던 일과 시간이 건강에 도움 되었을 리 없기에 늘 죄송한 마음이다.

그와 첫 만남은 그의 연구실에서다. 지인으로부터 소개받아 연구실에 찾아갔을 때 사람 좋은 얼굴로 웃으며 반겨주었다. 내 제안을 받은 그는 5·18연구소장을 이미 맡고 있어서 시간 내기가 쉽지 않고 또 이쪽 일에서 떠난 지 오래되어 아는 게 없다며 겸손하게 거절했지만 세 번째 만났을 땐 이미 마음의 정리가 되어 있었다. 더 나은 일자리위원회를 만들고 실무위원장을 부탁했을 때도 흔쾌히 수락했고 1년 6개월 동안 잘 이끌어줬다.

특히 그가 합류한 시점은 광주형 일자리를 추진하는 과정 중 사업이 가장 심하게 흔들리며 좌초위기에 놓여 있을 때였다. 거의 매일 과중한 업무와 스트레스로 날을 새우며 심신이 쓰러져갈 무렵 그가 참여함으로써 다시 재기할 수 있었다. 박 교수의 전문적 지식과 열정은 결코 잊을 수 없다. 박 교수는 광주광역시의 비정규직 전환사업을 하고 나서, 직접 고용으로 전환된 노동자 692명의 의식 실태 조사를 하기도 했다. 비정규직 시절 불과 9.9%의 자신감만 갖고 있던 사람들이 정규직이 되고 나서 자신감이 36.5%로 커졌다는 설문결과를 정리하면서 박 교수는 무척 기뻐했다. 고용 안정이 노동자의 자존감을 높이는 일이라면서, 고용 안정은 임금과 복지보다 일에 대한 자존감을 더 높인다면서, 기뻐하는 모습이 지금도 눈에 선하다.

민주노총 공공운수노동조합 광주전남본부 조직국장을 맡았던 이소형 국장도 잊을 수 없는 사람이다. 광주형 일자리 초기 현장 노동자들의 마음을 모아 연대의 지평을 넓혀준 이 국장의 헌신과 고마움도 잊지 못한다. 고향은 서울인데 소속된 조직의 결정에 따라 광주로 파견되었다. 노동단체에서 강성이라 평가되는 민주노총, 그 안에서도 그가 소속된 조직은 강성으로 분류된 곳이다. 하지만 평가와 분류는 인위적인 일이다. 언론이나 사회는 편의에 따라 규정하고 이익에 따라 분류하기도 하기에 곧이곧대로 믿지 않아도 된다. 내가 만난 그는 강성 좌파라기보다는 합리적인 사고로 미래를 준비하는 사람이었고 측은지심을 지닌 실천가였다.

알다시피 민주노총은 광주형 일자리를 반대했지만 공공운수노동조합은 적극적으로 반대하지 않았다. 외려 광주형 일자리 정책 초기에는 공공운수노조 광주전남본부의 역할이 가장 컸다. 공공운수노조 광주전남본부는 광주형 일자리가 일부의 비난처럼 '반값 일자리'가 아니라, 미래의 일자리를 생각하는 새로운 도전이고 시도라는 것을 알고 있었다. 그래서 광주시의 노동정책에도 매우 적극적으로 참여했다. 노동조합이 열린 공간에 참여하고, 참여의 최대화로 노동 현실을 개선하고 외연 확대를 위해 노력했다. 광주형 일자리가 몹시 흔들릴 때도 묵묵히 함께 해왔던 일을 또 해가는 그런 실천이 큰 힘이 되었다. 이러한 일의 중심에는 현실 적합성 높은 실천력의 소유자 이소형 국장이 있었다.

광주시는 민주노총 공공운수노동조합과 많은 사업을 추진했는데 대부분 이소형 국장이 실무자로 참여했다. 행정에서 노동의 존재를 찾기 어려웠던 2015년 2월, 광주시와 공공운수노동조합은 협약을 맺어 공공부문 간접고용 문제와 처우개선에 앞장섰다. 2년 뒤에는 광주형 일자리 성공 추진을 위한 협약과 근로이사제 추진 등의 추가적인 협약을 맺었다.

그는 매우 솔직하고 끊임없이 공부하는 헌신적인 사람이다. 광주로 파견 오기 전에 노조 활동가를 양성하는 교육담당이었다는 말을 듣고, 당시엔 노조를 잘 몰랐었을 텐데 어떻게 교육이 가능했냐고 물은 적이 있다. 지금도 잘 모르지만 그때는 더 몰랐는데 어떤 얘길 했는지 모르겠다며 웃었다. 그만큼 솔직하고 겸손한 사람이다. 지금도 모른다고 했지만, 현장노동자들과 부대끼고 사용자들과 대화하며 누구보다 현장을 잘 아는 전문가였다.

대부분의 공무원들은 노조를 기피하려고 한다. 노조에 왜곡된 시선을 가지고 있다. 그는 그런 공무원들조차도 거리낌 없이 만나 노조에 대한 이해를 돕고 질문에 답했다. 노사 간의 갈등이 끊이질 않는 현실에서 결코 쉬운 일이 아니었다. 책임감이 강하고 친밀감 있게 소통하는 능력이 뛰어났다. 한 번은 이런 일도 있었다. 노동정책을 담당한 부서의 팀장이 서기관으로 승진을 했을 때 축하 화분을 보냈다. 부서 전 직원들이 깜짝 놀랐고 승진한 서기관은 크게 기뻐하며 보관하겠다고 셀카를 찍어댔다. 축하 화분 하나가 무슨 대단한 것이냐고 말할 수 있겠지만 노동조합에서 공무원 승진을 축하하는 화분을 보낸 것은 처음이었다. 크고 화려한 것만이 좋은 것은 아니다. 자그마한 것이라도 사람의 마음을 움직이는 것이 있다.

반면 그의 생활은 경제적으로 좋지 않았다. 광주에 연고가 없었기에 아주 작은 집에서 후배와 함께 살았다. 노동조합에서의 보수나 대우는 보잘것없었다. 하지만 늘 웃음이 가시지 않은, 밝고 구김이 없는 모습을 보였다. 그의 헌신적 생활은 건강을 해쳤고 노조를 그만두고 광주를 떠날 수밖에 없었다. 청소년노동인권보호센터 설립, 생활임금제 시행, 공공부문의 비정규직의 정규직화, 사회적 대화를 통한 광주형 일자리 진전 등은 그를 빼고 얘기할 수 없다. 언젠가 서울 가는 길에 연락해 본 적이 있는데 건강이 좋아졌다고 하니 다행이다. 광주형 일자리 초기 현장노동자들의 마음을 모아 연대의 지평을 넓혀준 이 국장의 헌신에 고마움을 전한다. 참 배울 게 많은 훌륭한 활동가다.

이밖에도 많은 분들이 광주형 일자리에 힘을 보태주셨다. 광주형 일자리 모델을 정립하는데 참여해주시고 영감을 제공한 워크인연구소의 이문호 소장님, 지금은 은퇴한 산업연구원 박태주 박사님, 노동사회연구소와 한국노동연구원의 여러 연구자들이 함께 해주셨다. 지역 시민사회와 진보정당에서도 힘을 모아주셨다. 지역의 청년유니온의 활동도 많은 도움이 되었다.

좋은 공동체 광주형 일자리는 참여와 대화로 혁신과 상생을 이루는 일이다.

특히 경영자의 이익을 대변하는 단체인 경총이 경영자만의 이익이 아닌 시민의 이익을 위한 대승적이고 합리적인 행보로 많은 도움이 되었다. 최상준 회장님은 지역에서 가장 존경받는 어른 중 한 분이고, 경총의 산 역사인 윤영현 부회장은 노총 같은 경총이라고 내게 놀림을 받았다. 여기에 소개하지 않은 사람들도 많다. 일일이 열거할 수 없을 만큼 많은 사람들이 뜻과 힘을 모아주셨다. 가정의 일도 그렇지만 세상의 일이란 혼자 할 수 없다. 사람은 모여 살지만 사람들의 마음은 제각각이다. 마음을 모으는 일도, 길을 찾는 일도 쉽지 않다. 서로 도우며 더 나은 길을 찾아 나설 때, 우리는 더 행복한 길로 들어선다.

- 제5장 -

노조는 무엇을 하는 곳인가?

제5장 노조는 무엇을 하는 곳인가?

1. 내 마음의 느낌표

지역 방송 가운데 자신의 삶에 영향을 미친 책이나 문학작품을 소개하는 프로그램이 있었다. 내 마음의 느낌표! 교양 프로그램으로 내용이 꽤 좋았다. 작가로부터 출연 요청을 받고, 꽤 망설였다. 출세한 사람도 아니고, 자랑스러운 삶도 아니었기 때문이었다. 작가는 불쑥 '감명 깊게 읽은 책이 있느냐'고 물었고, 나도 불쑥 '전태일 평전'이라고 말을 해버려서, 망설임이 출연으로 이어졌다.

출연 약속이 '불쑥'이어서 마음의 부담은 매우 컸다. 전태일 열사의 삶을 소개하려면 반드시 내 모습을 다시 살펴봐야 하는데, 이게 마음에 걸렸다. '나는 전태일처럼 치열하게 살았느냐?'는 물음 앞에 고개가 절레절레 흔들렸고, 안도현의 시처럼, 누구에게 한 번이라도 뜨거운 사람이었는지조차 답할 수 없어 힘들었다. 촬영 날짜는 다가오고, 출연 약속에 대한 무거움이 느껴졌다. 그렇다면 앞으로의 내 삶이라도? 뜨거운 사람이고자, 치열한 삶이어야 한다고 다짐하는 방법 밖에 없었다.

십대 소년 시절, 공장노동자로 일을 했다. 공장주가 건네주는 박카스와 타이밍(각성제의 이름)이라는 알약을 먹으면서 40시간 이상 지속된 지옥 같은 노동을 겪기도 했다. 이때 가졌던 생각이 있다. 이렇게 힘겨운 노동의 대가가 왜 이리 부족할까, 불평등과 부당한 임금에 문제의식을 가졌다. 당시는 힘들고 어려운 상황을 개인능력의 문제로 치부했다. 그러다 전태일을 만났다. 〈어느 청년 노동자의 삶과 죽음〉이다. 읽으면서 저절로 눈물이 났다. 노동의 피로도 잊은 채 울면서 책을 읽었다. 눈물은 닦아도 닦아도 하염없이 흘렀고, 흐른 눈물은 책을 적셨다. 전태일의 삶은 내가 겪고 있는 모순이 개인의 문제만은 아님을 깨닫게 했다.

전태일의 삶은 내게 '어떻게 살아야 할 것인가'를 일깨웠다. 개인적 억울함에 얽매여서 분노할 것이 아니라, 더 많은 사람들의 문제와 사회구조의 문제가 바탕에 깔려있음을 보게 했다. 전태일은 자신보다 어린 누이들을 위해 풀빵을 사주고, 먼 길을 걸어갔다. '혼자' 잘 살 수 있는 길이 보였음에도, 동료와 '함께' 가는 길을 택했다. 참인간의 모습이었다. 오늘날 우리의 노동운동이 가야 할 길을 고민할 때마다 가장 먼저 생각케 한다.

촬영은 부담스러웠다. 평소에 자연스럽게 하던 말도 머뭇거렸고, 인터뷰가 끝나고 나서도 도대체 무슨 이야기를 했는지 가물거렸다.

끝나면 기분이 홀가분해질 줄 알았는데, 오히려 고민이 더 깊어졌다. 책을 읽을 때처럼 잠자리에서 잠을 이룰 수가 없어서 뒤척거렸고, 다시 〈어느 청년 노동자의 삶과 죽음〉과 〈전태일 평전〉을 꺼냈다.

"이 결단을 두고 얼마나 오랜 시간을 망설이고 괴로워했던가?
지금 이 시각 완전에 가까운 결단을 내렸다.
나는 돌아가야 한다. 꼭 돌아가야 한다.
불쌍한 형제의 곁으로 내 마음의 고향으로,
내 이상의 전부인 평화시장의 어린 동심 곁으로,
생을 두고 맹세한 내가,
그 많은 시간과 공상 속에서 내가 돌보지 않으면 아니 될
나약한 생명체들.
나를 버리고, 나를 죽이고 가마. 조금만 참고 견디어라.
너희들의 곁을 떠나지 않기 위하여 나약한 나를 다 바치마.
너희들은 내 마음의 고향이로다.
오늘은 토요일. 8월 둘째 토요일.
내 마음에 결단을 내린 이 날.
무고한 생명체들이 시들고 있는 이때에
한 방울의 이슬이 되기 위하여 발버둥 치오니
하느님, 긍휼과 자비를 베풀어 주시옵소서...."
-1970년 8월 9일 일기-

전태일의 간절한 메모를 읽으면서 내 자신에게 물었다. 그동안 수십, 수백 차례 교육과 토론회에서 열사를 운운하며 했던 말들은 무엇이었는지, 반성할 게 너무도 많았다. 정작 내 문제를 남의 문제로 치부하고 있었던 것은 아닌지, 후회의 고통이 밀려왔다. 위선의 껍질을 완전히 벗지 못한 자신을 발견했다. 가족에게, 동료에게, 인연을 맺은 많은 사람들에게 용서를 구하는 밤을 보냈다. 2005년 12월의 어느 밤이었다. 사람은 너무 빨리 나이가 들지만 너무 늦게 현명해진다. 그 소중한 시간을 갖게 한 그때의 제작진에게 고마운 마음이다.

광주MBC가 제작한 〈내 마음의 느낌표(제작: 김휘, 코디네이터: 김인정)〉는 106명의 시민들이 삶의 현장에서 만난 우리 시대의 문화예술작품에 대한 감동적인 육성을 담았고, 33회 한국방송대상 정보공익분야 TV부문 작품상을 받았다. 책으로도 나왔다.

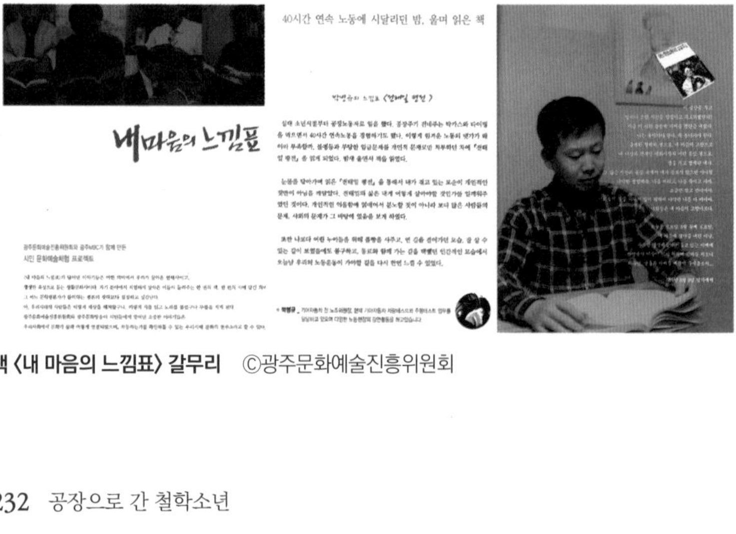

책 〈내 마음의 느낌표〉 갈무리 ©광주문화예술진흥위원회

2. 노조 간부는 완장만 차고, 노조비를 쓰는 사람이 아니다

사람들이 취미가 무엇이냐고 물을 때가 많다. 탁구를 치는 것도 아니고, 등산을 다니는 것도 아니어서 딱히 대답할 말이 없다. 나를 아는 사람들은 '취미가 일 아니세요?'라고 한다. 그러면 나는 빙그레 웃는 것으로 화답한다. 나는 특기도 취미도 없는 싱거운 사람이다. 사람들의 말처럼, 어쩌면 취미이자 특기가 일인지도 모른다. 일을 하면서 다른 취미를 더 가졌다면 쓰러졌을 것이다.

어릴 적 서울에서 노조를 경험하고 고향인 광주에 다시 온 때는 88년 초겨울이다. 친구와 일을 하다가 그동안 조그만 사업장에서만 있었기에 큰 곳에 가서 일해보고 싶은 생각이 들었다. 대기업 사내훈련소를 거쳐 운 좋게 공채로 대기업에 입사를 했고 그곳에서 노동조합 대표에 세 번 출마해 세 번 모두 운명처럼 당선되었다. 한 번도 적극적으로 하려 하지 않았고 거론될 때마다 고사했다. 열심히 피해 다녔지만 선후배들의 강권에 못 이겨 버티다 결국 수락하는 식이었다. 물론 나는 후보만 했고 실질적인 운동은 주변에서 다 했다. 어쨌든 상황에 밀려 세 차례나 하게 되었는데 사실 노동현장의 현상을 조사·분석하고 대안을 궁리하고 실행하는 일에 관심이 더 많았다. 노조원들과 함께 토론하여 방향을 설정하고 새로운 일을 만들어 가는 일이 좋았다. 강의를 자주 했는데 이것도 즐거운 일이었다. 취미라면 그런 것이 취미였다.

공부는 반드시 책을 통해서만 하는 게 아니다. 어떤 사안이 생겼을 때, 아침부터 저녁까지 그 생각만 한다는 자체가 바로 공부다. 그 사안을 가지고 현장에서 관찰하고, 대안을 만들어가는 것이 공부다. 그 일만 생각하고, 그 일만 들여다보고 있는 사람보다 더 잘할 수 있는 사람은 없을 것이다. 눈 뜨자마자 나무를 들고 조각을 하는 사람이, 밥을 먹을 때도 나무의 결을 생각하고, 쉴 때도 조각칼을 만지작거리고, 텔레비전을 봐도 '조각을 저렇게 해봐야지' 생각을 한다면, 누가 이길 수 있겠는가, 조각만 생각하고 조각만 하고 사는데. 나는 늘 그렇게 살려고 했다.

대기업에서 처음 노조대표를 맡았을 때는 투쟁에 많은 시간과 에너지를 쏟았다. 1997년 IMF가 터졌을 때, 정말 많은 노동자들이 길거리에 내몰렸다. 내가 속한 곳에서도 마찬가지였다. 비정규직을 포함해 3000명이 넘게 쫓겨나듯이 퇴사했다. 25년, 30년씩 근무한 장기 근속자들도 많이 퇴직했는데 퇴직금이 없어진다는 흉흉한 소문이 쫙 퍼져서 나갈 수밖에 없는 상황이었다.

회사 경영이 어려워지고 얼마 뒤 IMF를 맞았다. 공장이 정상적으로 돌아가지 않다 보니 임금이 지급되지 않거나 반납되었고 무급순

환휴직까지 시행되었다. 생계를 생각하면 받아들여서는 안 되는 상황이었지만 달리 해결책을 가지지 못한 노조가 이를 수용했다. 책임질 사람은 따로 있는데 노동자에게 모든 책임이 전가 되는 건 부당했으나 노조원들은 혹여 나섰다가 괘씸죄로 해고될까 두려워 침묵했다. 이처럼 구조조정이 빈번하게 이루어지는 상황에서 노조 대표자가 되었다. 무엇보다 노조원의 고용을 지키는 것이 중요했다. 투쟁을 즐겨하거나 잘해서가 아니라 살아남기 위한 다른 수단이 없는 상황에서 불가피한 선택이었다. 그렇다고 투쟁만 한 것은 아니었다. 지혜로운 협력도 필요했다.

조합원의 고용이 지켜지려면 기업회생을 위한 비용절감과 효율증대는 반드시 필요한 것이었다. IMF라는 초유의 사태를 맞아 소비자의 구매력이 뚝 떨어졌고 수요가 없으니 공급도 자연 감소했다. 공급감소는 생산량 축소를 뜻한다. 이러한 상황이 고용조정으로 이어졌지만 더 이상 그대로 두어서는 안 되었기에 특단의 대책을 세웠다.

전체적으로 보면 판매가 줄었지만 모든 부서에서 만든 차량이 동일하게 팔리지 않는 것은 아니었다. 여전히 재고가 산더미처럼 쌓이는 차량도 있었지만 어떤 차량은 고용위기 전처럼 주문이 밀렸다. 재고가 쌓인 부서는 하루 4시간만 일하고 쉬었지만 주문이 밀린 부서는 하루 8시간을 일하고 매일 연장근로와 주말 특근을 했다. 한마디로 한 쪽은 얼어 죽고 다른 한 쪽은 더워죽을 지경이었다.

이러한 불합리를 해소하는 방법은 두 가지다. 하나는 사람이 움직이는 것이고, 다른 하나는 혼류병행생산이다. 사람이 움직인다는 것은 물건이 팔리지 않아 하루 8시간 동안 일을 할 수 없는 부서의 사람들이 일감이 많은 부서로 이동해 일을 하는 것이다. 혼류병행생산은 하나의 컨베이어벨트에서 한가지의 제품을 생산하다가 여러 가지의 제품을 동시에 생산하는 것이다.

전자는 전환배치라고 하는데 노조탄압 수단으로 악용되어 온 터라 노조원들의 반감이 컸다. 과거에는 노조활동을 위축시키기 위해 노조활동가를 콕 찍어 장거리로 인사명령을 내고 불응 시 징계하는 일이 빈번했기 때문이다. 후자를 적용하려면 새로운 설비투자가 필요하다. 비용도 비용이지만 물리적인 시간이 확보되어야 한다. 당장 시행할 수 있는 현실적인 방안은 사람이 이동하는 전환배치뿐이었다.

경영진 대표를 만났다. 인력구조조정이 아닌 직무교육을 제안했다. 하지만 안타깝게도 실현되지 못했다. 경영진도 노조원도 관심이 없었다. 기업경영이론의 대가인 에릭 톰 피터슨(Enc T. Peterson)은 경기가 좋을 때는 훈련투자를 2배로 늘리고, 경기가 나빠지면 훈련투자를 4배로 늘리라고 했는데 경영진은 비용으로 생각하고 노조원은 귀

찮아하다 보니 추진하지 못했다.

대신 공정한 전환배치를 제안했다. 노조활동을 위축시키거나 개인의 자존감을 무너트리는 강제적인 전환배치가 아닌, 투명하고 공정한 자율적인 전환배치에 협조할 것을 당부했다. 빨리 가려면 혼자 가고 멀리 가려면 함께 가야 한다고 다짐하며 몇 차례의 설득을 통해 동의를 받아냈다. 이어서 대의원의 책임 하에 전환배치를 하도록 했다. 방법은 추첨제였다. 이보다 더 좋은 방법도 있을 수 있겠지만 당시 상황에서 가장 공정한 방법이 이른바 제비뽑기라고 하는 추첨제였다. 그것이 가장 민주적인 방식이라고 생각했다. 가장 약한 자가 가장 강한 자와 똑같은 기회를 가질 수 있어야 민주주의다.

정치 담론에 대한 이해를 구성하는 개념을 탐구한 프랑스 철학자 랑시에르는 민주주의에 가장 합당한 제도로서 추첨제를 언급한 바 있다. 민주주의가 통치할 자격이 없는 자들의 통치라는 원칙에 의거하기 때문에 신분이나 부의 정도에 따라 통치자의 자격이 제한되는 선거보다 추첨제야말로 민주주의라는 이름에 가장 적합하다는 설명도 덧붙였다. 일각에서 제기하는 비난과는 달리 능력 있는 자를 무시하거나 무능한 자를 우대한 적이 없는 게 제비뽑기라고 랑시에르는 주장한다.

선거는 민중이 자신들의 권력을 실현하거나 자신들의 힘을 구체화하기 위한 민주주의의 꽃이 아니라 체제를 민주적으로 보이게 하기 위한 하나의 형식이라는 것이다. 일부 사람들은 추첨제에 의한 부서 이동에 대해 비판했지만 대안을 제출하지 못했다. 달리 다른 방안이 없었기에 그대로 추진되었다. 그리고 시간이 지나 혼류병행생산도 추진했다. 혼류병행생산은 국내 동종업계 중 가장 먼저였다. 새로운 것은 늘 낯설고 모든 일이 한 번에 되는 경우는 극히 드물다. 수차례의 시도가 있고서야 시작된 경우가 흔하다. 쇼펜하우어의 말처럼, 모든 진리는 첫 번째 단계에서는 조롱당하고, 두 번째 단계에서는 심한 반대에 부딪히며, 세 번째 단계에서 비로소 자명한 것으로 인정받는지도 모른다.

10년이 지나고 다시 노조대표자가 되었다. 두 번째였다. 이번에는 세계금융위기가 시작된 시점이었다. 노동자들은 시장경제의 단기적 효율극대화와 끝없는 유연화를 두려워하고 있었다. 다시 경영이 어려워졌으나 10년 전, 대한민국 노사를 대표해 맞붙은 현대자동차 정리해고의 깊은 상흔이 채 아물지 않았을 때였고 당시의 갈등은 노사 모두를 패배자로 만들었던 기억이 있어서인지 경영자들도 무리한 시도를 하지 않았다. 나도 완전히 달라진 새로운 노조 상을 정립해야겠다는 목표가 있었다. 노조가 밖으로는 고립되고 내부에서는 불신이 높을 때였다.

노조의 주장이 광범위한 정당성을 획득하기 어려운 이유는 대기업정규직 중심의 이기적 사고가 만연하고 고착화되었기 때문이다. 시장경제의 효율을 무시하지 않으면서도 품위 있는 일자리(decent job)와 제도적 차별이 없는 공평사회가 필요하다는 주장에 공감이 갔다. 이를 위해 미래의 노동운동은 시장경제에 대한 민주적 통제방안을 강구하고 시장에서 차별적 지위에 있는 비조직 취약 노동자들의 사회적 보호를 강화하는데 힘을 써야 한다는 것이다. 모두 옳은 말인데 현실은 이와 동떨어져 있었다. 세상을 바꾸려면 내가 먼저 바뀌어야 하듯이 노조내부의 성찰과 변화가 절실했다.

숲에는 나무만 있는 게 아니라고 했다. 흙, 바람, 물, 곤충, 빛, 그늘, 냄새도 있다. 마찬가지로 세상에는 나쁜 자본가와 좋은 노동자만 있는 것이 아니다. 노사관계를 풀어가는 데 과거의 이분법적 사고가 더 이상 고집되어서는 안 될 일이었다. 그들의 문제가 아닌 내 문제로 인식하는 게 중요했다. 노조원의 생각과 태도가 바뀌어야 했고, 그러려면 노조간부들이 먼저 바뀌어야 했다. 간부들은 헌신적으로 일했고, 나는 외부활동보다 내부 문제에 각별한 관심을 가졌다. 임금과 복지를 증진시키는 일도 중요하지만 노조원들이 노조의 주인으로 대접받을 수 있도록 하는 것이 우선이었다. 그럴 때만이 노조원이 노조의 주체로 나설 것으로 보았다.

노조원에게 '믿음'을 얻는 것이 중요했다. 신뢰는 말로 얻어지는 게 아니다. 아무리 소리 높여 외친다고 한들 행동이 없으면 효과가 없다. 5시에 출근을 했고 11시 넘어 퇴근했다. 임기 내내 그랬다. 1년 365일 가운데 360일 이상을 출근했다. 맡은 일에 대해 책임을 다 한다는 소명의식도 있었지만, 지금 돌아보면 어떻게 그 오랜 시간을 버텨냈을까 싶다.

노조 간부는 완장만 차고, 노조비를 쓰는 사람이 아니다. 노조위원장은 노조원들이 뽑는데, 노조원에게 완장질을 해서는 안 된다. 노조비는 노조원의 주머니에서 나오는 돈인데, 함부로 써서도 안 된다. 신과 부는 함께 섬길 수 없다는 말이 있듯이, 노조간부가 부와 함께 갈 수 없다. 돈을 더 많이 벌고 싶거든 언제든지 돈 벌러 떠나야 한다. 스스로에게 늘 다짐하고 함께한 간부들에게도 강조했던 말이다. 쪼개진 바위는 다시 붙지 않는다. 다시 붙인다한들 완벽하게 복구되는 것은 아니다. 노조원과의 관계나 자신의 몸가짐도 그런 것이다. 신뢰가 깨지면 다시 원상복구가 어렵고 그 흔적이 남기 마련이다. 한번 원칙에서 벗어나면 다시 그 길로 들어서기가 쉽지 않다. 원칙이 무뎌지고 일상이 나태해지는 때가 몰락의 시작이다. 앞장서는 사람이 악마가 지배하는 순간에 빠지지 않으려면 송곳구두를 신고 수족관 위를 걸어야 한다.

나는 복이 많은 사람이다. 늘 좋은 사람들을 많이 만났고 그들이 오랫동안 곁을 지켜줬다. 노조 일을 할 때도 품성이 좋고 열정적인 간부들을 만났다. 그들은 규율을 엄격히 지켰고 정해진 목표대로 열심히 해줬다. 가정에 갈등이 있는 간부와 건강이 악화된 간부들도 있었지만 흔들리지 않고 끝까지 책임을 다해줬다. 나는 일에 빠져 가슴만 졸일 뿐 해준 게 없어 미안했다. 다행히도 잘 이겨냈고 슬기롭게 극복해 가정은 평온해졌으며 건강도 회복되었다.

노조간부들은 대부분 6시 이전에 출근했다. 매일 출근 일지를 쓰게 하고 조합원들이 언제든지 볼 수 있도록 비치했다. 준비하는 시간과 이동시간을 고려하면 5시전에 일어나야 6시 이전에 출근이 가능했을 것이다. 일주일에 한 번씩은 간부들을 대상으로 30분씩 교육을 했다. 인문학적 소양을 기르는 내용으로, 또는 주간 핵심 사업을 중심으로 강의를 했다. 나는 말하는 사람이라 그렇다손 치더라도 새벽부터 내 얘길 들어야 하는 그들은 매우 피곤한 일이었을 것이다. 노조원이 출근하고 일과가 시작되면 노조원을 만나기 위해 현장을 찾아다녔다. 또 정기적인 교육과 간담회를 추진했고 상담소를 운영했다.

이렇게 꾸준히 하였더니 조합원들 대상으로 한 교육과 간담회 횟수가 2년간 300번이 넘었다. 출장과 휴일을 빼면 거의 매일 한 셈이다. 노조원들이 매우 좋아했다. 노동조합의 경쟁력은 조합원의 충성심과 공동행동에서 나온다. 조합원이 노동조합을 많이 찾을수록 노동조합의 힘은 배가되고, 노동조합의 힘이 커지면 조합원의 충성심은 지속적으로 강화된다.

노조원들은 교육도 교육이지만 소통하는 것을 좋아했다. 금전적인 이익은 없었지만, 위원장과 소통한다는 것을 재미있어했다. 심지어는 '안 되는 줄 알지만, 제 이야기 좀 들어보실래요?' 하면서 말을 꺼냈고, '제가 불만이 있는데요. 물론 제 이기적인 생각이지만'이라는 말을 스스로 하면서 말을 시작하기도 했다. 노조원의 말을 들어주기만 했는데도 노조원들은 긍정적인 반응을 보였고, 대화가 끝나면 일이 저절로 해결되었다. 소통의 시작은 역시 경청이다.

노조원들의 요구는 중요하다. 요구를 모두 수용하고 해결해주면 더 좋겠지만 진지하게 들어주는 것만으로도 큰 위안이 되고 스스로 해결책을 찾을 때가 많다. 나는 듣기만 했는데도 '겸손하다'는 칭찬을 덤으로 얻었다. 늘 강조하는 것이지만 능력을 빛나게 하는 것은 겸손이다. 내가 내 능력과 노력보다 더 큰 영광을 얻게 된 것도 겸손 덕택이다. 겸손은 마음 자세가 매우 중요하다. 하나라도 더 배우고 챙기려는 성실함과 지속성이 묻어나야 한다. 성실함과 지속성은 인내다. 모든 지성은 인내라는 터널을 거쳐야 한다.

노조에서의 출근 시간은 5시였지만 광주형 일자리를 제안한 덕분에 시청으로 출근하게 된 때에도 늘 7시 이전에 사무실에 도착했다. 출근 시간이 평균 6시 30분쯤 되었던 것 같다. 이곳에서도 역시 사소한 것이라도 귀 기울여 듣는 습관 덕분에 '겸손하다'는 칭찬을 많이 들었다. 맡은 일에 대한 해법을 찾는데 노력했고 겸손을 목적으로 삼은 적도 없지만 겸손하다는 인식이 많은 도움이 되었던 것만은 사실이다. 아무튼 노조위원장이 된 뒤부터 생긴 버릇인 이른 출근과 경청은 조합원들로부터, 공직자들에게까지 신뢰를 얻는 토대가 되었다.

얼마 전, 그때 강성 발언을 많이 했던 조합원이, '추운 겨울날, 출근길에 따뜻한 차를 주셨잖아요, 하루 이틀도 아니고 매일 일찍 출근하는 걸 보고 그때 저는 위원장님을 달리 봤어요', 그 전의 위원장들은 매년 반복되는 임·단협 교섭을 노조활동의 전부인 양 여기는 사람들이 많았다. 조합원의 현실이나 마음을 읽지 않았다. 불신의 땅에 협력의 씨앗이 발아될 리 없다. 신뢰의 토양에서 협력이라는 튼실한 열매가 열린다. 신뢰형성은 권위를 내려놓는 아주 작은 일부터 시작할 수 있다.

조합원의 주머니에서 나온 조합비는 꼭 필요한 곳에만 썼고, 남은 조합비는 조합원의 의사에 따라 필요한 물품으로 돌려줬다. 담당자들의 자기절제와 발로 뛰는 노력 덕택에 물품에 대한 반응이 좋았고 투명한 절차와 공정한 일처리로 아무런 잡음 없이 배분이 이루어졌다. 기념품 지급 후 항상 끊이지 않았던 나쁜 소문 하나 없이 끝났다.

권력을 가진 사람들의 끝이 좋지 않은 것은 사사로운 탐욕 탓일 때가 많다. 대기업 노조일수록 간과해서는 안 되는 것이 투명한 회계다. 조합원 숫자만큼 조합비 예산이 많아 전문성이 없으면 다루기도 어렵지만 공자의 말씀처럼 부자는 교만에 빠지기 쉽기 때문이다. 교만은 이것 정도쯤이라는 안일함에서 시작된다. 총무회계담당자를 선임할 때 나는 간곡히 당부했다. 돈을 만지는 곳이니 만큼 많은 청탁과 압력, 회유와 유혹이 있을 수 있으나 어떠한 일이 있더라도 들어주지 말라고 했다. 나도 단 한 건의 부탁도 하지 않을 테니 그 누구의 부탁도 거절하고 투명하고 공정하게 할 것임을 서로 약속했다. 임기를 끝낼 때까지 청탁하지 않은 것은 물론이고 각종 행사에 참석해서 받은 기념품까지도 간부들에게 나누어주었다. 비록 작은 것이었지만 우리는 그렇게 신뢰를 쌓아갔고 시간이 꽤 많이 지난 지금까지도 돈독한 관계를 유지하며 서로 안부를 챙기거나 가끔씩 만나 밥을 먹기도 하며 행복한 시간을 보낸다. 탐욕과 행복은 한 번도 얼굴을 마주친 적이 없다. 아랍 속담에 나오는 말이다.

새벽에 나와서 작업 현장을 살피고, 지식과 정보를 알려주고, 조합비를 허투루 쓰지 않자 노조원들은 환호했다. 노조 일에도 관심과 참여가 늘어났고 신뢰하는 노조원 숫자가 많아졌다. 임기를 마칠 때도 박수받고 떠날 수 있었다. 지금도 그때를 잊지 않고 말씀하시는 선배들을 가끔 만난다. 나에게는 에너자이저 같은 존재들이다.

3. 노동조합에서 인문학이라니

노동조합 활동가들은 제도권과 달리 따로 수업시간이 없다. 누가 공부를 하라고 윽박지르지도 않는다. 스스로 공부꺼리를 찾아야 하고 시간을 내야 한다. 자유스럽지만 일단 하게 되면 집중하게 된다. 스스로 선택한 일이니까! 세상일이란 게 '새로운 일'이 어디서 뚝딱 떨어지는 것이 아니다. 한 가지 일을 집중해서 하다 보면 그 일에서 파생된 '새로운 일'이 생기는 법이다. 새로운 일은 다른 곳에서 오지 않는다. '새로운 일'이 보이지 않는다는 것은 어쩌면 그 일을 집중해서 살펴보지 않아서 일지도 모른다.

막연하게 일을 하다가도 '내가 왜 일을 하지?'가 떠오를 때 있다. '행복하려고?' 이런 대답을 혼자 하다가, 나에게 행복은 무엇이지?, 때로 이런 고민이 물밀 듯 온다. 살아갈 앞날이 창창한 청춘이면 더 그렇다. 그러한 생각들을 사람들은 '인문학'이라 부른다. 사람이 살아가면서 배워야 할 필요한 학문. 그래서 노조에서 인문학 교실을 열었다. 다만 이번에는 참여대상을 노조원은 물론이고 시민까지 참여할 수 있도록 확대하여 인문학 강좌를 진행하였다. 사람들은 노조에서 시민을 대상으로 인문학 강좌를 연 것은 아마 세계 최초일 것이라고 했다.

우리는 왜 일을 하는가? 일을 해서 우리는 무엇을 얻을 것인가? 노조원들이 자신의 인생을 돌아보는 시간이기도 했고, 앞으로 어떻게 살 것인가도 그려보는 시간이기도 했다.

첫 번째 강사로 대한민국 사회의 깊은 속내를 이야기하던 사회학자 엄기호 박사를 모셨다. '이것은 왜 청춘이 아니란 말인가'라는 책을 쓴 사람이다. 일만 하던 노조원들에게 정치의 흐름이 어떻게 우리 삶을 바꾸는지, 경제 지형은 노동자의 삶을 어떻게 변화시키는지를 알기 쉽게 풀어줬다. 정치와 경제는 따로 생각하는 문제가 아니라는 사실을 배웠다.

우리의 생각은 어떤 언어로 표현해야 하는가, 우리 시대는 무엇을 찾고 있는가, 근본적이면서 필요한 이야기가 펼쳐졌다. 가족과 어떻게 살아야 하는가, 이웃은 우리에게 어떤 역할을 하는가, 행복은 누가 떠먹여 주는 게 아니라 우리 손으로 찾는 것이란 강의에 노조원들은 고개를 끄덕였다. 노동으로 얻을 수 없는 이야기, 노동만 하다가는 노동으로만 끝나버리는 삶을 돌아보게 했다.

김상봉 교수는 기업은 누구의 것인가, 우리는 누구를 위하여 일을 하는가, 기업과 생산 공동체의 관계를 설명해 주었다. 노동자가 기업 이사회의 절반을 선출하는 독일의 노사공동결정제도에 노조원들은 깜짝 놀랐다. 독일은 유치원부터 대학까지 무상으로 교육을 받는 나라고, 독일의 기업에서 최고 의사결정기구는 감독이사회인데, 이사진의 절반은 노동자로 선출하도록 법제화되어있다. 독일의 기업은 국가처럼 삼권분립을 하는데, 사업장 조직법과 종업원 평의회의 권한에 대해서도 설명해 주었다. 독일의 노동자들은 직간접으로 경영에 참여함에도 혼란에 빠지기는커녕 유럽에서 가장 든든하고 부유한 나라다.

김 교수는 독일을 예로 들면서 한국 사회가 나아갈 길을 전달했다. 자동차기업 노조에 걸맞게, '폴크스바겐 티구안은 어떻게 만들어지게 되었는가?'란 강의에서는, 경제가 어려울 때 해외 이전을 하지 않고 노사상생을 선택한 폴크스바겐 자회사 Auto5000의 동화 같은 이야기는 노조원과 시민들에게 매우 흥미로웠다. 연애와 사랑(에로스)에 대하여, 성욕과 문명에 대하여도 깔끔하게 풀어줬다. 요즘 사회 이슈가 된 '미투 운동'을 오래 전에 학습한 셈이다.

한국 사회가 경제발전을 하면서 경제 양극화로 치닫고 있다는 사실을 많은 사람이 알고 있다. 하지만 비판은 넘쳐나되 속 시원한 대안을 제시하는 사람은 거의 없다. 결국 누구도 아닌 바로 우리가 해야 할 일이다. 이런 점에서 나를 돌아보고 내가 누구인지를 찾는 노력이 매우 중요하다. 이화경 교수가 그러한 길을 찾도록 하는 길라잡이가 되어 주셨다.

우리의 삶은 무엇이고, 어떻게 꾸며야 하는가? 이화경 교수는 자서전 쓰기를 통해 노조원들이 내면의 나를 발견하는 눈을 뜨게 했다. 내가 무엇을 하는지, 어떻게 살고 있는지, 자신의 삶을 기록해보면 세상이 달리 보이고, 하는 일도 달라진다. 어렸을 때 겪었지만 잃어버린 기억을 찾아주었고, 나의 희망을 통해서 현재의 내 모습은 무엇인지 그려보게 되었다. 내 마음은 어떻게 생겼는지, 내 마음은 어떻게 움직이는지 살펴보았고, 이러한 내 이야기를 어떻게 흥미진진하고 감동적으로 만들 수 있는가도 배울 수 있었다.

내 인생에 숨어있는 보석 같은 이야기를 찾아내서, 조금이라도 내가 누구인지를 말할 수 있게 되었다는 사실 앞에 모두 뿌듯했다. 자신을 표현하는 능력과 글쓰기 능력이 어느 때보다 중요해지는 세상이다. 자신만의 이야기지만 과거를 돌아보고 현재를 느낄 때 새로운 인생을 설계할 수 있다. SNS가 발달한 지금에 대비한 배움을 이미 10년 전에 한 셈인데 여러 강의 중 가장 감동이 넘친 강의로 기억된다. 60이 가까워진 노동자가 눈물을 흘릴 수밖에 없는 배움의 장이었으니 말이다.

전남대 박장우 지휘자께서 화요일마다 노래로 삶의 격을 높여주었다. 취미가 있느냐 없느냐에 따라 삶은 놀랍게 달라진다. 취미가 나의 행복을 찾기도 하고, 취미로 이웃과 소통을 할 수 있으며, 취미로 상대를 설득할 수도 있다. 일만 하다가 인생을 놓치지 않으려는 마음이 모아졌다.

'나의 인생, 나의 예술'이란 프로그램도 만들었다. 변영주 영화감독, 공선옥 소설가, 송경동 시인, 구자범 지휘자, 김형중 평론가, 이택광 교수는 예술의 의미와 가치를 알게 해주었고, 나와 다른 사람들의 다양한 모습을 읽을 수 있는 힘을 길러 주었다. 강의를 해주신 분들의 활동은 지금도 여전히 왕성하다. 변영주 감독은 영화 읽어주는 프로그램인 '방구석 1열'에서 영화에 나타나는 다양한 삶을 풀어주고 있고, 김형중 교수는 대한민국을 대표하는 평론계의 인물이 되었다.

옛 그림으로 조선의 역사와 문화를 읽어준 박정애 선생은 '그림은 보는 것이 아니라 읽는 것'이라 했다. 그림 속에서 욕망과 절제를 알아채고, 꿈과 사랑, 권력과 인간을 읽어주었다. 시대를 초월한 화두를 산수화, 풍속화, 문인화, 채색화에서 배움을 줬다.

우리의 현실을 드러낸 한국 영화로 어울림과 어긋남을 설명해 준 김영민 교수도 모셨다. 이창동 감독의 〈밀양〉에서 용서를 살폈고, 봉준호 감독의 〈괴물〉에서 진리가 어떻게 돌아오는지를 풀어줬다. 임순례 감독의 〈와이키키 부라더스〉에서는 세속에 대한 열띤 설명으로 사람들을 놀라게 했다.

노조원들은 '인문학 아카데미'를 통해 한 걸음 더 '생각하는 삶'으로 바뀌었다. 이러한 강의들은 노조원들을 위한 강의였지만, 노조원의 가족과 일반인들에게도 문호를 개방해 지금도 이를 기억하는 시민들이 있다. 최근에 만난 학교 선생님이 그랬다. 10년이 넘은 일인데도 그때의 인문학 강의가 좋았다며 추억을 말씀하셔서 깜짝 놀랐다.

생각하는 노동자 노동조합, '왜 일을 하는가?'부터 배웠다.

4. 박지성과 어린이 도서관

콘스탄티노스 카바피(Constantine P. Cavafy)라는 그리스 시인이 있다. 시인은 '야만인을 기다리며'라는 시를 썼다. 야만인과 같은 타자를 만들어냄으로써 존속할 수 있었던 로마제국의 논리를 풍자한 시라고 한다. 일상에서 너무나 많이 접했던 것들이라 공감이 간다.

- 왜 우리가 이렇게 광장에 모인 거지?
야만인들이 오늘 도착한다나 봐.

-그런데 왜 원로원에선 아무 일도 없는 거지?
원로원들은 법률을 제정하지 않고 뭘 기다리는 거지?

그건 야만인들이 오늘 도착할 게 틀림없기 때문이야.
원로원들이 어떤 법을 만들 수 있겠어?
야만인들이 와서 법을 공표하겠지.

-왜 황제는 이리도 일찍 일어났을까?
게다가 도시의 관문 위에 앉아 있는 건 뭐야?
옥좌까지 차려 놓고, 화려하기도 하군, 왕관도 썼네.

그건 야만인들이 오늘 도착할 게 틀림없기 때문이야.
그리고 황제는 그들의 족장을 맞이하려고
기다리는 걸세, 심지어 황제는
그에게 수여할 작위까지 준비했다네, 그것도
작위와 칭호가 여러 개라지?

-그런데 왜 오늘 두 명의 집정관과 총독들이 온 거지?
번쩍거리는 것 좀 보아, 자주색 토가를 입고 한껏 멋을 냈구나.
자수정들이 빼곡 박힌 팔찌들이며
최상급으로 세공된 에메랄드 반지는 또 뭐야?
황금과 순은을 멋지게 새겨 넣은
예전용 주장도 들었네.

그건 야만인들이 오늘 도착할 게 틀림없기 때문이야.
그런 것들이 야만인을 홀리게 하거든.

-그런데 우리의 의젓한 수사학자들은 왜 안 오는 거지?
평소라면 어서 와서 덕담을 달고 한 말씀 가르쳐줘야 하는 거 아냐?

그건 야만인들이 오늘 도착할 게 틀림없기 때문이야.
그들은 미사여구에 취미가 없거든,

- 그런데 갑작스럽게도 웬 불안한 기운이지?
이 소란은 뭐고? (저 심각한 표정들 좀 보아!)
거리와 광장이 금세 텅 비어버리네.
모두가 근심스런 얼굴로 집으로 돌아가는구나!

그건 해가 떨어졌는데도 야만인들이 오지 않았기 때문이야.
국경으로부터 돌아온 몇몇 사람들은 심지어
야만인이란 이제 없다고 분명한 어조로 말했다네.

-그러면 이제 우리는 야만인 없이 어찌 살아야 할까?
어떤 점에서는 그자들은 해결책이었는데.

철학자 고병권 선생은 남한의 반공독재자들처럼, 타자를 만들어냄으로써 자기동일성을 생산하는 체제에 대해 신랄한 비판을 가했다. 타자를 만들어냄으로써 자신의 행위를 정당화하는 궤변들은 사회 곳곳에 넘쳐난다.

노동조합의 강의를 확 바꿔버린 건 2005년이다. 해마다 올해의 정세가 가장 심각하고 위협적이라는 말을 20년 동안이나 앵무새처럼 반복했다. 이를 믿는 조합원이 없었음에도 불구하고 아무런 생각 없이 같은 내용의 강의를 반복했다.

2005년 현장 복귀 후 일을 하면서 특강형식으로 간간히 강의를 할 기회가 있었다. 지금까지의 강의는 노조원에게 전혀 도움이 되지 않는다고 생각했던 터라 인문학 강의를 했다. 조합원의 반응이 좋았다. 노동문제와 노동자의 행동을 심리학으로 접근했고 전문용어를 풀어서 전달했다. 처음 듣는 말이라 그런지 집중해 들었고, 생활에서 경험했던 일들이라 연신 고개를 끄덕거렸다. 그 후 자신감을 가지고 성(젠더)과 세계사 여행에 관한 글을 소식지에 매주 연재했는데 현장의 반응은 가히 폭발적이었다. 연재 글을 읽기 위해 소식지가 기다려진다는 노조원이 있을 정도의 호응이 있었던 것은 그동안의 소식지가 현실에 부합하지 않을 뿐만 아니라 천편일률적인 주장으로 가득 차 있었기 때문이다.

1990년대 끝 무렵, 미국 여자골프 대회에서 박세리는 모두가 '힘들겠구나' 하는 순간, 침착하게 양말을 벗고 연못으로 들어가 공을 쳤고, 한국인으로서는 처음으로 미국 여자 오픈에서 우승을 했다. 그 뒤로 한국에서는 골프 돌풍이 일어났고, 박세리처럼 되고 싶어 하는 골프 유망주들이 늘었다. 사람들은 '박세리 키즈'라고 불렀고, 한국 여자골프 선수들은 우승을 이어갔다.

2000년 올림픽 축구 대표가 된 박지성은 2002년 한일 월드컵에서 4강 진출을 이끌었고, 일본과 네덜란드를 거쳐 잉글랜드 프리미어리

그인 맨체스터 유나이티드에 들어가 우승을 했다. '산소탱크', '2개의 심장'이란 별명을 가질 만큼 열심히 뛰는 박지성은 축구 돌풍을 이끌었고, '멈추지 않는 도전'은 성공할 수 있다는 신념을 심어주었다.

노조원 중에는 축구를 즐겨 하고 재능이 있는 사람들이 많았는데 그들 중에는 프로축구 선수 출신도 있었다. '잘하는 일을 해 보자, 특기를 살려 좋은 일도 해보자'는 내 제안에 의기를 투합하고, 어린이 축구 교실을 열기로 했다. 투쟁을 이끌던 노조가 자녀들까지 생각하는 나눔과 연대의 길을 찾았다. 박지성 돌풍의 힘이 있었겠지만, 정원을 훨씬 초과하는 그렇게 많은 신청자가 몰릴지는 몰랐다. 불가피하게 제한할 수밖에 없었는데 축구 교실 회원을 선발도 하기 전에 부모들이 아이들에게 축구화와 축구복을 사주는 바람에, 선발되지 못한 아이들이 울고불고하는 웃지 못 할 일도 비일비재했다.

축구교실 회원선발은 노조의 자녀들만으로 제한하지 않았다. 열악한 환경에서 자라는 아이들, 그러니까 부모가 없는 결손가정의 아이들과 경제적으로 어려운 아이들까지 합류시키기로 했다. 노조가 지역사회와 함께 하는 길을 선택한 것이다. 물론 선발권은 전적으로 축구 교실담당자가 맡았고, 노조원의 자녀인지 아닌지 알 수 없게 했다. 그것이 차별을 두지 않는 일이기 때문이다. 운영과 관련해서도 특별히 당부했다. 운동경기에 일정하게 승부욕이 필요하더라도 타인을 이겨야 자신이 승리하는 경쟁(positional competition)이 아닌, 협력적 경쟁(cooperative competition)을 주문한 것이다. 나도 이기고 너도 이기는 경쟁이 되어야 운동경기를 통해 둘 다 이기는 경쟁이 될 수 있다고.

어린이도서관도 문을 열었다. 아이들이 좋아할 책들을 쌓아두고, 와서 읽을 수도 있고 대여할 수도 있었다. 독서실처럼 칸막이를 하고, 면학 분위기로 조성한 것이 아니라, 앉아서도 책을 읽고, 누워서도 책을 볼 수 있게 만들었다. 지금은 그런 어린이도서관이 마을마다 많이 생겼지만, 당시에는 놀면서 책을 볼 수 있는 자유스런 분위기의 도서관은 지역에서 거의 처음이었다. 그래서 언론에서도 취재가 이어졌다.

경쟁은 강자의 원리이며 단결은 약자의 원리이다. 노조가 지역 사회와 함께 할 수 있는 방법을 찾았고, 실천을 했다. 노조도 좋아하고, 지역사회도 좋아했다. 요즘 말로 하면 상생을 이룬 모습이다. '내 것과 노조원의 것'만 챙기던 노조에서 '우리 아이들의 미래'와 '이웃들의 미래'까지 생각하는 노조로 발전했다.

성공과 상생 경쟁 속 성공은 갈등을 낳지만 대화는 상생을 낳는다.

5. 가족 캠프와 도가니

우리는 남은 시간, 곧 여가를 어떻게 보낼 것인가? 장례식에 가면 화투 놀이로 밤을 새던 시절이 있었다. 하루 끼니 때우기 힘든 시절을 보낸 부모세대와 그런 정서를 이어받은 우리는 열심히 일하는 것에는 익숙했지만 여가 시간을 보내는 방법을 잘 몰랐다. 삼삼오오 어울려 술집에 머물거나 계곡을 찾아 고기를 구워 술을 마셨고, 가족들은 집에서 텔레비전 보기 일쑤였다.

노조의 할 일 가운데 '행복한 가정 만들기'는 중요한 화두였다. 물론 노조원들과의 대화를 통해 얻어진 결과다. 줄어든 노동시간을 유익하게 보내길 희망했고, 미래에도 가족이 행복할 수 있길 원했다. '가족 캠프'를 열었다.

노는 것이 쉬울 것 같지만 그렇지 않다. 일만 해오던 사람들은 놀아라 해도 노는 방법을 몰라 놀지 못한다. 여가를 보내는 일도 배워야 한다. 노는 방법을 몰라 고작 하는 것이라고는 도박이나 술이었다. 시간이 남는 사람일수록 도박이나 술에 빠져 방탕하기 쉬웠던 시절이었다. 문화유산 답사를 다녔고, 연령대에 따라 가족과 함께 할 수 있는 다양한 체험활동을 전개했다. 처음에는 어색해하던 노조원들도 차츰 적응해가더니 나중에는 참여율이 대단했다. 평일에 근무를 하고, 주말엔 푹 자고 싶은데 가족 캠프를 갔으니 힘들었을 터이지만 시간이 지나면서 가족과 함께 하는 일이 얼마나 행복한 일인지, 행복이 어떤 결과를 가져오는지 깨달았던 것이다. 시간이 흐를수록 노조원의 참여와 만족도는 높아졌다.

그 무렵(2005년) 광주에서는 청각장애인 학교인 '인화학교 사건'이 터졌다. 교장과 교직원이 장애인 학생을 지속적으로 성폭력한 사건이다. 시민단체는 성폭력 대책위를 만들었고, MBC PD수첩은 '은폐된 진실, 특수학교 성폭력 사건'이란 제목으로 보도했다. 인권도시 광주에서 그런 일이 생겼다며, 시민들은 분통을 터뜨렸다. 인화학교 학생들은 등교를 거부하고, 시 교육청 앞에서 천막 수업을 했다. 학교장은 오히려 달걀과 밀가루를 던진 학생들을 폭행 혐의로 고소했고, 이 사태를 처음으로 외부에 알린 보육사는 해임됐다. 세상이 거꾸로 흐르는 느낌이었다.

4년이 지난 뒤 공지영 작가는 인화학교 사건을 바탕으로 소설 '도가니'를 펴냈다. 현실의 차별과 부정의를 공지영의 통찰력과 감수성으로 써냈다. 사람들은 곱씹어 읽으면서 선과 악을 가슴으로 느꼈다. 황동혁 감독은 '도가니'라는 영화를 만들었고, 주인공은 공유와 정유미가 맡았다. 진실과 거짓, 누구나 알 수 있는 주제였지만 아무나 만들 수 없는 영화를 보면서 눈물을 떨구었다.

영화 속에서, 여자 화장실에서 비명이 들린다. 끔찍한 인권 유린을 느끼며 우리는 영화를 보았다. 선생과 목사와 피해 학생의 어머니가 세상에 이 사실을 알리려 하지만, 결탁한 기득권 세력들이 사건을 덮으려 한다. 영화 속에서는 부정과 결탁하는 모습이 관객의 눈에는 보이지만 현실에서는 협잡과 결탁을 알 수 없다. 영화에서는 그들의 비열한 수단과 방법이 눈에 보이고 응징되기도 하지만 현실에서는 속수무책일 때가 많다.

도가니는 쇠붙이를 녹이는데 쓰는 오목한 그릇을 말하기도 하고, 소 무릎의 종지뼈와 거기에 붙은 고깃덩이를 말하기도 한다. 보통 많은 사람들이 흥분하여 열광할 때 도가니란 말을 쓴다. 세상 사람들은 인화학교 사건에 소리 없이 분노의 도가니에 빠졌고, 또 한 번 정의와 공동체를 생각했다.

이 사건과 소설과 영화는 모두 충격적인 이야기다. 노조원들도 가슴으로 분노하며 내 자식들을 생각했다. 노조에서 여러 날 준비를 통해 일일호프를 열었다. 오후 5시부터 시작한 행사가 다음날 2시가 되어서야 끝났다. 사건의 당사자가 아니지만 두고 볼 수 없는 문제고, 뭐라도 해야 한다는 마음이 모아졌다. 적지 않은 수익금이 모아졌고 여러 기관들과 나눴다. 그 중 가장 많은 금액은 인화학교 대책위원회에 보냈다. 1천만 원이라는 큰 금액에 놀라워했다.

노조가 노조원만의 이익을 위한 활동에 그치지 않고 사회의 불합리와 모순을 극복하는 일에 힘을 보탠 것인데 노조원들이 오히려 많은 것을 배우게 되고 마음의 위로가 되었다. 이웃을 위로하고 격려하는 마음으로 작은 실천에 함께 참여한 것이지만 이웃과 호흡하고 나누는 일이 얼마나 소중한지 깨닫는 계기를 제공한 것이다.

우리는 보통 나눔은 있는 자의 몫이라고 생각한다. 그래서 늘 나중에 더 많은 것을 가질 때 나누겠다는 생각을 한다. 하지만 주위에서 나눔을 실천하는 사람들을 보면 경제적으로 넉넉하지 못한 사람들이 더 적극적인 경우가 많다. 내 주변에도 볼 때마다 마음을 정갈하게 하는 그런 사람들이 많다. 아무리 많이 가지고 있다 하더라도 해보지 않으면 나눔과 연대는 쉽지 않다. 특히 장애자와 여성처럼 사회적 약자와 나누고 연대하는 일은 더욱 쉽지 않다. 사회적 약자를 약자로만 내버려 두지 않는 마음이 나눔으로 이어지고, 사회적 약자를 '사람의 눈'으로 바라보고 손을 잡아주는 일이 연대다. 우리 지역에는 장애인 인권운동 일을 하시는 실로암 공동체 김용목 목사님을 비롯한 많은 분들이 계신다.

6. '좋은 집'이 아니라 '좋은 마을'이 답이다

주택, 다시 말해서 우리가 사는 집은 밥벌이만큼 중요한 대목이다. 국가적 과제지만 어떤 정부에서도 해결하지 못했고 부동산 개혁정책을 표방한 문재인정부에서도 매우 힘들어한다. 사실 부동산 정책은 손대서 잘했다는 칭찬보다는 두들겨 맞는 일이 많다. 노조에서는 협동조합형 전원주택 사업을 추진했다. 몇 가지 기본적인 원칙을 정했다. 노조는 방향설정과 지원을 하되 철저하게 주택조합에 모든 일을 맡기로 했다. 노조원이 자신이 사는 집에 대해 공부하고 스스로 집을 짓는 과정을 통해 협력하길 바랐고 공정성이나 이권 관련 시비를 차단하는 것도 목적이었다.

신청자 접수를 했더니 공교롭게도 광주하면 떠오르는 숫자인 518명이 신청을 했다. 현재 거주하고 있는 집에 만족하지 못한다는 것이고 주택문제가 그만큼 심각하다는 뜻이다. 담양군, 장성군, 함평군, 화순군 등 인근 군청을 찾아다니며 제안을 했고 해당 부지를 답사하는 과정을 통해 노조원 투표를 통해 후보지를 선정했는데 가장 적극성을 보인 담양군으로 선정되었다. 원칙대로 군청과 협상을 할 때는 노조가 나섰고, 어디서부터 시작하여 어떻게 짜나갈 것인가는 주택조합이 중심이 되어 추진하기로 했다. 노조는 주택조합설립을 지원했지만 모든 권한은 주택조합에 넘겼다.

우리는 남의 의견에 반대하는 일에 익숙하다. 남이 한 일은 나도 금방 할 수 있을 거라는 착각을 하기도 한다. 흔히 '콜럼버스의 달걀'이라고 한다. 달걀을 세로로 세워보라고 할 때는 이리저리 끙끙대며 고민을 하다가, 콜럼버스가 달걀을 깨뜨려 세울 때에야 비로소, 에이, 그런 것은 나도 할 수 있는데, 할 때처럼. 늘 새로운 일은 낯설고 새로 만드는 일은 더 어렵다. 가지 않은 길을 가는 것은 두렵기도 하고 힘들기도 하지만 대신 설렘과 꿈이라는 돈으로 살 수 없는 가치를 얻는다.

일을 할 때 전문가의 참여는 큰 도움이 된다. 전원주택사업을 추진하면서도 가장 먼저 전문가에게 도움을 청했다. 건축 관련한 전문가들을 초청해 강의와 상담을 여러 차례 했다. '러브 하우스'라는 텔레비전 프로그램이 있었는데 사람들에게 꽤 인기가 있었다. 개그맨 신동엽이 진행을 하고 건축 쪽의 유명한 사람들이 나왔다. 좁은 집에서 여러 식구가 살지만 가난 때문에 집을 고칠 수 없는 사람들의 집을 예쁘고 활용도 높게 고쳐주었다. 심지어는 매우 위험한 집도 '즐거운 우리 집'으로 만들어주었다. 예능 프로그램이었지만 감동을 주었다. 성우가 '과연 어떻게 바뀌었을까요?'라고 멘트를 외치면 사람들은 '감동할 준비 하세요!'로 받아들였다.

그 프로그램에 출연해 인기를 끌었던 유명한 건축가를 초대해서 건축의 ABC를 들었고, 내놓으라하는 건축가들을 모셔서 실제 건축의 모델과 애로사항을 들었다. '집은 우리에게 무엇인지'라는 철학적인 문제에서부터 '집은 우리에게 무엇을 제공하는지'의 현실적인 대답까지 들었다. '우리는 집을 어떻게 만들고 가꾸어야 하는지'를 배우면서 집에 대한 새로운 기능과 역할을 익혔다. 집은 잠이나 자고, 밥을 지어 먹는 곳이란 생각에서 '행복을 가꾸는 곳'이란 사실 앞에 노조원들은 눈을 똥그랗게 뜨고 배웠고 질문이 끊이질 않았다. "근사한 카페나 식당이 잘 되는 것은 집이 엉터리로 지어져 있기 때문이다. 집이 좋으면 사람들이 집에서 나오지 않는다"는 강사의 말에 고개를 끄덕거렸다. 요즘은 집 짓는 일이나 집고치는 일이 일상이 되었고, TV 프로그램도 많이 생겼다. 노조는 10년, 20년, 앞을 내다본 셈이었다.

집짓기에 대한 꿈에서부터, 건강한 집을 지을 때의 토목과 기초공사, 올바른 집을 지으려는 단열과 창호, 배선과 배관의 중요성까지 배웠다. 아름다운 집을 만드는 지붕과 벽체, 실내 마감에다가, 정다운 집으로 꾸미는 가구 소품, 담장, 조경까지도 꼼꼼하게 공부했다. 무엇보다 도움이 되었던 것은 건축가와 건축주들 그리고 시공사의 경험을 직접 듣고 물을 수 있었던 일이다. 설계 과정에서 있었던 고민과 예산에 관한 경험도 접했고, 집을 지으면서 해야 하는 수많은 결정들도 알게 되었다. 집 짓는 일에도 무엇을 취하고, 무엇을 버릴 것인가는 매우 중요한 일이다, 삶에서처럼!

여러 차례의 강의를 통해 주택조합에서는 제한된 공간을 어떻게 창조적으로 활용하는지, 편리함을 찾으려면 어떻게 해야 하는지를 궁리했고, 백문이 불여일견이라는 생각으로 통영 등 아름다운 전원주택이 있는 곳을 찾아다니며 배우고 느끼는 시간을 자주 갖도록 했다. 노조원들은 들뜬 마음으로 참여했다.

언젠가 가깝게 지내는 교수가 90년대 러시아에 다녀온 이야기를 해줬다. 어느 아파트에 초대되어 갔는데, 아파트에는 금이 가고 낙서투성이였으며 길거리는 더러워서 마음이 무척 심란했다고 한다. 그런데 아파트에 들어서자 실내는 그렇게 화려할 수가 없었다고. 금으로 만든 장식들, 중세 귀족 부럽지 않게 휘황찬란한 가구들! '아, 이래서 소련이 망했구나'라는 생각이 저절로 들었단다. 마을이야 어떻게 되든 말든, 공동체야 무너지든 말든, 내 것만 예쁘게 가꾸고, 나만 잘 살면 된다는 생각이 공동체를 무너뜨리는 일이라는 것을 깨달았다고 한다.

집을 지을 때는 아무리 내 집이 좋아도 소용없다. 동네가 멋져야 한다. 노조원들에게 강조한 것도 이것이었다. 남해의 연예인 마을을 돌며, 몇 가구 되지 않은데도 마을을 예쁘게 해놓으니 잠깐 돌아보는데 입장료를 5천 원씩이나 받을 수 있다는 것을 느끼게 했다. 그 뒤로 사람들의 마음이 달라졌다. 담장을 없애거나 낮춰야 한다는 사람들이 많아졌다. 아름다운 마을은 마을 전체가 정원이 되어야 한다, 신청자들이 집을 짓게 되면 면 단위의 규모가 될 것이니 잘 설계하고 투명하고 공정하게 추진되어야 한다, 여러 생각들이 모아졌다.

'내 집'을 잘 꾸미는 것이 아니라 '마을'을 잘 가꾸어야 한다. 그것이 공동체가 발전하는 지름길이다. 협동조합형 전원주택을 추진했던 것은 단순히 복잡한 도시를 떠나 한적한 시골로 들어가 살자는 것만은 아니었다. 무너진 공동체를 회복해보고 싶었다. 차액을 남기고 팔기 위한 집이 아니라 나와 가족의 삶을 기록하는 집이 되어야 하고, 집에 들어서기 위해 거쳐야 하는 마을이 아니라 함께 생활하며 꿈을 이루는 공동체적 공간으로서의 마을을 만들어보고 싶었다. 어른들이 함께 아이들의 육아와 교육을 고민하는 마을, 아이들이 어울려 친구를 만나고 세상을 경험하는 마을이 좋은 마을이다. 좋은 마을이 형성되면 그것이 곧 좋은 공동체다. 스스로 하는 것이 가장 좋지만 정부의 정책이 가미되면 훨씬 더 큰 효과가 생긴다. 아메리카 원주민들은 어떤 일을 결정할 때 7대 후손까지 고려했다고 한다. 발표할 때마다 매번 숫자를 세어가며 조롱당하는 정부의 부동산 정책이 안타깝다. 그들은 모른다, 무엇이 문제인지. 정부의 부동산 정책에도 철학이 깃들어야 한다.

공동체 회복 '내 집'을 잘 꾸미는 것이 아니라 '마을'을 잘 가꾸어야 한다. 그것이 공동체가 발전하는 지름길이다.

- 제6장 -

더 나은 내일을 생각한다

제6장 더 나은 내일을 생각한다

1. 교통 플랫폼

아름다운 노을을 보면, 누구랑 같이 보고 싶은 마음이 든다. 사랑스러운 마음이다. 좋은 풍경을 보면서 즐기고 느끼기보다 사진을 찍으려는 마음도 있다. 좋은 풍경을 오래 간직하고 싶은 일이다. 마음으로 간직하는 게 아니라 실물로 간직하고 싶은 것이다. '갖고 싶다'는 소유다.

좋은 물건을 보면, 이것은 누가 쓰면 참 좋겠고, 누구랑 같이 쓰고 싶다는 마음을 갖는 사람이 있다. 나누려는 마음이다. 좋은 물건의 필요성과 관계없이 갖고 싶은 마음을 갖기도 한다. 가지고 있으면 자랑도 하고, 우쭐거릴 수도 있고, 나중에 돈이 되는 가치가 보이기도 하기 때문이다. '갖고 싶다'는 욕망이다.

'갖고 싶다'는 소유나 욕망은 혹시 우리가 그렇게 길러지고 교육받아서 그런 것은 아닐까? 분명 가지고 있으면서도 더 갖고 싶고, 나에겐 별로 필요가 없는데도 갖고 싶은 마음이 생긴다. 욕심이고 욕망이다. 욕심 때문에 여러 채의 아파트를 갖고, 욕망 때문에 돈 욕심을 부린다. 욕심과 욕망은 갈등을 일으키고, 갈등은 다툼이 되기도 한다.

옛날에는 사람마저도 소유 개념을 가졌다. 노예나 하인이 대표적인 경우다. 혹시 지금도 그런 마음을 가진 사람이 있을 수도 있다. 좋은 물건을 보았을 때, 가장 필요한 사람을 떠올릴 수는 없을까, 내가 가지고 있더라도 내가 쓰지 않을 때는 다른 사람이 쓸 수 있게 할 수는 없을까? 슬기로운 사람들은 나눔을 생각했다. 공유 경제다.

하버드대 로렌스 레식(Lawrence Lessig) 교수가 처음으로 '공유 경제'란 말을 썼다고 한다. 물건을 '소유한다'가 아니라 '빌려 쓴다'는 개념을 말한 것이다. 서로 물건을 나눠 쓰면 열 사람이 필요하더라도 10개를 만들 필요가 없다. 나눠 쓰면 되니까. 물건만 그런 것은 아니다. 공간도 그렇다. 쓰지 않을 때 다른 사람이 쓸 수 있도록 나누면 된다. 물론 공유 경제는 개인끼리의 거래(Peer to Peer, P2P)니까, 먼저 사회 신뢰가 쌓여야 한다. 공유 경제는 경제 가치를 높이는 일이다.

재능도 나눌 수 있고, 경험도 나눌 수 있다. 재능을 모아서 협업을 통해 더 좋은 제품을 만들 수도 있고, 경험을 나누어서 더 좋은 길을 찾을 수도 있다. 독점의 개념에서 공유의 개념으로 바꾸면, 갈등과 불평등을 줄일 수 있다. 경쟁에서 협업으로 바꾸는 일이 상생의 길을 연다. 공유 경제는 사회 가치를 높이는 일이다.

공유 경제의 실천은, 자원을 덜 사용하니 지구 온난화를 줄이기도 하고, 협력적 소비를 통해 새로운 가치를 창출하기도 한다. 기술과 재산을 공유하는 '공유 경제'는 경제를 지속 가능하게 만들 것이다.

공유 경제 하면, 떠오르는 기업이 있다. 차량을 공유하는 서비스인 우버(Uber), 숙박을 공유하는 서비스인 에어비앤비(Airbnb)다. 우리나라에서도 공유 경제의 중요성은 커지고 있다. 우리가 공유 경제라고 이름 붙이지 않아서 그렇지, 이미 공유 경제에 참여하고 있는 일이 많다. 무료에 가까운 공공서비스를 받는다든가, 복지 혜택을 받는 경우도 그렇다.

공유 경제란 말은 로렌스 레식 교수가 처음으로 했다지만, 사실은 많은 사람들이 그 전부터 공유를 통한 경제 방식을 생각하고 있었다. '소유의 시대는 끝났다'고 말한 제레미 리프킨의 말을 몰라도, 사람들은 공유 경제의 가치를 이미 깨닫고 있었다. 차량을 한 대도 가지고 있지 않은 우버나 집을 한 채도 가지고 있지 않은 에어비앤비가 공유를 생각할 수 있었던 것은, 온라인을 기반으로 하는 비즈니스를 만들 수 있었기 때문이다. 온라인 비즈니스의 기반, 이때부터 '플랫폼'이란 말이 유행했다.

플랫폼은 열차를 타고 내리는 곳을 말하지만, 지금은 온라인 시스템을 기반으로 여러 정보가 와서 머물다 가는 마당이다. 이곳에서는 기업이 만든 물건의 정보를 제공하기도 하고 팔아서 이익을 창출하기도 한다. 소비자들은 손쉽게 사기도 한다. 취미와 비즈니스, 생활의 정보를 얻어서 새로운 가치를 찾기도 하고 혜택을 얻기도 한다. 구글, 페이스북, 유튜브, 네이버, 다음카카오가 있고, 우리가 일상에서 유용하게 쓰는 여러 어플도 있다. 사람들이 플랫폼에서 모이고, 플랫폼에서 나눈다. 이야기도 나누고, 물건도 나눈다(팔고 산다). 플랫폼에서 공유하고, 플랫폼에서 경제활동을 한다.

옛날에 사람이 다니면 길이 생기고, 길을 가다가 쉬어야 할 지점에 마을이 생겼다. 마을에는 지금으로 말하면 편의시설이 들어섰다. 길이 만나는 지점이 바로 사통팔달(四通八達), 곧 플랫폼이다. 영남에서 서울을 가고자 할 때 넘어야 했던 문경새재, 영남과 호남과 서울을 잇는 천안삼거리가 조선 시대 플랫폼 역할을 했다.

한때는 고속버스가 출발하고 도착하는 터미널이 플랫폼의 역할을 했고, 공항이 플랫폼의 역할을 했다. 이제는 교통의 중심이 KTX역이나 SRT역이 되었다. 길, 그러니까 예부터 지금까지 교통의 근거지가 활기찬 모습을 띄는 플랫폼인 것이다. 교통의 플랫폼을 다시 생각할 때다.

사람들이 인위적으로 줄을 그어 행정구역을 만들었다. 전라도와 경상도로 나누었고, 하동군과 구례군으로 나누었다. 그런데 강 건너 마을도 이웃이고, 산 넘어 마을도 이웃이다. 강 이쪽이나 저쪽의 삶이 비슷한데도 행정구역으로 나누어, 삶을 다르게 묶고 차이를 둔다. 산 이쪽이나 저쪽이 비슷한 환경인데도 정치구역으로 나누어, 생각을 다르게 묶고 구별 짓는다. 사람이 그어놓은 줄에 사람이 얽매이며 산다. 사람이 그어놓은 줄 때문에 불편을 감수해야 하고, 심지어는 다툼이 벌어지기도 한다.

행정과 정치로 나눠진 이웃을 전기 열차와 수소 배로 이어야 한다. 자치단체끼리 힘을 모아 서로 상생의 길을 찾아야 한다. 광주광역시의 경우도 광산구의 평동에서 나주를 거쳐 무안까지 전기열차나 수소열차를 운행하면 가까운 이웃이 되고, 황룡강과 영산강에 수소 배를 띄워 광산구와 장성, 나주, 함평, 무안, 영암, 목포가 산업과 문화의 장점을 극대화하는 공동경제권이 되어야 한다. 새로운 플랫폼 시대를 열어야 한다.

2. 모바일 플랫폼

우리말에 '짓는다'는 말이 있다. '밥을 한다'라고도 쓰지만, 조상들은 '밥을 짓는다'라고 썼다. 짓는 일은 정성을 들이는 일이기 때문이다. 쌀을 생산하는 일과 밥을 상에 올리는 모든 일에 정성이 들어간다. '건물을 세운다'라고도 쓰지만, 조상들은 '집을 짓는다'라고 말했다. 집을 지을 때는 슬기로움을 모아야 하기 때문이다. 여러 사람의 아이디어는 물론 세월에 묻어 내려온 지혜도 담아야 한다. '짓는다'는 말은 혼자서 할 수 있는 일이 아니고, 모두가 힘을 보태는 일이다.

요새는 '복 받으세요'라고 말하지만, 조상들은 복도 '짓는다'는 표현을 썼다. 아마도 '복 받으라'는 말은 영어가 들어오면서 수동태의 생각을 담은 서양식 표현이 아닌가 싶다. 복(福), 나만 잘 살겠다는 의미가 아니라, 여럿이서 골고루 잘 살아야 한다는 뜻이기에 '짓는 일'이라고 조상들은 생각했던 것은 아닐까.

혼자서는 잘 살 수 없다. 나만 잘 산다고 세상이 좋아지지 않는다. 더불어 잘 살아야 지속 가능한 사회다. 굳이 아리스토텔레스가 말한 '사람은 사회적 동물'이라는 말을 들이대지 않아도 우리 조상들은 이미 우리가 쓰는 말 속에 '더불어'란 뜻을 담고 있었다.

논어에 이런 말이 나온다. 삼인행 필유아사(三人行 必有我師), 세 사람이 길을 가면 반드시 내 스승이 있다. 택기선자 이종지(擇其善者 而從之), 선한 사람을 선택하여 따르고, 기불선자 이개지(其不善者 而改之), 선하지 않은 사람은 가려서 잘못을 고쳐라. 쉽게 말하면 좋은 것은 본받고, 나쁜 것은 경계하라는 말이다. 인지상정(人之常情)이다. 더불어 살 때, 좋은 사람과 좋은 생각을 따르고, 나쁜 생각은 버려야, 우리가 사는 사회는 더 나아지게 된다.

사람들이 모여 함께 살아갈 때 생기는 일을 우리는 '문화'라고 말한다. 어떻게 하면 우리가 더 아름답게 살 수 있는가를 논하고 이끌어가는 정치 문화, 어떤 방식으로 우리가 힘을 합해야 더 멋지게 살 수 있는가를 찾아가는 사회 문화, 어떡하면 골고루 나누어서 더 행복한 사회를 만들 수 있는가를 실천하는 경제 문화, '문화'가 우리의 공동체를 만들고 이끈다.

대한민국 임시정부의 주석으로 독립운동을 이끌었던 백범 김구 선생이 〈백범일지〉에 이렇게 적어뒀다.

"나는 우리나라가 세계에서 가장 아름다운 나라가 되기를 원한다. 가장 부강한 나라가 되기를 원하는 것이 아니다. 내가 남의 침략에 가슴이 아팠으니, 내 나라가 남을 침략하는 것을 원하지 않는다. 우리의 부력(富力)은 우리의 생활을 풍족히 할 만하고, 우리의 강력(强力)은 남의 침략을 막을만하면 족하다. 오직 한없이 가지고 싶은 것은 높은 문화의 힘이다. 문화의 힘은 우리 자신을 행복하게 하고, 나아가서 남에게 행복을 주겠기 때문이다. 지금 인류에게 부족한 것은 무력도 아니요, 경제력도 아니다. 자연과학의 힘은 아무리 많아도 좋으나, 인류 전체로 보면 현재의 자연과학만 가지고도 편안히 살아가기에 넉넉하다. 인류가 불행한 근본 이유는 인의(仁義)가 부족하고, 자비(慈悲)가 부족하고, 사랑이 부족하기 때문이다. 이 마음만 발달하면 현재의 물질력으로 20억이 다 편안히 살아갈 수 있을 것이다. 인류의 이 정신을 배양하는 것은 오직 문화다"

백범 선생은 혼란스러운 조선에서 태어났다. 11살 때부터 어깨너머로 서당공부를 했으나 교육을 제대로 받지는 못했다. 독학했다. 17살에, 외세에 휘둘리지 않고 낡은 사회 문제를 해결하려는 동학운동에서 조직의 책임자인 접주로 활동했으며, 19살엔 일본군을 물리치려는 의병에 참여했다. 21살에 사형이 확정되었으나 탈옥했다. 승려가 되었다가 23살에 환속하여 애국운동, 계몽운동, 교육사업을 했다. 1919년 3·1운동 이후엔 상해에서 항일운동을 했다.

백범 선생은 침략에 가슴 아팠던 사람이고, 침략에 몸으로 저항했던 사람이라서, 내 나라가 남의 나라를 침략하는 것을 원하지 않았다.

일본의 침략이 나와 이웃과 민족을 얼마나 끔찍하게 파괴했는지 눈으로 보고 몸으로 겪었다. 배움이 필요해서 스스로 공부했고, 실천이 필요해서 행동으로 옮겼다. 나라가 없으면 노예의 삶이니 애국운동을 했고, 알지 못하면 빼앗기고 사니 계몽운동을 했다. 겪어봤고, 실천했기 때문에 느낄 수 있는 생각이다.

부강은 남의 침략을 막을만하면 된다고 생각했고, 부력은 우리의 생활이 풍족하면 된다고 생각했다. 백범이 생각한 아름다운 나라다. 아름다운 나라를 이끌어가는 힘이 바로 문화라고 느꼈다. 요즘은 코로나로 외국 나가는 일이 어려워졌지만 코로나 이전에는 웬만한 사람들은 외국여행을 가보지 않은 사람이 없을 정도로 해외여행인구가 많았다. 외국을 다녀온 사람들이 하나같이 하는 말은 '우리나라는 살만하다'이다. 과학의 힘으로 편안함을 누리지만, 이제 '조금 불편한 생활'을 선택하는 사람들이 있다. 우리에게 부족한 것은 무력도 경제력도 아니라는 뜻일지도 모른다.

백범의 말처럼, 우리가 불행하다고 느끼는 것은 인의가 부족하고, 자비가 부족하고, 사랑이 부족한 것은 아닐까. 다시 말해 지금 우리는 양심과 배려가 부족한 것은 아닐까. 인의, 자비, 사랑, 양심, 배려, 이 정신을 배양하고 발달시키면 자신의 행복을 찾고 남에게 행복을 줄 수 있다. 그것은 바로 문화의 힘에서 나온다.

문화는 우리의 삶에서 시작한다. 내 삶이 집과 마루에서 나왔고, 마당에서 이웃과 교류했다. 더 많은 이웃들과 만남은 당산나무 아래에서 이루어졌다. 마루와 마당과 당산나무 아래가 곧 광장이다. 광장에서 생긴 문화는 마을을 가꾸었고, 이웃 마을로 퍼져나갔다. 그 퍼져나간 문화가 나라의 문화를 만들었다. 마루는 나의 플랫폼이고, 마당은 이웃의 플랫폼이고, 당산나무 아래는 마을의 플랫폼이었다.

마루에서 떠올린 아이디어를 마당에서 실험했고, 마당에서 한 실험을 통하여 당산나무 아래에서 일자리를 만들었다. 당산나무 아래에서 만들어진 일자리가 창업으로 이어져 이웃 마을로 퍼져나가 유통되었고, 유통을 하면서 관광과 휴식을 만들어 갔다. 옛날 문화 창출의 방식이다.

지금은 아이디어를 손안에서 제안한다. 스마트 폰이다. 제안된 아이디어들이 다른 사람들의 아이디어를 만나고 나면 아이디어에는 살이 붙는다. 아이디어가 창업으로 이어지고, 창업이 일자리를 만든다. 일자리에서 유통, 산업, 주택, 관광, 휴식으로 이어진다. 이 모든 일이 이제는 손안에서 움직인다. 스마트 폰이 플랫폼이다.

문화는 사람들이 서로 만나서 형성되고, 형성된 문화는 사람이 가꾸며 이어간다. 문화는 사람을 만나 사람과 함께 한다. 문화가 사람과 함께 가야 하는 것이 맞지만, 이제는 문화가 사람을 이끌어가야 더 좋다. 그 문화의 광장이 이제는 바로 모바일이다. 우리가 모바일 플랫폼을 이끌어가야 하는 까닭이다.

3. 유통 플랫폼

옛날에는 상다리가 부러졌을 때 뚝딱 고쳐주고, 소가 외양간을 부수고 나갔을 때 와서 뚝딱 고쳐주는 아저씨가 마을마다 있었다. 호밋자루, 삽자루도 고쳐주고, 장롱도 뚝딱 만드는 솜씨가 있는 아저씨, 그런 손길이 있으면 든든하다. 집안 잔치가 있을 때 조물조물 음식을 만들어주고, 마을잔치가 있을 때 진두지휘하며 음식을 장만해주던 아줌마도 있었다. 그런 손길이 있으면 안심이 된다. 고마움을 쌀로 드리기도 하고, 신발로 드리기도 했다. 나에게 없는 솜씨를 나누어주는 상생의 모습이었다.

또, 저울이나 자전거가 없을 때 그 집에 가면 빌릴 수 있었다. 자주 쓰지 않아서 내가 가지고 있지 않지만, 그 집은 가지고 있었다. 참기름이 떨어지거나 조청이 떨어졌을 때 그 집에 가면 있었다. 귀하고 비싸서 나는 가지고 있지 않는데, 조금만 필요할 때 얻어 쓸 수 있었다. 동네마다 그런 집 있었다. 나에게 없는 물건을 나눠 쓰는 공유의 모습이었다.

광주광역시에도 그런 시장이 있다. 양동시장, 나이 드신 분들은 양동시장에 가면 없는 것이 없다고 말한다. 양동시장은 소비 트렌드의 전진기지다. 구하기 힘든 옛것이 있고, 당장 필요한 물건이 있었다.

지금은? 마을에 뚝딱 아저씨도 없고, 동네에 조물조물 아줌마도 없다. 마을에 만물상도 없고, 도시에 트렌드의 전진기지도 없다. 전문화되었거나 자격증 시대이기 때문이다. 그러한 전문가들은 가구의 거리, 음식의 거리처럼 몰려있다. 병원건물, 변호사건물처럼 자격증도 몰려있다. 그보다 더 확실하게 몰려있는 곳이 플랫폼이다.

콜드체인이란 말이 있다. 농산물, 축산물, 수산물 같은 식료품은 생산에서부터 포장, 운송, 저장 같은 유통을 할 때 알맞은 온도를 유지해야 한다. 그래야 품질이 유지되기 때문이다. 이렇게 온도 관리를 해야 하는 유통 시스템을 콜드체인이라 하는데 곧 신선물류다. 골드체인 시장이 강이나 바다와 산과 들에 가까우면 좋다. 콜드체인은 자연과 함께 하는 플랫폼이고, 신선도를 유지하는 플랫폼이고, 유통과정을 줄이는 플랫폼이다.

콜드체인 종류는 여기서 끝나지 않는다. 화훼라고 부르는 꽃도 콜드체인의 한 부분이고, 화학제품, 의약품까지 그 범위가 넓다. 온도에 따라 꽃이 시들 수도 있고, 화학제품이나 의약품도 성분이 달라질 수 있다. 특히 화학제품이나 의약품은 온도에 따라 생명에 큰 영향을 미칠 수가 있다.

콜드체인의 거점 시장이 필요하다. 생활에 필요한 잡화부터 신선물류, 전자제품까지 없는 것이 없는 거점 시장, 단순한 장보기에서 끝나지 않고, 휴식의 공간이며, 만남의 장소가 되는 시장이 필요하다. 그곳은 옛것과 새것이 어우러져 유통이 되고, 추억과 미래가 공존하는 시장이다. 모바일 플랫폼을 통한 거래도 가능하고, 직접 눈으로 보고 거래가 이루어지는 시장이다.

네덜란드 로테르담에는 '마켓 홀'이 있다. 2차 세계대전으로 붕괴된 도시에 2014년 문을 열었다. 전통시장과 아파트가 함께 있으니, 우리말로 하면 주상복합이다. 아파트에 사는 사람들이 있으니 기본 수요가 있다. 네덜란드 전통식품뿐 아니라 유럽의 음식, 심지어는 아시아마켓도 따로 있다. 화려한 건물과 외관으로 하루 평균 2만 명이 넘는 관광객이 찾는 네덜란드의 랜드마크가 되었다. 도시재생사업, 원도심 활성화 사업이나 전통시장 살리기 운동을 할 때 벤치마킹할 만한 곳이다.

마켓 홀에서 또 주목할 일은 건축물이다. 지금의 건축물들은 마치 표준화가 된 것처럼 대부분 네모 반듯하다. 건축물을 보면서 피곤과 피로를 느끼는지, 행복을 느끼는지 살펴야 한다. 사실 건축물은 시대의 자화상이다. 수원화성, 고창 모양성, 순천 낙안읍성이 그 시대를 그려냈고, 지금은 관광지가 되었다.

인조에서 자연으로, 단절에서 소통으로 건축물의 패러다임을 바꿔야 한다. 잘 지은 건축물은 자부심이 되어 삶의 질을 높일 뿐 아니라 삶을 바꾸기도 한다. 개성을 드러내서 지으면 도시경쟁력을 살릴 수도 있고, 자연과 어울리게 지으면 도시 이미지를 바꿀 수도 있다. 건축물이 문화를 살리기도 한다. 건축 디자인은 혁명이다.

어느 전통시장을 활성화하는 과정을 들은 적이 있다. 가만 계산해보니 15년 넘게 많고 적은 돈이 약 400억 들어갔다. 짧은 세월이 아니고, 적은 돈이 아니어서 깜짝 놀랐다. 자료를 보고 이야기를 들으면서 물었다. 그렇게 많은 돈을 들였으니 주차장과 같은 이용자들의 편의시설은 제대로 갖췄는가? 가게의 환경 개선을 비롯한 상인들의 편의시설은 어떤가? 그것이 아니라면 이용자들이 늘었는가? 그래서 그 전통시장은 활성화가 되었는가? 사람들은 고개를 갸우뚱한다. 그렇게 돈을 들인 효과를 느끼지 못한다.

편의시설이 문화를 살린다. 원스톱 쇼핑이 가능한 유통 플랫폼, 모바일과 연결이 되는 유통 플랫폼, 언택트 시대의 홈그라운드이자 콜드체인의 거점 유통 플랫폼이 필요하다.

4. 관광벨트

유홍준 교수가 쓴 '나의 문화유산 답사기'가 한때 베트스셀러가 된 적이 있다. 부제로 '남도 답사 1번지'가 붙어 있었다. 시리즈로 나왔고, 불티나게 팔렸다. 강진과 해남은 남도 답사 1번지라는 이름을 얻어 사람들이 북적였다. 관광의 새바람을 일으켰다. 가히 신드롬이라 할만했다.

그 전까지 관광이라 함은 수학여행 관광이 있었다. 우리의 역사 유물들을 학생들에게 보여주는 수학여행은 조상의 슬기를 찾아 떠나는 여행이었다. 당시의 학생들은 대부분 비슷한 코스를 밟았다. 경주 불국사, 공주 무령왕릉, 강릉 오죽헌, 제주 정방폭포, 그러한 코스 덕분에 전국의 학생들이 추억을 공유할 수는 있었다. 군사독재 방식이었는지는 몰라도 획일화된 관광이었다.

또 하나의 관광 방식은 깃발 관광이었다. 사람을 줄지어 세운 뒤 앞에서 깃발을 들고 관광지를 돌았다. 시간 맞춰 관광지를 돌고, 해설을 듣고, 똑같은 장소에서 사진을 찍었다. 때가 되면 가이드가 안내한 식당에서 줄지어 밥을 먹고, 가이드가 정한 숙소에서 잠을 잤다. '나 어디 다녀왔어' 정도의 자랑거리로 남을 수 있었고, 비슷한 사진과 추억을 공유할 수는 있었다. 일제 강점기 방식이었는지는 몰라도 주입식 관광이었다.

또 다른 관광 방식은 관광버스 관광이었다. 함께 관광버스에 올랐고, 차 안에서 음식을 먹었다. 차 안에서 지루함을 달래려고 마이크를 잡고 노래를 하고 '관광버스 춤'을 췄다. 정작 관광지에 도착하면 지쳐서 차 안에서 잠을 잤다. 저녁이면 다시 숙소에서 술잔을 기울였다. 힘들었던 노동에서 잠깐 해방을 얻는 휴식(?)의 여행이었다. 관광버스 관광은 '이제 좀 살만하다'는 다른 표현이었는지는 몰라도 형식의 관광이었다.

유홍준 교수는 문화유산에다가 '이야기'를 덧붙였다. 그곳에 가고 싶게 만들었고, 왜 가야 하는지를 살피게 했다. 뿐만 아니라 그 문화유산 이야기 속에 '내 모습'을 집어넣었다. 관찰의 힘이었고, 스토리텔링의 힘이었다.

누군가 꼼꼼하게 관찰을 하고 이야기를 불어넣으면 관광지가 되었다. 낡고 오래된 해남의 유선여관을 관광지로 만들 수도 있고, 영화촬영지로 만들 수도 있다. 그때 유홍준의 문화유산 답사를 따랐던 사람들은, '마을에 있는 돌멩이'에도 이야기와 혼을 불어넣으면 비싼 값에 팔 수 있다는 농담을 하기도 했다.

유홍준 교수는 우리의 문화유산을 우리 눈으로 보게 했다. 우리의 역사를 우리의 사고방식으로 들여다보게 했다. 일본강점기를 거친 50여 년 동안, 일본의 눈으로 봤던 문화유산을 순식간에 우리의 문화유산으로 바꿨다. 한국전쟁 이후, 미국의 시선으로 바라봤던 문화유산을 우리 조상의 슬기로움으로 되돌려놓았다.

관찰하지 않고 자기 생각을 갖지 못하면, 우리는 경험에 의존한다. 폐습인지 악습인지 모른 채 관례를 찾는다. 일본강점기인지, 군사독재인지 구별하지 못한 채 선례를 찾는다. 그마저도 없으면 벤치마킹을 찾아 돌아다닌다.

수학여행식 관광을 되풀이하다가는 일본강점기 때 서류 양식과 공문서 언어를 쓰게 된다. 깃발관광식 관광만 따르다가는 어제 하던 방식으로만 일하고, 결국에 '작년에 왔던 각설이'가 되어 '죽지도 않고 또 왔네'하는 비아냥만 들을 뿐이다. 관광버스식 관광만 계획하다가는 우리의 문화유산은 중국의 것이 되고 미국의 것이 되고, 대한민국은 시나브로 사라지게 된다.

문명을 일으킨 세계 4대 문명 발상지가 있다. 물이 있는 큰 강가에서 농사를 짓고, 농사를 지으니 먹을거리가 생겨서 인구가 늘어났다. 인구가 늘어난 마을은 도시가 되어 문명을 일구었다. 문명은 강을 중심으로 발달했다. 이집트 문명의 나일 강, 메소포타미아 문명의 유프라테스 강과 티그리스 강, 인더스 문명의 인더스 강, 중국 문명의 황하강과 양자강.

물길은 농사의 필수재료이고, 물질의 이동수단이었다. 물길을 통해 소통을 했고, 유통을 했다. 교통수단이 더 나아지면서 땅길 또한 소통과 유통의 길이 되었다. 길에서 문화가 꽃 피었고, 길을 따라 역사가 켜켜이 쌓였다.

물길이든 땅 길이든, 길은 방향이면서 목표고, 길은 우리의 삶이다. 물길과 땅길을 경계로 삼으면 대결과 경쟁으로 치닫고, 물길과 땅길을 소통으로 여기면 협력과 상생으로 이어진다. 물길과 땅길을 마주보고 있을 때, 경쟁의 대상으로 보느냐 상생의 이웃으로 보느냐에 따라, 문화와 역사는 달라진다.

상생은 이웃과 대화하고 소통하는 일이다. 이웃과 연결하는 일이 문화고 관광이다. 지방자치단체라고 줄을 그어놓은 경계선을 따르면, 대화는 단절되고 소통은 불통이 된다. 관광을 문화유산으로 한정지으면, 관광은 한정 지어지고 만다. 잘 만든 문화는 사람들이 즐기려고 온다. 자랑스러운 문화는 사람들이 배우려고 찾는다.

관광도 이제는 새로운 시대를 개척해야 한다. 산업단지가 있으면, 기술력을 보여주는 산업관광을 열어야 한다. 기업은 사람들이 와서 관찰하게 되니까 기술력을 향상 시키려고 노력하고, 기업 경쟁력은 상승할 것이다. 산업 관광객은 좋은 일자리를 찾게 되니, 일자리는 더 좋아질 것이다. 물길이 있으면 수소 배를 띄워 이웃 지방자치단체와 함께 휴식(놀이)관광도 만들어야 한다. 이웃끼리 더 좋은 휴식을 마련하려고 애를 쓸 것이고, 관광객들은 더 즐거워할 것이다. 휴식 관광객은 재충전을 하고, 휴식 관광지는 아름다움과 추억이 쌓일 것이다.

물론 언택트 시대에 걸맞는 '맞춤형 관광'의 시대도 열어야 하고, 유홍준 교수처럼 문화유산에 새로운 혼을 집어넣기도 해야 한다. 시대를 따라가지 않고, 시대에 앞장서는 관광 아이디어가 필요하다. 토론과 상생을 통한 광주형 일자리의 문화편이다.

광주광역시에서는 공항 이전 문제가 여러 해째 논란이 되고 있다. 이곳에 토론을 통해 새로운 놀이 관광을 유치하는 것도 한 방법일 수 있다.

5. 휴식벨트

노조활동을 할 때, '쉼'에 대해서 고민을 많이 했다. 그때는 어떻게 쉬어야 하는지도 몰랐을 때였다. 여름이면 계곡에 가서 닭을 삶아 먹거나 고기를 구어먹는 일이 쉼인 줄 알았고, 겨울이면 화투놀이를 했고, 주말이면 잠을 자던 시절이었다. 휴식의 의미를 모르니 먹거나 잤다. 새로운 놀이를 모르니 화투를 주로 쳤다.

그런 시절에 가족들과는 어떻게 지내야 하며, 혼자 있을 때는 어떻게 자기 계발을 해야 하는지를 배웠다. 강의를 듣고, 책을 읽어서 익혔다. 지금이야 딱히 배우지 않아도, 사람들이 여름이면 가족과 함께 캠핑을 가거나 펜션에 가서 쉬고, 겨울이면 스키장에 간다. 휴식이 우리의 일상에서 차지하는 비중이 높아졌고, 휴식이 우리의 행복에 가장 중요한 부분임을 사람들이 깨달았기 때문이다.

대중가요 가사에 '휴식 같은 친구'라는 말이 있다. 그 가사에 가슴이 떨렸고, 좋은 친구랑 함께 하는 일도 큰 휴식이란 걸 알았다. 친구에게 마음을 털어놓으면서 위로를 받기도 하고, 친구의 삶에서 배움한 순갈 얻어 내 삶을 더 좋게 바꾸는 일도 휴식이다. 친구는 꼭 동년배를 말하는 것은 아니다. 같은 시대를 살아도 친구고, 시대는 달라도 책에서 내 마음에 울림을 주면 친구다. 친구를 만나 살맛이 나고, 도전의식도 얻는다. 노래 한 소절, 친구 한 마디가 휴식이 될 때도 있다.

멋진 풍경, 아름다운 광경이 휴식이 되기도 한다. 바닷가 노을을 보다가 내 뒷모습을 느낀 적도 있고, 어르신의 친절한 행동 하나에서 내 미래를 그려보기도 했다. 짧은 시간이지만 내 삶에 큰 반향을 주는 일도 휴식이다. 먹고 마시는 일도 휴식일 수 있지만 나에게 열정을 심어주고 깨달음을 주는 일도 휴식이다. 그 풍경이나 그 광경을 만들어낸 지역이 바로 휴식인 셈이다.

가난을 벗어나고 싶은 시대에는, 돈을 벌고 재산을 물려주고 싶은 마음이 휴식이었을 수 있다. 그래서 쉼 없이 일을 하고, 돈 되는 일이면 양심과 염치를 버리면서도 했다. 굶고 지쳐도 1등을 향해서 달렸다. 이제는 사람들이 재산을 물려줘 봐야 별 것이 아니라는 걸 알아버렸다. 무엇을 안다는 것은 놀라운 변화를 가져온다. 그 길이 엉뚱한 길이면 고집부려 가봐야 소용없다. 그 길이 불행으로 이끈다면 사람들은 갈 길을 돌린다. 무엇을 안다는 것이 어렵기는 하다.

이제는 사람들이 행복을 찾고, 행복을 누리려고 한다. 아이들에게 재산보다는 행복을 즐기는 방법을 물려주고 싶어 한다. '한 마리의 생선을 주면 한 끼의 식량이 되지만, 고기 잡는 법을 가르치면 평생의 식량이 된다'는 탈무드의 가르침을 몰라도, 웬만한 한국 사람들은 '행복'의 의미를 안다. 탈무드는 유대인의 지혜와 처세술, 교훈과 일화를 담은 잠언집이자 문학이다.

우리나라 사람들은 노래를 좋아한다. 즐거워도 노래를 하지만, 일을 하면서도 노래를 하고, 사람이 죽어도 노래를 한다. 그래서인지는 몰라도 방송에 노래 서바이벌 프로그램이 많다. 유명한 가수나 작곡가인 사람들이 심사위원으로 나와 출연자들을 위로하면서 '즐기면서 하라'는 충고를 빠뜨리지 않는다. 경쟁을 하면서 즐기기가 쉽지는 않겠지만, 푹 빠져들어 즐기는 사람이 서바이벌에서 이기는 경우가 많다.

이럴 때 우리가 즐겨 말하는 공자의 말이 있다. 지지자 불여호지자(知之者 不如好之者), 아는 사람은 좋아하는 사람만 못하고, 호지자 불여락지자(好之者 不如樂之者), 좋아하는 사람은 즐기는 사람만 못하다. 1등이 되기보다 1류가 되는 편이 더 낫다.

언젠가 어느 대통령 후보가 '저녁이 있는 삶'이란 캐치프레이즈를 내걸었다. 비록 대통령에 당선되지는 않았지만, 우리의 삶에 많은 고민과 숙제를 던졌다. 죽도록 일을 하기보다 휴식처럼 일을 하는 게 더 낫다는 걸 배웠다.

프랑스에는 세느강이 있고, 독일에는 라인강이 있다. 서울에는 한강이 있고, 경상도에는 낙동강이 있고, 충청도에는 금강이 있다. 전라도에는 영산강이 있고, 광주광역시에는 황룡강이 있다. 세계 4대 문명이 강줄기를 타고 나왔듯, 대한민국의 4대강에서 문화와 쉼을 만들어야 한다. 돈의 쉼을 만드는 게 아니라 자연의 쉼을 만들어야 한다. 친구 같은 휴식, 노래 같은 휴식, 풍경 같은 휴식, 즐기는 휴식을 만들어야 한다. 상생을 말하는 광주형 일자리의 휴식편이다.

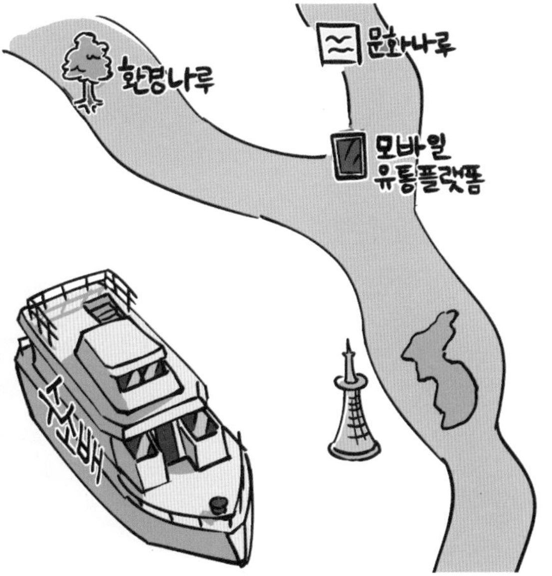

수소배 강 건너 이웃을 행정과 정치로 나눌 수 없다. 수소배로 이어야 한다.

6. 열정벨트

같은 일을 하는데, 어떤 사람들은 회색 옷을 입고 있었고, 어떤 사람들은 검은 옷을 입고 있었다. 이상했다. 축구 경기를 하는데 누구는 축구복을 입고, 누구는 청소복을 입은 모습이라고나 할까. 같은 일을 하고 쉬는데, 누구는 휴게실에서 편한 의자에서 쉬고, 누구는 작업장 모퉁이에 기대고 앉아서 쉬었다. 낯설었다. 같은 일을 하는데, 누구는 월급을 많이 받고 누구는 적게 받았다. 불평등이 느껴졌다. 물론 오래 해서 숙련공이 된 사람이 월급을 더 받는 건 이해가 가지만, 현저하게 차이가 난다면 고개가 갸우뚱해진다.

어쩌면 광주형 일자리에 대한 생각은 여기서부터 시작되었는지도 모른다. 처음부터 '광주형 일자리'라는 거창한 생각을 한 것은 아니다.

이상한 일을 이상하게 느끼지 않으면 관행으로 자리 잡는다. 낯선 일이 낯설지 않으면 이미 고착된 것이다. 불평등은 그렇게 우리의 마음에 젖어 들고 우리의 몸에 스며든다. 젖어 들고 스며든 뒤에는, 불평등을 느끼지 못하고 심지어는 불평등을 당연하게 생각한다.

'사랑하면 알게 되고, 알면 보이는데, 그때 보이는 것은 전과 같지 않다'고 했던가. 잘못을 보고도 아무렇지 않게 넘겨 버리면 바뀌지 않는다. 잘못을 알고도 생각하지 않으면 세상은 어제와 같이 흐른다. 어제처럼 살면 더 나아지지 않는다. 더 나아지지 않는 사회는 무엇일까? 힘 있는 사람은 힘을 가지고 지시만 하면서 살고, 돈 있는 사람은 일하지 않고도 돈만 가지고 편하게 사는 사회다.

건강한 사회는 무엇일까? 권력이나 돈을 가진 사람만 건강하게 사는 사회가 아니라, 아프고 힘없는 사람도 건강하게 사는 사회가 건강한 사회가 아닐까? 아름다운 세상은 권력과 돈을 가진 사람만 행복을 누리는 사회가 아니라, 어려운 사람들과 더불어 행복해야 행복한 세상이 아닐까?

보면 알기가 쉬우나 보이지 않으면 알기가 어렵다. 보이지 않는 것까지 알아채기는 참으로 어렵다. 하지만 우리는 보이지 않는 곳에서, 힘들고 어려워하는 이웃을 알아채야 건강하고 아름다운 사회를 만들 수 있다. 특히 사회를 이끌어가는 정치가나 많이 배운 전문가들이 보이지 않은 곳을 볼 줄 아는 안목을 가져야 한다. 사랑하면 알게 되고, 알면 보인다. 그때 보이는 것은 그 전과 다르다.

오늘은 '3개를 만들고, 재료를 사 둬야지', 목표다. 할 수 있는 목표를 정하는 일, 특히 수치로 정하는 일은 중요하다. '오늘은 어떤 문화관광으로 먹고 살 수 있을까를 생각해 봐야지', 꿈을 생각하는 일이다. 무엇을 하고 싶은 것인가, 특히 내가 잘할 수 있는 일은 무엇인가를 따져보는 일은 중요하다.

내일 '3개를 팔려면, 블로그에 올려야지', 내일의 목표다. 목표를 달성하기 위해 어떻게 블로그에 올릴 것인가 공부해야 한다. 내일 '더 잘 팔리게 하려면, 무엇을 바꿔야겠구나', 내일의 꿈이다. 바꾸려면 사람들이 무엇을 원하는지, 나는 어떤 기술을 가지고 있는지 관찰해야 한다.

오늘의 목표를 갖고 내일의 꿈을 꾸는 일은, 나를 더 나아지게 할 뿐 아니라 우리 사회를 더 발전시킨다. 사실 목표는 그리 거창하지(?) 않아도 된다. 다만 오늘의 목표를 해내고, 내일의 꿈을 가진다는 것이 먼저다.

누구나 목표를 가지고 있으나 아무나 목표를 달성하지는 못한다. 누구나 꿈을 꿀 수는 있으나 아무나 꿈을 이룰 수는 없다. 오늘의 목표를 달성하는 사람은 내일의 꿈을 꿀 수 있다. 오늘의 목표를 달성하고, 내일의 꿈을 꾸는 일이 바로 열정이다. 글로 하나씩 정리해 보면서, 어떻게 해야 하고, 무엇을 먼저 해야 하는지를 배운다. 배우면서 열정이 생기고, 사랑을 느낀다.

꿈을 이야기할 때면 사람들이 리처드 바크가 쓴 〈갈매기의 꿈〉이란 책을 말한다. '가장 높이 나는 새가 가장 멀리 본다'는 명언을 말하고, 열정을 가진 끊임없는 도전 정신을 말한다. 성공을 삶의 목표로 삼는 사회에서는, 이상하리만큼 맹렬한 도전 정신이 필요해서 그런 것은 아닐까. 책 속에 있는 포용과 이타심은 잘 말하지 않는다. '자기가 누구인지 이해하기 시작했다'는 대목도 잘 말하지 않고, '그것을 수행하기 시작했다'는 대목도 말하지 않고 지나친다.

꿈에는 도전과 열정이 꼭 필요하다. 하지만 먼저 자기가 누구인지, 무엇을 잘할 수 있는지를 알아야 한다. 그리고 작은 목표부터 수행해야 꿈을 향해 한 발짝씩 더 다가갈 수 있다.

스티븐 스필버그 감독이 만든 영화 '이티(Extra Terrestrial)'는 우리의 상상력을 엄청나게 자극한다. 상상력은 과거를 통해서 나오기도 하지만, 과거만 가지고는 상상을 펼칠 수가 없다. 미래를 상상하고, 미래를 꿈꿀 때 나온다. 사람들이 싫어하는 3가지 이야기가 있다고 한다. 남자들이 군대 이야기를 하고 특히 군대에서 축구 했던 이야기를 할 때, 여자들이 처녀 때 얼마나 예뻤는지를 말하고 특히 따라

다니던 남자 이야기를 할 때, 선배나 어른들이 '나 때(라떼)는 말이야' 하면서 과거를 들출 때! 과거만 말하는 사람들을 싫어한다는 우스갯소리다. 과거만 들추다가는 자기 합리화에 빠져 자랑으로만 끝나기 일쑤고, 발전시켜야 하는 미래를 가려버리는 치명적인 오류의 상황에 빠지고 만다.

왜 사람들은 이티라는 영화를 많이 봤을까? 우리가 상상하지 못했던 일을 영화에 펼쳐놓았다. 단순한 상상만 펼친 것이 아니라 우리 마음이 동의하는 끈끈한 정을 담았고, 텔레파시라는 장치를 통한 교감(소통)을 담았다. 스티븐 스필버그 감독의 상상력을 따라가면서 우리가 새로운 상상을 할 수 있다면 좋은 일이다. 보기를 들자면, 하늘에서 번쩍한 번개를 타고 내려온 환웅이, 갖은 고초를 겪은 뒤 사람이 된 웅녀를 만나는 사랑 이야기, 그 사이에서 태어난 단군이 세상의 온갖 악마들을 물리치며 행복의 길을 닦는다는 이야기를 새로 만드는 것처럼.

직접 경험하지 못하면 영화나 책에서 그 꿈을 찾는다. 인생을 배우는 단계에 있는 청소년들은 물론이고, 나이를 먹었더라도 영화나 책에서 꿈을 찾는다. 내가 무슨 꿈을 꾸는지 모를 때가 있고, 무슨 소질이 있는지 모를 때도 있다. 영화나 책, 다시 말해서 여가 생활은 꿈을 찾아가는 과정이기도 하다. 처음에는 영화나 책 속의 일들을 따라 하기도 한다. 모방이다. 벤치마킹이라고도 한다.

하지만 계속 따라만 하다가는 표절이 되고 만다. 표절은 순간 성공한 것처럼 보일 수도 있고, 잠깐 성공할 수도 있다. 표절만으로는 지속 가능한 발전으로 나아가지 못한다. 모방이나 표절을 했더라도 모방이나 표절을 통해 익힌 뒤에는 갈고 닦아서 '나의 길'을 찾아야 한다. 나의 길을 갈 때부터 상상이 필요하다. 그 상상은 과거가 아니라 미래에 바탕을 둬야 맞다.

우리는 상상을 해야 한다. 어떤 세상이 더 행복할까, 어떡하면 좀 더 나은 사회를 만들 수 있을까, 상상에는 돈이 들어가지 않는다, 시간은 좀 들겠지만! 혼자 하는 상상은 혼자만의 세상에 빠져들지도 모르니까, 상상을 함께 해서 더불어 나아지는 세상을 만들어야 한다. 사랑하면 상상을 하고 꿈을 꾼다.

한 번이라도 누구에게 따뜻함을 줘 본 사람은 사랑을 안다. 그래서 봉사활동이 중요하다. 어렸을 때도 중요하고 나이 들어서도 중요하다. 봉사활동은 그저 아이들을 가르치는 과목이 아니다. 어른들도 배워야 하고 실천해야 하는 과목이다. 힘든 사람을 도운 적이 있는 사람은 힘든 사람의 마음을 안다. 어려움을 함께 견딘 사람은 '어렵다'는 뜻을 안다. 그래서 안도현 시인은 '너에게 묻는다'는 시에서 '연탄재 함부로 발로 차지 마라/ 너는/ 누구에게 한 번이라도 뜨거운 사람이었느냐'고 물었는지 모른다.

사랑을 아는 사람은 우리 사회가 소수의 것이 아니라는 사실을 안다. 몇몇 권력자의 사회가 아니고, 몇몇 기득권자의 사회가 아니라는 걸 안다. 우리 사회는 모두가 주인이다. 사랑을 아는 사람은 헌신과 양보에 익숙하다. 사랑은 사회적 대화와 사회적 합의에 이르게 한다. '사랑'이 사회적 자본으로 축적되어야 하는 까닭이다.

사랑은 불신을 해소한다. 열정은 현실을 이끄는 힘이 있다. '안 되겠어'가 아니라 참여와 대화로 풀어가면 타협점이 나온다. 더 볼 수 없는데도 볼 수 있다고 자신을 속이는 '안톤의 실명(失明)'처럼, 왜곡된 고정관념은 사랑도 아니고, 열정도 아니다. 오로지 자신만 옳다고 맹신하거나 편협한 시야 또한 사랑이 아니고, 열정도 아니다.

더 나은 일자리를 찾고, 참여와 대화를 통한 사랑으로 미래를 풀어가야 한다. 광주형 일자리의 열정편이다.

7. 교육 발전소

자라는 아이들은 커서 무엇이 되겠다는 꿈을 갖는다. 꿈을 갖지 않은 아이라도 좋아하는 일을 향해 전진한다. 그렇다면 어른들은 어떤가? 가지고 있던 꿈이 현실 앞에 막혀 접고 살지는 않는가? '목구멍이 포도청'이라면서 좋아하는 일을 아득하게 버리지는 않았는가?

꿈을 꾸는 마을은 멋지다. 희망을 말하는 동네는 미래가 밝다. 우리 마을에서는 꿈을 이야기할 수 있는가? 대한민국은 희망을 토론하고 있는가? 꿈을 꾸는 도시에 미래가 있다. 희망을 말하는 나라는 아름다울 수밖에 없다. 그 꿈과 희망이 무엇이든지 좋다. 삶과 인류를 파괴하는 일만 아니라면!

아이들을 잘 가르쳐야 미래가 밝고, 아이들에게서 잘 배워야 지금을 바꿀 수 있다. 가르친다는 것은 무엇일까? 훈장의 회초리로 암기를 시키는 것이 아니다. 어른들의 말과 행동으로 보여주는 일이다. 배운다는 것은 무엇일까? 학교 수업시간에 책상에서만 배우는 것이 아니다. 학교 안과 밖에서 배우고, 학교를 졸업한 뒤에도 평생을 갈고닦는 게 배움이다.

한때 대안학교 열풍이 불었다. 기존 학교의 교육 방식에 반기를 든 것이다. 주입식 교육이 아니라 창의적 교육을 찾았고, 책상머리 교육이 아니라 토론과 실험의 교육을 찾았다. 농부철학자 윤구병 선생의 '변산 공동체 학교(실험학교)'가 있고, 행복 수업을 말한 양희규 선생의 '간디학교'가 있고, 실천을 하는 '실상사 작은 학교'가 있다. 바꿔야 할 필요성을 느끼는 교육 방식이라면 바꿔야 한다. 바꿔야 함에도 바꾸지 못하고 끌려가면, 우리는 과거처럼만 살게 된다. 도시에서도 토론하고 실험하면서 창의적 교육을 찾아야 한다. 가르침과 교육은 아이들에게서 멈추지 않고, 평생을 이어가야 한다. 가르침과 배움에 활력을 불어넣어야 미래는 밝아온다.

유목민이란 뜻을 가진 '노마드(nomad)'란 말이 있다. 노마드는 땅에 뿌리내리고 토박이로 살면서 정체성이 고착되고 배타성을 가진 사람이 아니라, 고정관념과 위계질서로부터 벗어나는 사람이란 뜻도 있다. 자기 자신의 꿈을 주도적으로 찾아가고, 학문과 지식의 분야를 넘나들며 새로운 앎을 만들어 가는 사람이 되어야 한다. 특정한 가치와 삶의 방식에 얽매이지 않고, 유연하게 사회발전을 이끌어가야 한다.

1942년 영국에서 베버리지 보고서가 나왔다. 이 보고서에 따르면 국가가 발전하려면 결핍(가난), 질병, 무지, 불결, 게으름의 5대 악을 극복해야 한다. 가난을 이겨내려면 소득보장 정책이 있어야 하고, 질병을 이겨내려면 의료보장 정책, 무지를 이겨내려면 교육보장 정책, 불결을 이겨내려면 주택과 공중위생 보장 정책, 게으름을 이겨내려면 고용보장 정책을 펴야 한다는 것이다. 베버리지는 꿈의 보고서를 노마드의 사고방식으로 펼쳤다.

영국에서 베버리지 보고서를 가지고 처음에는 많은 논란이 있었다. 보수 세력들이 부정적으로 봤으나 노동당 출신의 클레멘트 애틀리가 집권하면서 정책이 수립되었다. 이 베버리지 보고서를 근거로 2년 뒤인 1944년 사회보장청이 설치되어, 가족수당법과 건강보험 제도가 나왔고 산업재해법, 연금제도, 실업수당, 장애인 고용법이 생겼다. 우리 귀에 익은 '요람에서 무덤까지'라는 정책이다. 영국은 베버리지의 보고서를 실천했고, 베버리지 효과는 전 세계로 퍼졌다.

베버리지 보고서에는 3대 원리가 있다. 사회보험 대상의 위험을 모두 집어넣는 포괄성의 원리, 모든 국민에게 적용하는 평등성의 원리, 최저생활이 가능하도록 하는 국민최저수준의 원리가 그것이다. 물론 국민의 자발적 행동을 통해서 이루어져야 하고, 개인의 역할분담도 강조한다. 지금도 세계 여러 국가에서 사회 정책을 수립할 때 베버리지 보고서를 참조한다.

우리나라의 금융위기(IMF)를 극복하고 정보기술(IT) 강국의 기초를 다졌던 김대중 대통령이 늘 하시던 말씀이 있다. '서생의 문제의식과 상인의 현실감각'이다. 책을 읽고 배우면서 현상을 읽어내야 문제의식을 가질 수 있는데, 문제의식만 가지고 있으면 탁상공론에 멈추고 만다. 문제의식이 없이 현실감각만 가지면 한갓 잇속만 좇는 장사치일 뿐이다. 문제의식도 없고 현실감각도 없으면 아무런 변화를 가져올 수 없다. 문제의식을 갖고 현실감각이 있는 용기 있는 사람에게서 우리는 희망을 본다. 행동 없는 비판은 방관자고, 비판 없는 행동은 방조자다. 우리는 바르게 살면서 잘 살고 싶은 꿈이 있다.

현실을 인정하면서 문제의식을 갖고, 잘못된 현실을 극복하려는 의지인 현실감각으로 이상을 꿈꾸었던 체 게바라도 '리얼리스트가 되자, 그러나 가슴 속에는 불가능한 꿈을 가지자'고 말했다.

'이상한 나라의 폴'이라는 애니메이션이 있다. 현실 세계에서 온 용감한 소년 폴은 삐삐와 찌찌의 도움을 받아 마법 세계를 지배하고, 나나를 납치한 마왕을 무너뜨린다는 내용이다. 주인공 폴이 가지고 있는 '딱부리'라는 요요는 실제 어린이들 사이에서 큰 인기를 얻었고, 요요붐이 일어나기도 했다. 어린이들이 폴 같은 용기를 가지며, 딱부리 같은 상상을 할 수 있는 교육이면 참 좋겠다. 더 나아가 어른들도 서생처럼 원칙을 지키며 문제의식을 갖고, 상인처럼 실천을 하면 좋겠다.

베버리지 같은 생각을 하는 학자, 클레멘트 애틀리 총리와 김대중 대통령 같이 실천하는 지도자를 키워내는 교육발전소가 필요하다. '한 아이를 키우는데 온 마을이 필요하다'고 했다. 우리가 어쩌면 온 마을의 힘과 지혜를 모아야 할 부분이 교육이다. 교육에 대한 생각의 변화를 갖고, 자기 주도 교육의 선진지 마을로 이끌어야 한다. 광주형 일자리의 교육편이다.

이 글의 끝에는 버트런드 러셀의 말을 붙인다. 좋은 삶이란 사랑으로 힘을 얻고, 지식으로 길잡이 삼는다(The good life is one inspired by love and guided by knowledge).

8. 칭찬 발전소

2021년 2월, 87년 만에 장례식을 치른 사람이 있다. 독립운동가 이석영 선생! 직계 후손도 없고, 유해도 찾지 못해 그동안 장례를 치르지 못했다. 영석 이석영 선생은 1910년 경술국치로 일본제국주의에 나라를 빼앗기자 6형제와 뜻을 모아 그해 12월 가족을 이끌고 만주로 떠난다. '경기도 양주에서 한양까지 80리 주변의 전답이 모두 그의 소유(황현 선생의 매천야록)'라는 기록에서 보듯 그는 당대 최고의 재산가였는데, 모든 재산을 팔아 망명길에 올랐다. 그때 매각 대금은 약 40만 원, 1969년 월간 신동아에서 한국은행에 의뢰하여 계산한 금액은 600억 원, 2012년 어느 대학에서 조사한 6형제의 재산은 공시지가로 2조 원, 엄청난 재산이었다.

이석영 선생은 망명 동포들의 자치단체인 경학사를 설립했다. 경학사(耕學社)는 농사지으며, 배우며, 독립군을 기르자는 뜻이 담겨있다. 농업개발과 민족의식 고취교육, 군사교육을 했다. 경학사는 흉년이 들어 운영난을 겪은 데다가 중국 관헌의 탄압으로 4년 만에 해산되었다. 부설기관으로 신흥강습소를 설치했는데, 나중에 신흥무관학교로 개편되어 독립군 양성의 중추 기관이 되었다.

신흥무관학교는 10년 동안 3500여 명의 독립군 지도자를 양성했고, 신흥무관학교 출신들은 1945년 해방될 때까지 청산리 대첩을 비롯한 독립전쟁을 이끌었다. 1940년 광복군을 창설할 때 지청천 사령관을 비롯한 김원봉, 이범석, 김학규가 모두 신흥무관학교 출신이다. 신흥무관학교를 항일무장투쟁의 요람이라 부른다. 이 모든 독립운동은 이석영 선생이 있었기에 가능했다.

하지만 이석영 선생은 1918년 일제의 체포령으로 선양, 베이징, 텐진, 상하이를 떠돌며 빈곤하게 살았고, 그의 가족들은 1927년 일제에 몰살당했다. 의열단체인 다물단(多勿團) 단장을 맡았던 장남 이규준도 그때 죽었고, 차남 이규서도 행방불명이 되었다. 1934년 2월 16일 상하이 빈민가에서 콩비지로 연명하다가 80세의 나이로 쓸쓸하게 생을 마감했고, 공동묘지에 안장됐다. 공동묘지는 나중에 중국이 개발하여 유해를 찾을 수도 없다.

1936년 상하이에서 발행된 '한민(韓民)'에는 이석영의 업적에 대하여 "수많은 재산을 신흥무관학교 운영에 모두 쏟아붓고, 나중에는 지극히 곤란하게 생활하면서도 일호의 원성이나 후회하는 마음이 없이 태연하여, 장자(長子)의 풍이 있었다"고 평가했다.

이석영 선생은 1991년, 건국훈장 가운데 네 번째 등급인 애국장을 받았다. 건국훈장은 대한민국장, 대통령장, 독립장, 애국장, 애족장의 순이다. 애국장은 훈격이 낮아 정부의 지원은 없다. 이번에 남양주시에서 열린 장례식과 추모식에도 정부의 지원은 없었다.

모든 기득권을 포기하고 잃어버린 나라를 되찾겠다는 일념으로 독립운동의 전진기지를 개척한 이석영의 6형제가 있었기에 우리는 '독립운동'을 이어갈 수 있었다. 백사 이항복의 후예인 이들 가문은 300년 동안 8대에 걸쳐 정승을 배출해서 '삼한갑족(三韓甲族)'이라 불렸다. 삼한갑족은 대대로 문벌이 높은 집안을 칭한다. 그럼에도 집안의 희생과 몰락을 각오하고 독립운동의 가시밭길을 걸었다. 대한민국 역사에서 정의와 양심이 무엇인지를 깨닫게 하는 집안이다.

이석영의 형제인 우당 이회영은 "온 세계의 지식을 구하고 동지를 모아, 기울어가는 국운을 바로잡고 도탄에 빠진 민생을 구출하는 것"을 시대의 어젠다로 삼았다. 수구와 개화가 대립하는 나라의 병폐 두 가지를 날카롭게 지적했다. 그 하나는 "습속에 얽매인 사람들로 시국의 발전을 알지 못해 개혁을 이루지 못하고 옛것에만 빠져 있는 것이요", 다른 하나는 "개화에 급급한 사람들로 근저(根柢)를 굳게 갖지 못하고, 자기 것만 옳다고 독책(督責)하는 과실이다", 그러면서 "고루한 옛 습속을 타파하는 사회 개혁과 함께, 서양 문물을 분별 있게 받아들여 사회발전을 이룩해야 한다"는 신념을 가지고 있었다. "이제 제왕의 시대는 갔고 사민 자유평등의 시대가 왔으니, 우리의 전통과

습성을 생각하면서, 시대 조류에 따라 새 나라 건설 이론을 확립해야 한다"면서 실천의 길을 걸었다.

4차 산업혁명과 인공지능 시대가 이미 와 있다. 이석영 6형제의 신흥무관학교처럼 신흥문화학교, 신흥디지털학교, 신흥인공지능학교로 시대를 대비하고 앞서가야 한다.

'積善之家 必有餘慶(적선지가 필유여경)'이란 말이 있다. 베풀고 나누는 집안은 반드시 좋은 일이 생긴다는 뜻이다. 있다고 다 베풀고 나눌 수 있는 것은 아니다. 경주에 가면 최 부자 집이 있다. 우리는 경주의 최 부자 집을 대한민국의 '노블리스 오블리제'로 평가하는데 주저하지 않는다.

최 부자 집에는 육훈(六訓)이 있다. 여섯 가지 가르침이다. 1) 과거를 보되 진사 이상 벼슬을 하지 마라. 부를 가지고 있으면서 권력까지 갖지 마라는 뜻이다. 부에 권력을 더하면 무소불위(無所不爲)의 힘을 갖게 되어 못할 것이 없게 되는 교만에 빠진다. 그 피해는 못 가진 자, 곧 서민이 받는다. 2) 만석 이상의 재산은 사회에 환원하라. 최 부자 집은 다른 부자들이 70%의 소작료를 받던 것과 달리 40%만 받았다. 부를 나눠 갖는 마음이다. 3) 흉년에는 땅을 늘리지 마라. 돈을 벌려고 수단과 방법을 가리지 않는 일은 양심과 도리를 벗어난 일이다. 최 부자 집은 장날 해질 무렵에 값이 떨어진 물건조차 사지 않았다. 4) 손님을 후하게 대접하라. 지나가다 들르는 나그네를 잘 대접하는 일이 선행이며 덕을 쌓는 일이다. 5) 100리 안에 굶주리는 사람을 없게 하라. 최 부자 집은 보릿고개에 굶주리는 이웃에게 쌀을 나눴고, 흉년이 들면 곳간이 빌 정도로 이웃에게 베풀었다. 1년 소비량인 3천 석을, 1천 석은 식구들 양식으로, 1천 석은 손님들에게, 1천 석은 빈민구제에 썼다 하니 이웃과 더불어 산 셈이다. 6) 며느리는 3년간 무명옷을 입어라. 근검절약을 말한다. 보릿고개 때는 쌀밥을 먹지 않았고, 은수저도 쓰지 않았다.

1500년대부터 1900년대까지 12대에 걸쳐 만석군 부자였다. 1970년에 돌아가신 최준 선생이 마지막이었는데, "재물은 분뇨와 같아서 한곳에 모아두면 악취가 나 견딜 수 없고 골고루 사방에 흩뿌리면 거름이 되는 법이다."는 말을 평생 가슴에 새기고 살았다. 최준 선생은 조선국권회복단과 대한광복회에 군자금을 대다가 감옥에 갔고, 백산상회라는 위장회사를 만들어 상하이 임시정부의 김구 선생에게 거액의 군자금을 보냈다. 해방을 맞이하고 나서는 나라를 이끌어갈 인재를 키워야 한다고 전 재산을 기부해 대구대학을 설립했다. 1990년 건국훈장 가운데 첫 번째가 아니라 네 번째인 애족장을 받았다.

지금 최 부자 집에서는 정부 기관과 기업의 위탁을 받아 공무원들과 직원들을 대상으로 교육프로그램을 운영하는데, 1년에 3천 명 정도 수강을 한다. 최 부자 집을 찾는 사람들도 1년이면 20만 명쯤이다. 하지만 대구대학은 박정희 정권 때 이후락 청와대 비서실장이 영남대학으로 통합하여 지금은 박근혜 전 대통령이 사실상의 소유주다. 대구대학을 설립하면서 기증한 경주지역 땅 70만 평과 최 부자 집 고택은 법적으로 영남대 소유여서, 영남대가 쫓아내면 언제든 쫓겨나야 할 판이다. 2016년 세계의 모델이 된 촛불혁명에도 불구하고, '비정상화의 정상화'는 아직 멀었다는 느낌이 든다.

돈과 힘으로 빼앗을 수 있다는 생각을 가지는 시대가 저물어야 하지 않을까? 역사와 정의가 바로 세워지는 시대가 와야 하지 않을까? 양심과 염치가 이기는 사회를 만들어야 한다.

구례에는 구름 속에 새처럼 있는 집이란 뜻을 가진 '운조루(雲鳥樓)'라는 고택이 있다. 조선 후기 낙안군수를 지낸 유이주가 지은 집이다. 99칸의 조선 건축 양식을 볼 수 있지만, 진짜 살펴봐야 할 곳은 부엌이다. 부엌에는 크고 동그란 뒤주(쌀독)가 있는데, '타인능해(他人能解)'라는 글씨가 새겨져 있다. '누구나 이 쌀독을 열 수 있다'는 뜻이다. 흉년이 들었거나 굶주리는 사람은 누구나 이 독을 열고 쌀을 가져갈 수 있었다.

나만 잘 살고, 나만 출세하려는 사회는 경쟁과 갈등이 난무한다. 지금 대한민국은 기업의 성장이 일자리 창출로 연결되지 않는 상황이 계속되고 있다. 불평등과 양극화도 심화되고 있다. 노블레스 오블리주는 가진 사람이 먼저 해야 한다. 혹시 지금 대한민국은 노블레스 오블리주를 서민들이 하고 있지 않는가?

제주에는 김만덕 선생이 있다. 지금으로 말하면 식당여관유통업인 객주집을 해서 자수성가한 사람이다. 부자가 되고 성공했지만, 그는 나누었다. 1790년부터 4년 동안 제주에 흉년이 들자 김만덕 선생은 육지에서 곡식을 사다가 굶주린 사람들에게 나눠주었고, 관가에도 보내서 어려운 사람을 돕게 했다.

본받을 사람 천지에 있다. 그런데 우리는 혹시 친일의 동상을 세우고, 친일의 역사를 앞세우고만 있는지 돌아봐야 한다. 독재의 잔재로 혜택을 누리게 하고, 독재의 역사를 당연하게 받아들이고만 있는지 살펴봐야 한다.

2021년 2월 15일, 백기완 선생이 돌아가셨다. '가진 것이라고는 알통밖에 없다'고 외치던 쉿소리가 들린다. 병상에서도 '나는 병원에서 누워 죽지 않겠다, 거리에서 데모하다 죽겠다'고 하셨던 것처럼 늘 현장의 1열을 지켰다. 쉿소리는 우리에게 '죽비소리'였고, 현장은 우리에게 '함께'를 가르쳤다.

'나도 일하고 너도 일해 모두가 잘사는 세상'이라는 노나메기는 백기완 선생의 원칙이었고, '노동운동은 자본주의에 끼겨서 살려는 생활운동이 아니야!' 백기완 선생의 상식이었다. 백기완 선생은 한반도 분단 시대의 서러움이었고, 한반도 독재 시대의 광장이었다.

백범 김구 선생을 만나 통일이야기를 나눴고, 장준하 선생을 만나 독재이야기를 나눴다. '없는 사람들끼리 싸우면 코피밖에 더 나느냐. 싸움은 있는 놈, 나쁜 놈과 하는 것이다', 거리의 1열에 앉아 누구랑 가장 치열하게 싸웠는지 알 수 있는 대목이다. 우리는 지금 누구랑 싸우고 있는가를 돌아보게 한다. '사랑도 명예도 이름도 남김없이 한평생 나가자던 뜨거운 맹세', 이 말에서 백기완 선생의 실천이 어디에서 나왔는지 알 수 있는 대목이다. 우리는 지금 어떤 맹세를 하고 있는지 살펴보게 한다.

백기완 선생은 몸으로 민족과 통일을 깨달았고, 몸으로 민중과 노동을 배웠다. 몸으로 시를 썼고, 몸으로 이야기했다. 그래서 머리가 아니라 몸으로 살았다. 입으로 노나메기를 말하는 사람과 달랐고, 돈과 힘으로 말하는 정치꾼들과 달랐다. 김구의 암살과 장준하의 의문사에도 멈추지 않았다. 투옥과 고문을 견디고 다시 현장에서 백발의 노구로 1열에 섰다. 올바르게 잘 사는 일이 다름 아니라, '꿍치고 뻿어가지 않는 삶'이란 걸 몸으로 보여주었고 우리는 배웠다.

우리나라의 초석을 깔고 기둥이 된 사람들이 계셔서 지금 우리가 살고 있다. 역사에 모셔야 할 분들을 빠뜨리고 있는지 살펴야 하고, 현장에 모셔야 할 사람을 빠뜨리고 있는지 살펴야 한다. 칭찬의 역사를 세우고, 칭찬의 메카를 만들어야 한다.

칭찬의 역사 본받을 사람 외면하고 친일의 동상을 세우지 않는가, 칭찬받을 사람 팽개치고 독재의 역사를 당연시 하지 않는가, 살펴봐야 한다.

9. 언택트(Untact) 발전소

기후가 이상하다고 느끼는 사람이 많다. 당장은 크게 이상하다고 느끼지 못 할 수도 있으나 수십 년간의 통계를 보면 이상하다. 비가 잘 오지 않던 곳에서 폭우가 쏟아지고, 홍수가 난다. 산불이 크게 나서 생태계를 파괴한다. 극지방의 빙하가 녹는다. 지구가 기후를 통해 사람들에게 이상 신호를 보낸다. 학자들이 왜 그런지 연구를 한다. 환경문제다.

마스크를 쓰고 생활을 하니까 몹시 답답하다. 황사 때문에 봄에만 쓰던 마스크를, 이제는 코로나 때문에 어디서나 언제나 마스크를 쓴다. 삶도 답답해졌다. 가슴 아픈 일이다. 일상생활이 상당 부분 중단되었고, 그 피로감은 쌓이고 있다. 무엇보다도 뛰놀아야 할 아이들에게 이렇게 답답한 세상을 물려주는 일에 대한 책임감을 느낀다. 재난이다.

재난은 어려움과 고통을 주지만, 한편으로는 도약의 기회다. 재난은 훌륭한 이론이나 멋진 논리로만 이겨낼 수는 없다. 오히려 우리가 믿었던 이론이 재난 극복을 방해하기도 하고, 우리 생활에 녹아있는 논리가 재난 극복을 어렵게 만들기도 한다. 우리에게 쌓여있는 이론과 논리만으로는 재난을 이기고 삶을 바꿀 수 없다. 잘못을 알았으면

즉시 고쳐야 한다(過則勿憚改, 과즉물탄개).

갑작스럽게 코로나가 퍼져나갈 때 대구 시민들은 생활용품 사재기를 하지 않았다. 몇몇 언론이 사재기를 부추기는 듯한 보도가 있었으나 거짓으로 드러났다. 대구 시민들은 정부의 차단이 없었으나 스스로 이동을 자제하고, 의료진들은 자발적으로 힘을 보태는 성숙함을 보였다. 1980년 5월 혼란한 광주에서도 주먹밥을 나누며 질서를 지켰다. 공권력이 무너졌을 때 대한민국 국민들은 대단히 성숙한 시민의식을 보인다. 코로나의 재난을 통해 우리의 시민의식을 보았다. 미국 국민이 코로나를 맞이하여 보인 모습과 매우 다르다.

코로나는 사람이 모이지 못하도록 막고 있으며, 불안과 위기를 가져와서 미래를 불확실하게 만든다. 우리에게 쌓여있는 인식의 틀을 바꾸어야 한다. 패러다임 전환이다. '팬데믹'이라 불리는 감염병의 세계적 유행은 코로나를 통해 우리를 가르치고 있다.

첫째는 사회적 가치다. 주변이 건강해야 나도 건강할 수 있다. 가족이 코로나에 감염되었는데 내가 건강할 수 없다. 동료가 코로나에 걸렸는데 내가 온전할 수 없다는 것을 가르쳐준다. 주변이 행복해야 나도 행복할 수 있다는 평범한 진리를 깨우쳐줬다. 혼자만 잘 살 수는 없다.

둘째는 연대의 필요성이다. 공동체가 건강해야 나도 건강할 수 있다. 공동체가 코로나에 대응하는데 나만 자유로울 수는 없다. 미꾸라지 한 마리가 물을 흐리게 하는 모습을 우리는 보았다. 연대해야 코로나를 이길 수 있다.

셋째는 생태사회 깨달음이다. 자연 없이 인간은 존재할 수 없다. 자연을 등한시하고 돈만 좇다가는 우리는 미래를 잃는다. 생태를 내팽개치고 부만 좇다가는 오히려 우리의 자녀를 죽인다. 자연을 잃지 않아야 우리를 지키고 우리 후손을 지킬 수 있다.

코로나의 이러한 평범한 경고를 우리는 왜 이제야 다급하게 깨달았을까? OECD 사회관계 지표를 보면 대한민국은 늘 꼴찌다. 사회관계 지표란 사회에서 구성원들끼리 갖는 신뢰도를 말한다. 다른 구성원들을 얼마나 믿느냐는 문제다. 내가 어려움을 당했을 때 도움을 받을 수 있는가, 다른 사람의 어려움을 보고 나는 어떻게 도울 것인가를 생각하는 문제다.

요새는 무거운 짐을 든 사람을 잘 도우려 하지 않는다. 어려운 사람에게 손을 내밀려고 하지도 않는다. 손을 내밀어 돕는 일이 일상이 아니어서, 이제는 뉴스에조차 나온다. '물에 빠진 사람 구해줬더니 보따리 내놓으라 한다'는 속담 때문일까? 도와주었다가 불이익을 당한다는 생각, 손을 내밀었다가 나까지 휘말린다는 생각이 더 지배적이다. 대한민국이 어느덧 개인주의가 만연된 사회가 되어버렸다.

대구에서 코로나가 퍼질 때, 우리는 공공 의료의 허점을 봤다. 병상이 없어서가 아니라 공공 병상이 없어서 혼란을 느꼈다. 한국 의료체계는 뛰어났으나, 공공 의료는 미비했다. OECD 국가의 공공 병상은 약 70%인데, 한국의 공공 병상은 10%쯤이다. 우리가 코로나를 겪으면서 미국의 의료체계가 이상하다고 느꼈는데, 그런 미국의 공공 병상도 25%쯤 된다.

코로나 방역은 누가 해야 할까? 공공이 해야 할까, 개인이 해야 할까. 누구나 상식적으로 알 수 있다. 독일은 전체 국가 예산의 30%를 긴급 대응 자금으로 편성했다. 1조 유로, 우리 돈으로 약 1350조다. 인구나 지역이 다르니 단순 비교할 수는 없지만, 우리가 공공 의료와 국가 방역을 느껴야 할 대목이다.

우리나라에서는 '성금'이 일반화 되어 있다. 겨울이 다가오면 불우이웃돕기 성금을 걷고, 어느 지역에 홍수가 나거나 산불이 나면 '구호성금'을 걷는다. 방송사는 생방송을 편성하여 성금을 걷는다. 아이들의 코 묻은 돈부터 대기업의 기부와 물품이 속속 도착한다. 대한민국 정부가 감당하기 어렵던 시절엔 그랬다고 치더라도, 지금도 '자선'에 의존하고, '측은지심'에 호소할 일은 아니다. 국가가 제도적으로 풀어야 한다. 불우이웃과 자연재해를 국가가 공적으로 극복하지 않고, 개인에게 미루는 것은 국가 책임을 방기하는 것이다. 공공 가치가 무엇인지 생각해볼 때다.

코로나가 전파되면서 피해를 많이 보는 사람이 자영업자다. 이들은 손님이 와야 장사를 하고, 장사를 해야 집세를 낼 수 있다. 그런데 대한민국 사회는 '착한 임대료 운동'을 했다. 코로나가 개인의 잘못이 아닌데도, 개인 차원으로 바라본 것이다. 미국은 집세가 연체되어 쫓겨나지 않도록 '법'으로 막았다. 독일은 집세의 90%를 지원했다. 공공 가치를 어떻게 실현해야 하는지 대책을 마련할 때다.

코로나 상황이 1년이 지나고 있다. 정부에서는 대한민국 재정 건전성이 높다고 말한다. 한국이 45%, 미국과 영국이 130%, 일본은 260%이니, 국가 부채가 매우 적기는 하다. 하지만 자랑할 일인가 돌아본다. 개인 부채는 한국이 가장 높기 때문이다. 세계 평균이 70~80%인데 한국의 가계부채는 이미 100%가 넘었다. 이 수치는 무엇을 말하는가? 혹시 국가의 공적 책임을 개인의 부채로 떠넘기고 있는 것은 아닐까? 구조적 사회문제를 개인의 책임으로 풀려고 해서는 안 된다.

성폭력 사건이 떠들썩할 때 '성인지 감수성'이란 말이 나왔다. 학교폭력 사건이 불거지자 '폭력인지 감수성'이란 말이 나왔다. 기후변화 때문에 빙하가 녹고 북극곰이 죽는다. 자연재해가 곳곳에서 생긴다. '생태인지 감수성'을 생각할 때다. 2007년부터 2017년까지 10년 동안 OECD 국가들은 온실가스 감축을 약속하고 10%의 온실가스를 줄였다. 한국은 오히려 25%의 온실가스가 증가했다. OECD 국가들이 한국을 '생태 깡패'라고 부른다. 부끄러운 이야기다. '경제계획 달성 5개년' 시대가 아니고, '소비가 미덕'인 시대가 아니다.

한때 소비해야 일자리가 생긴다고 소비를 부추겼다. 지금도 그런 말을 하는 사람도 있다. 소비를 해야 경제가 돌아간다는 말을 한다. 하지만 소비에 대해서 다시 생각할 때다. 소비는 현재 욕망을 충족시켜 주지만, 미래 세대의 희생을 담보로 한다. 소비를 줄이는 게 생태 윤리의 기본이다. 소비할 때 죄책감을 느껴야 하는 시대가 왔다. '1+1'을 구입하는 시대가 아니라, '2-1'을 실천해야 할 때다.

언택트 시대를 맞이하면서 사회적 가치를 나누고, 연대의 필요성을 실천하고, 생태사회의 깨달음을 적용해야 한다. 나눌 수 있는 일을 먼저 나누고, 실천할 수 있는 일을 모범으로 보이고, 적용할 수 있는 일을 모델로 만들어야 한다. 상생의 길은 힘을 모으는 곳에서 나온다.

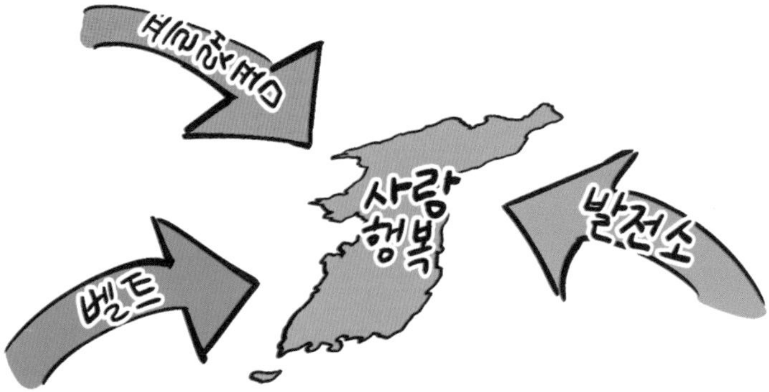

언택트 대한민국　대한민국은 사랑과 행복의 길로 가야 한다.

참고도서

짐 콜린스/김명철 옮김, 위대한 기업은 다 어디로 갔을까, 2010

김현대 외, 협동조합 참 좋다, 2012.

한상춘, 또 다른 10년이 온다, 2019

칼 필레머/박여진, 내가 알고 있는 걸 당신도 알게 된다면, 2012.

구해근-신광영, 한국 노동계급의 형성, 2002.

잭 런던-차미례, 강철군화, 1989.

박경섭외, 공동체의 경계, 전남대학교출판부, 2016

이상호, 독일의 일자리 혁명, 2019

황광우, 촛불철학, 2017

정운찬, 미래를 위한 선택 동반성장, 2013.

이정환, 한국의 경제학자들, 2014

장정일, 장정일의 악서총람, 2015.

참여와 혁신, 기업가 정신, 2020.02호.

이태복, 대한민국은 침몰하는가?, 2004.

김현철, 어떻게 돌파할 것인가, 2015.

박근태, 전기자동차 강의자료, 2020.

박길성, 사회는 갈등을 만들고 갈등은 사회를 만든다, 2013.

신은종, 공존을 위한 또 하나의 선택, 2011.

최동석, 똑똑한 사람들의 멍청한 짓, 2014.

장하준, 그들이 말하지 않는 23가지, 2010.
조지 오웰, 도정일 옮김, 동물농장, 1998.
고병권, 철학자와 하녀, 2014.
한국노동사회연구소, 노동의 인간화, 1997.
가마타 사토시, 허명구 · 서혜영 역, 자동차 절망공장 1995.
조우현 외, 세계의 노동자 경영참가, 1995.
한국노동혁신연구소, 세계 자동차산업과 노사관계, 2002.
엄기호, 단속사회, 2014.
박태주, 현대자동차에는 한국 노사관계가 있다, 2014.
김승호, 새벽에 읽는 주역인문학, 2015.
송호근, 가보지 않은 길, 2017
에리히 프롬. 황문수, 사랑의 기술, 2006.
박명준 외, 어서와요 노동존중 CSR, 2017.
최장집, 정치의 공간, 2017.
박상훈, 정치의 발견, 2011.
박상훈, 민주주의의 시간, 2017
조안 말루프, 나무를 안아 보았나요, 2005.
조용범, 노동경제학, 1983.

공장으로 간
철학소년

2쇄 2021년 08월 18일

지은이 박병규
펴낸이 안현주

편집 김요수
기획 김세례
홍보 이수연
표지디자인 나우진
그림 김동인

펴낸곳 ㈜아논컴퍼니
주소 광주광역시 남구 봉선로 37, 103-603
전화 062-671-1177
팩스 062-671-2177

ISBN 979-11-965875-3-6

값 20,000원